Princess and Stranger

- an Upper East Class Story -

Von Sazou G. / S.G. Rose

Impressum Copyright © 2023 Sazou G. Text: Sazou G.

Covergestaltung: inspirited books Grafikdesign e.U.

Korrektorat: Vajona Verlag

Druck: Epubli

Kapitelzierden mit Verwendung von Canva - Sazou G.

Leben ist nicht genug, sagte der Schmetterling. Sonnenschein, Freiheit und eine kleine Blume gehören auch dazu.

– Hans Christian Andersen

Evangelina

Vorwort

Wenn du erwartest, dass das hier eine süße, romantische Geschichte über eine verzogene, reiche Prinzessin werden wird, muss ich dich leider enttäuschen. Denn ich bin alles, aber nicht süß oder romantisch. In meiner Welt gibt es Verrat öfter als Liebe. Hass regiert die Gefühle und Intrigen sind der Kleber, der all das irgendwie zusammen hält.

Der Glanz und das Funkeln gelten nur für das Prestige. Für das, was wir die anderen glauben lassen. Und doch gibt es die Wenigen von uns, die denken, all das, sei real. Echt? Pah, dass ich nicht lache. Echt, ist an der Upper East wahrscheinlich nur das, was wir in unseren Schlafzimmern tun.

Das, was sich in unseren Fantasien offenbart und wir uns trotzdem nicht gestatten, an die Oberfläche zu tragen. Nur im Verborgenen lassen wir das zu, was uns ausmacht. Zumindest kann ich das von mir behaupten. Mein Name ist Evangelina Foring. Tochter von James und Emely Foring. Oder auch die verdammte Prinzessin der Upper East Side.

Bist du bereit, in die Welt der Lügen und Intrigen der Reichen und Schönen einzutauchen? Überlege es dir gut, denn ich lege meine Hand dafür ins Feuer, dass du dich am Ende daran verbrennst oder Dinge erfährst, die dich an allem zweifeln lassen.

Gabriel

Kapitel 1

Wenn das hier real ist, bin ich entweder im Himmel oder in der verfluchten Hölle gelandet. Es gibt verschiedene Punkte, die für das jeweils eine oder das andere sprechen. Fangen wir doch mit dem Offensichtlichen an.

Ich bin in einem Haus, das eigentlich leer stehen sollte. Zumindest für die Dauer, die ich hier bin. Zwei Wochen. Zwei Wochen, in denen ich meinen Job erledigen sollte. So zumindest die offizielle Version. Die Inoffizielle lassen wir lieber auf sich beruhen.

Die dunkelblonde Schönheit hier, bei der es sich um Evangelina Foring handelt, die sich wie eine verdammte Göttin auf der Versace-Couch räkelt - und dabei eindeutige Geräusche von sich gibt, die sogar über die Musik zu hören sind - sprechen gegen die Tatsache, dass ich allein hier bin. Kein Wunder, dass sie mich nicht hat rein kommen hören. Das Surren, welches definitiv von einem Vibrator stammt, wird seinen Teil dazu beigetragen haben. Von meinem Platz in der Tür aus, habe ich sie perfekt im Blick. Sehe, wie sie ihre Beine weiter spreizt, ihre freie Hand in die Samt Kissen über ihrem Kopf krallt und das Becken aufreizend und kreisend bewegt.

Holy, wie gern würde ich ihr zur Hand gehen. Mein Schwanz drückt so penetrant gegen den Stoff meiner Jeans, dass ich die Lippen zusammenpresse, um bloß kein Geräusch von mir zu geben.

Ja, es gehört sich nicht, hier zu stehen wie ein verdammter Spanner und eben das zu tun, aber fuck, wie könnte ich nicht hinsehen? Ihre Bewegungen werden hektischer, fast so, als würde sie dem Orgasmus hinterherjagen und ihn nicht abwarten können. Das Stöhnen, das ihr über die Lippen kommt, schickt den nächsten Impuls in den Schwanz und ich schwöre, dass ich kurz davorstehe, wie ein verdammter Teenager in meiner Hose zu kommen. Noch immer liegt meine Hand auf der vergoldeten Türklinke, bewegt sich aber nicht. Evangelina hingegen biegt den Rücken durch und müsste nur die Augen öffnen, dann würde sie mich sehen.

Ein Teil in mir bittet darum, dass sie es tut, dass ich das Funkeln darin sehe, wenn sie kommt. Doch der andere Teil, der besser zu der Höllen-

Theorie von eben passt, betet darum, dass sie sie geschlossen lässt.

Sekunden vergehen, in denen das Summen des Vibrators lauter wird, sich mit ihrem abgehackten Stöhnen vermischt und schließlich in ein Wimmern übergeht, das mich einiges an Beherrschung kostet. Der Teil in mir, der zu ihr gehen und ihre Hand durch meine ersetzen will, wird zum Schweigen gebracht, als sie explodiert. Selten, nein, noch nie habe ich eine Frau auf diese Art ihren Orgasmus erleben sehen. So unfassbar heiß und ungekünstelt. Ihre Brust, die nur vom dünnen Stoff ihres Shirts bedeckt wird, hebt und senkt sich. Schnell. Abgehackt. Rhythmisch. Durch den weißen Stoff kann ich ihre Nippel erkennen, die sich drängend dagegen drücken. Egal, wie stark ich es versuche - ich kann meinen Blick nicht von ihr lassen.

Als hättest du es überhaupt versucht.

Evangelina

Kapitel 2

Scheiße!

Dieser Orgasmus war der heftigste und beste seit Langem. Was das jetzt für John und seine Fähigkeiten im Bett bedeutet, lassen wir lieber einfach mal so stehen. Mein Ex hatte es noch nie wirklich drauf, mich im Bett zu befriedigen, und genau das hier ist quasi der deutlichste Mittelfinger, den ich ihm hätte zeigen können. *Wenn er denn hier wäre.* Selbst wenn er es nie mitbekommen wird, ist es dennoch eine Genugtuung.

Für mich, meine Pussy und meinen Verstand. Da ich genau jetzt eigentlich mit ihm auf den Malediven sitzen und die brave kleine Prinzessin, der Upper Class spielen sollte, kann ich noch einen Punkt mehr auf meinem Konto gutschreiben. Ich fahre mir mit der Hand, die ich in die Kissen gekrallt hatte übers Gesicht und komme langsam wieder runter. Dieses Gefühl kurz nach dem Höhepunkt ist beinahe noch besser als das, genau während man kommt.

Denn man erreicht diesen kurzen Zustand absoluter Glückseligkeit, den man zwar wenige Sekunden danach wieder verliert, aber exakt diesen winzigen Augenblick genieße ich beinahe mehr als alles andere. Noch etwas benommen schalte ich den Vibrator aus, und ziehen ihn heraus und lege ihn neben mich auf die Couch. *Das sollte ich meiner Mutter lieber nicht verraten.*

Schmunzelnd richte ich mich auf, schwinge die Beine auf den Boden und bemerke etwas im Augenwinkel, das mich erstarren lässt. Nein, nicht etwas, sondern jemanden.

»Na, hat dir die Show gefallen?«, frage ich keck und lege den Kopf schief. Ich mache mir nicht einmal die Mühe, meine entblößte Pussy zu verhüllen, da der Kerl gerade eben mehr von mit gesehen hat, als John in den letzten zwei Jahren. Meine nackten Zehen berühren den weichen Teppich und ich vergrabe sie in dem Stoff. Er wirkt kein bisschen erschrocken. Weder von meiner forschen Art noch von meinem Anblick.

Er kommt mit einem Lächeln und einem vor Arroganz strotzenden Gang auf mich zu. Ich bin mir nicht sicher, ob ich ihn dafür verurteilen oder bewundern soll.

»War ganz okay«, gibt er locker von sich und bleibt keine drei Schritte vor mir stehen. Noch immer sitze ich nur mit meinem viel zu dünnen Shirt bekleidet auf der Couch und verspüre nicht den Drang, mich zu bedecken.

»Was daran hat dir missfallen?« In meiner Stimme schwingt so viel Sarkasmus mit, dass ich schon fast lachen muss, doch er übergeht das einfach und schnaubt.

»Missfallen ist das falsche Wort, Prinzessin. Ich war eher besorgt um den Stoff.« Seine Äußerung entlockt mir tatsächlich ein echtes Lachen und ich komme nicht umhin, ihn genauer zu mustern. Die dunkelgrüne Cargohose sitzt ihm verboten tief auf den Hüften und man erkennt durch den engen Stoff deutlich die muskulösen Beine. Auch das lockere Shirt versteckt nahezu nichts - und doch alles.

Der Unbekannte verschränkt die Arme vor der Brust, präsentiert mir seine großen tätowierten Hände und legt ein kleines Stück Haut frei. Sein Shirt rutscht leicht nach oben und ich bleibe mit dem Blick daran hängen. Um wieder auf seine Äußerung zurückzukommen, schüttle ich den Kopf, wahrscheinlich mehr, um mich davon abzuhalten, ihn nicht länger anzustarren, und stehe auf. Dabei nehme ich den Vibrator, der noch immer neben mir liegt, in die Hand und stehe noch dichter vor ihm. Ein Geruch aus Sandelholz und Rauch strömt in meine Nase und meine Nippel richten sich auf. Drücken gegen den Stoff des Shirts. Die Piercings machen das Ganze nur deutlicher. Die Musik im Hintergrund wechselt und als würde *Spotify* mich verhöhnen wollen, schallt *Dirty* von Christina Aguilera aus den teuren Lautsprechern und schickt die nächste Welle der Lust durch meinen Körper.

»Der Stoff sollte gerade dein kleinstes Problem sein.«

»Mhm, erzähl mir mehr.« Mein Herzschlag erhöht sich, als er einen weiteren Schritt auf mich zu macht und seine Hand an mein Gesicht hebt. Kritisch beobachte ich jede seiner Regungen und das Kribbeln, das durch meinen gesamten Körper rauscht, als seine Hand eine meiner dunkelblonden Strähnen hinters Ohr streicht, lässt mich zusammenzucken.

»Was meinst du, was passiert, wenn ich den Sicherheitsdienst rufe und sage, dass du ein Einbrecher bist, der mich bedroht?« Wir wissen beide, wenn ich das hätte tun wollen, es schon längst getan hätte. Noch dazu habe ich in den wenigen Minuten, in denen wir uns jetzt so nahe waren, kein einziges Mal Angst gehabt.

Ja, das klingt seltsam, ich weiß, aber ich denke nicht, dass der Kerl hier eingebrochen ist. *Das wäre bei dem Sicherheitssystem auch nahezu unmöglich, Eva.*

»Ich könnte dir sagen, was definitiv nicht passieren würde. Denn da ich sowohl einen Schlüssel habe, als auch den Code für die Alarmanlage kenne, würden sie nichts tun.« Das durchtriebene Lächeln auf seinen Lippen, die von einem Dreitagebart umrandet werden, wird intensiver.

»Verrätst du mir auch, woher du all das hast?«

»Wo bliebe da der Spaß? Außerdem, wie willst du der Security deinen Aufzug erklären, Prinzessin? Oder gefällt dir die Vorstellung, dass dir noch mehr bei deiner kleinen Show zusehen?« Seine Worte tragen dazu bei, dass ich mir exakt das bildlich vorstelle, und leider, verspüre ich bei der Vorstellung keinerlei Abneigung. Ich schlucke und lecke mir über die Lippen, ehe ich einen Schritt zurücktrete und damit mit den Kniekehlen die Couch berühre.

Plötzlich fühle ich mich unter seinem durchdringenden Blick nackt. Nicht, da ich immer noch beinahe nichts am Körper trage, sondern, weil die Tatsache, dass er mich nach wenigen Augenblicken so durchschaut hatte, mir Angst macht.

Gabriel

Kapitel 3

Wie ein Reh im Scheinwerferlicht starrt sie mich an. Die Einsicht, dass ich mit meinen Worten exakt richtig liege, erschreckt sie mehr als die Tatsache, dass ich überhaupt hier vor ihr stehe. Von der selbstsicheren Fassade, die sie bis eben zur Schau gestellt hat, ist wenig übrig. Doch auch das, verringert ihren Reiz auf mich nicht im Geringsten. Die Tatsache, dass ich immer noch hier mit ihr stehe, hat aber dennoch einen faden Beigeschmack.

Ich bin hier, um meinen Job zu machen. Nicht mehr und nicht weniger. Dass das ab heute eher schwierig wird, da die Prinzessin definitiv nicht auf dem Plan stand, versuche ich zu verdrängen. *Reiß dich einfach zusammen, Gabe.* Leichter gesagt als getan, vor allem, da sie immer noch nur dieses viel zu dünne, kurze Shirt anhat.

»Ich geh dann mal an die Arbeit, Prinzessin. Wenn es dir nichts ausmachen würde, diese Show das nächste Mal einfach in einem der oberen Zimmer zu absolvieren, wäre ich dir sehr dankbar.« Mit einem Zwinkern wende ich mich ab. Zwinge mich dazu, den Raum zu verlassen und sie nicht weiter anzustarren. Ihr Blick bohrt sich in meinen Rücken. Kurz bevor ich die Tür erreiche, die mich in den Flur führt, stoppt mich ihre Stimme.

»Wer zum Teufel bist du eigentlich?«, fragt sie endlich nach und ich kann mir das Schmunzeln nicht verkneifen. Ich drehe meinen Kopf, damit ich nicht in Versuchung komme, sie vollständig anzusehen, und lächle sie an.

»Gabriel. Der Housesitter für die nächsten Wochen.«

»Gabriel also, wie der Engel.«

»Glaub mir Prinzessin, mit einem Engel habe ich wenig gemeinsam.«

»Das trifft sich gut, denn Engel überleben in meiner Welt nicht lange.«

»Nimm den Mund nicht zu voll ...«

»Eva«, beendet sie meinen Satz und mir wird die Absurdität der Situation bewusst.

»Aber glaub mir, mit der Eva aus der Bibel habe ich wenig gemeinsam.« Ihr Zwinkern verleitet mich dazu, mich vollständig zu ihr umzudrehen und etwas verdammt Dummes zu tun.

Mit wenigen Schritten bin ich bei ihr, ziehe sie an der Taille zu mir. Ignoriere den verführerischen Duft, der von ihr ausgeht. Doch der erstickte Laut, der ihrem Mund entkommt, macht diese Tatsache fast schon unwichtig. Meine Lippen legen sich an ihr Ohr und ich lecke kurz darüber.

»Glaub mir, Prinzessin, damit habe ich gerechnet.« Das Zittern, das durch ihren Körper geht, erfüllt mich mit einer Freude, die in jeder Faser meines Körpers zu kribbeln beginnt, ehe ich mich ruckartig von ihr löse und den Raum verlasse.

Natürlich hätte ich gehen können, nachdem klar war, dass mein Plan zum Scheitern verurteilt ist, doch den Gefallen werde ich weder der Prinzessin, noch mir tun. Es sind zwei Tage vergangen, in denen ich sie immer nur für ein paar Sekunden gesehen habe. Sekunden, in denen ich ihren Blick dafür umso deutlicher auf mir gespürt habe. War es ab und an Absicht, dass ich mich zufällig im selben Moment wie sie durch das Haus bewegt habe? Ja, schuldig im Sinne der Anklage. Dass mir ihre Blicke gefallen haben, gebe ich nicht so leicht zu. Auch dass ich nichts gegen eine Wiederholung der Szene hätte, in der ich sie am ersten Tag vorgefunden habe. *Solange du dich an deinen Plan hältst, ist jedes Mittel recht.*

Evangelina wird so langsam auch bemerkt haben, das ich nicht vorhabe zu gehen. Da sie aber bisher weder die Polizei noch den Wachdienst gerufen hat, stelle ich mir die Frage, ob es sie überhaupt stört, dass ich hier bin. *Vielleicht will sie auch nicht, dass jemand mitbekommt, dass sie gar nicht auf den Malediven ist.* Woher ich das schon wieder weiß? Vorbereitung und Recherche. Denn laut Medien sollte sie sich jetzt am Strand der Malediven räkeln und das am liebsten mit ihrem Freund, dem Sohn des Immobilienmoguls und - wenn man der Klatschpresse Glauben schenken möchte - bald Verlobten. Doch da sie bisher kein Wort über ihn verloren hat, gehe ich davon aus, dass diese Geschichte der Vergangenheit angehört.

Die leisen Schritte auf der Treppe lenken mich von den Gedanken an Eva und ihren Typen ab. Sie versucht, leise zu sein, doch die Geräusche, die ihre nackten Füße auf dem Granitboden verursachen, kann sie nicht ganz verhindern.

Dennoch tue ich weiterhin so, als würde ich sie nicht bemerken. Auch dann nicht, als sie hinter mir stehen bleibt. Unbeeindruckt wende ich den Speck in der Pfanne und spüre die Hitze über meinen nackten Rücken gleiten. Ihre Blicke hinterlassen Abdrücke. Auf jeder Stelle, die sie sich von mir einprägt.

Evangelina

Kapitel 4

Für einen kurzen Moment dachte ich, ich träume. Besser gesagt, dass ich einen dieser Träume habe, die ich seit den letzten zwei Tagen immer wieder habe. Doch diesmal ist er real. *Woran ich das erkenne?* Sagen wir es so: Es gibt ein paar Anzeichen, die dafürsprechen. Wären wir in einem meiner Träume, hätte er sich bereits zu mir umgedreht - am besten nackt. Und dann hätte Gabriel mich an der Taille gepackt, mich auf die Arbeitsfläche der Küche gehoben und ...

Okay, lassen wir das. Denn wenn ich eins jetzt definitiv nicht gebrauchen kann, sind es Fantasien von einem Fremden, der halbnackt in unserer Küche steht und Speck brät. Doch auch wenn das hier die Realität ist, und nicht einer meiner Träume, kann ich mich nicht beschweren. Den Anblick, den Gabe mir bietet, ist fast mit dem vergleichbar, den ich mir Nacht für Nacht vorstelle. Ich könnte mich bemerkbar machen, doch lieber genieße ich es, wie seine Muskeln arbeiten.

Die feinen Linien, die sich bei jeder kleinen Bewegung zusammenziehen. Das V, das bei seinen Schultern nach unten schmäler wird und das alles wird von dieser leicht gebräunten, olivfarbenen Haut begleitet. Ich lasse den Blick weiter gleiten und stoppe, als ich feine schwarze Linien erkenne, die sich an seiner Seite entlangziehen. Vergeblich drehe ich den Kopf, um zu sehen, welches Motiv er sich auf diesem trainierten Körper verewigen ließ, doch dann passiert es. Durch das Schieflegen meines Kopfs verliere ich das Gleichgewicht und kann mich gerade so abfangen. Das beendet nicht nur meine Musterung, denn jetzt hat er mich definitiv bemerkt. In einer fließenden Bewegung dreht Gabe sich zu mir um. Sein Lächeln täuscht. Denn in seinem Blick liegt etwas, das mich ahnen lässt, dass er den Checkup mehr als genossen hat. *Er wusste, dass ich hinter ihm stehe.*

»Guten Morgen, Prinzessin«, sagt er in diesem warmen, rauen Tonfall und schickt dadurch ein Kribbeln durch meinen Körper. Jetzt kann ich auch endlich das Motiv sehen, das er auf der Haut trägt. Doch mit dem, was ich sehe, hätte ich nicht gerechnet. Statt - wie erwartet - eines Musters, oder etwas Derbem, sind es drei filigrane

Schmetterlinge. Ich mache einen Schritt auf ihn zu und nehme den Blick nicht von seinem Tattoo. Es fasziniert mich. Zieht mich auf eine Weise an, die ich nicht in Worte fassen kann. Zu spät merke ich, wie er mich mit einem Blick taxiert, einem, der mich einnimmt und nicht mehr loslässt. Genau darin lag meine Absicht. Ich würde gern etwas sagen, das ihn provoziert. Oder dass die Situation entschärft, doch nichts, was sich in meinem Kopf zu Worten formt, klingt auch nur annähernd logisch.

»Nettes Tattoo«, verlassen die ersten Worte meine Lippen und ich höre den spöttischen Unterton in meiner Stimme. Gabes Blick, der eben noch eine Hitze auf meiner Haut hinterlassen hat, verschwindet und ich verschränke die Arme vor meiner Brust. Schützend, da ich mich unter seinem Starren plötzlich nackt fühle.

»Danke«, erwidert er und schnaubt. Er dreht sich wieder zu der Pfanne um und nimmt den Speck raus. »Hast du Hunger?«

»Ja.« Ich fühle mich unwohl, da er plötzlich so kühl und abweisend ist, obwohl wir sicher beide dieses verfluchte Kribbeln gespürt haben. Zumindest so lange, bis ich meinen Mund nicht halten konnte.

»Gut, setz dich.«
»Du weißt, dass du das nicht machen musst, oder?«, frage ich und gehe zu ihm.
»Was meinst du?«
»Kochen«, spreche ich das Offensichtliche aus und setze mich auf die Arbeitsfläche, um ihm weiter zuzusehen. Ich kann es nicht erklären, doch ihn hier halb nackt in unserer Küche zu sehen, hat etwas Vertrautes und Beruhigendes.

Selbst, wenn er ein Fremder ist. Ein Fremder, der mich eben noch mit seinen Blicken beinahe umgebracht hat.

Gabriel

Kapitel 5

Nach ihrem Kommentar zu meinem Tattoo dachte ich wirklich, dass ich meinen Kopf wieder bei der Sache hätte. Doch eine Bewegung, eine verfluchte Bewegung von ihr reicht aus, um meinen Verstand aussetzen zu lassen und meinem Schwanz das Denken zu überlassen.

Ist das ihr verfluchter Ernst? Ja, ich denke schon. Als ich mich eben zu ihr umgedreht habe, dachte ich nicht, dass ihr Anblick mich noch mehr aus dem Konzept bringen kann, als er es in diesem verflucht kurzen Shirt schon getan hat. Das verwaschene graue NYU-Shirt geht ihr gerade so bis zur Mitte ihrer Schenkel. Versteht mich nicht falsch. Nichts gegen heiße Dessous, aber das ist beinahe noch besser. Nur habe ich nicht bedacht, dass sie darunter nichts trägt. Der Anblick, der sich mir bietet, als sie sich neben dem Herd, auf die Arbeitsplatte setzt, schickt meinen Puls in einen ungesunden Bereich und ich kann den Blick nicht von ihrer seidigen Haut nehmen.

Vergessen ist ihr Kommentar. Das Frühstück und mein Plan, sie noch etwas stärker zu reizen. Stattdessen projizieren sich Bilder vor meinem inneren Auge, die dort nichts zu suchen haben. Eindeutige Bilder.

Von ihr.

Mir.

Und ...

»Wenn du mich weiterhin so anstarrst, wird das nichts mehr mit dem Frühstück.« Das Lächeln in ihrer Stimme ist selbstsicher und lenkt meine Aufmerksamkeit zurück auf ihr Gesicht. Ein zufriedenes Glänzen flammt in ihren braunen Augen auf und ich lecke mir über die Lippen.

»Als würde dich das stören, Eva.«

»Hab nie etwas anderes behauptet.« Ihre Kommentare stacheln mich nur noch weiter an. Weiter und weiter. Es ist verrückt, wie sich die Stimmung zwischen uns von kalt zu explosiv ändern kann. Wie sie es schafft, mit einer einfachen Geste oder ein paar Worten eine vollkommen andere Person zu sein. In den letzten Tagen habe ich kein einziges Mal die Prinzessin der Upper East in ihr gesehen. Keine Sekunde lang war sie so, wie die Medien und sozialen

Netzwerke sie darstellen. *Natürlich, weil du sie ja nach zwei Tagen auch so gut einschätzen kannst.* Menschen zu täuschen, gehört in ihrer Welt zum guten Ton. Mit ihnen zu spielen, als wären sie Marionetten. So zu tun, als hätten sie eine Wahl. Wären etwas wert ...

Verdammt, ich muss mich zusammenreißen.

»Weißt du, Prinzessin, vielleicht sollten wir einfach essen.« Mit einem Zwinkern lächle ich ihr zu und berühre wie beiläufig ihren Oberschenkel. Die kurze Berührung sendet ein Kribbeln durch meinen Körper, das ich vehement ignoriere. *Halte dich einfach an deinen Plan!* Ob es bei ihr eine ähnliche Wirkung hat, beachte ich nicht. Es geht nur darum, welche Wirkung sie auf mich hat und ob sie das ausnutzen wird.

Nachdem wir gemeinsam gefrühstückt haben und dabei oberflächliche Gespräche über das Wetter geführt haben, hat sich Eva ziemlich schnell wieder nach oben in ihr Zimmer verdrückt. Ihre Ausrede war, dass sie lernen muss. Was ich ihr ausnahmsweise sogar glaube.

Alles, was ich in den letzten Tagen über Eva herausgefunden habe, bestätigt sich mit jedem Weiteren, an dem ich sie erlebe. Sie ist eigenstän-

dig. Verlässt sich nicht auf ihren Namen - oder den ihrer Eltern. Sie ist schlagfertig, nicht auf den Mund gefallen und schlau. Alles Eigenschaften, die mich an ihr reizen. *Sollten sie aber nicht.* Mein Hass ist das Einzige, an dem ich mich festhalten kann. Der Hass auf sie, ihre Familie und die ganze Upper East Side.
Weder ich noch sie sollten in diesem verfluchten Haus sein und doch sind wir genau hier. Zusammen.
Als ich hier ankam, hatte ich erwartet, ein leeres Haus vorzufinden. Dass ich mich in Ruhe umsehen kann und alles zusammentrage, was ich brauche. Doch die Prinzessin hat mich überrascht. Vor allem aber die Art, wie ich sie vorgefunden habe, geht mir nicht mehr aus dem Kopf. Bei dem Gedanken daran, wie ich sie hier angetroffen habe, schießt mir das Blut in den Schwanz und ich reibe mir stöhnend über das Gesicht. Ich bilde mir ein, ihr Stöhnen in meinen Ohren zu hören, und lasse meine Fantasie kurz mit mir durchgehen. Niemand ist hier. Ich bin vollkommen allein. Keiner wird es jemals erfahren.

Begleitet von ihrer Stimme in meinem Kopf und den Bildern, die sie mir geliefert hat, knöpfe ich eilig meine Jeans auf und schiebe eine Hand in die Shorts. Schon diese zarte Berührung reicht aus, um mich zucken zu lassen, und als ich spüre, wie hart ich wegen der kleinen Prinzessin bereits bin, kann ich mich nicht mehr zurückhalten. Das Gefühl ihrer Haut gesellt sich in meine Fantasien von ihrem Stöhnen. Ihre Stimme schleicht sich in meinen Kopf und es kommt mir vor, als wäre sie hier. Dass es ihre Finger sind, die meinen Schwanz reiben. Ihre Hand, die sanften Druck ausübt. Immer stärker wichse ich meine Erektion, bis ich es nicht mehr zurückhalten kann. Ich komme in meiner Hose wie ein Teenager. Mit Bildern im Kopf, die dort mit Sicherheit nicht hingehören. Bilder von einer Frau, die nicht für meine Befriedigung verantwortlich sein sollte.

Meinen kurzen Moment der Schwäche habe ich in den hintersten Winkel meines Gedächtnisses verbannt. Ab jetzt muss ich mich wieder auf das konzentrieren, weswegen ich hier bin. Die kleine Änderung, die mit Eva einhergeht, wollte ich gestern schon mit meinem besten Kumpel Devon besprechen, doch er war beschäftigt gewesen.

Natürlich hätte ich ihm eine Nachricht schicken können, aber das wäre zu gefährlich. Alles, was am Telefon passiert, kann zurückverfolgt werden. Darum habe ich ihm nur eine Nachricht mit dem Treffpunkt geschickt, an dem wir in weniger als einer halben Stunde verabredet sind.

Mittlerweile ist es dunkel geworden. Die Lichter im Haus sind durch den Bewegungsmelder angegangen und eine gemütliche Atmosphäre ist entstanden. Beinahe könnte man sich hier wohl fühlen, wüsste ich nicht, wer hier zu Hause ist.

Mit meiner Jacke in der Hand gehe ich die Stufen zum Eingangsbereich nach unten, als ich stoppe. Evas Stimme dringt durch den gefliesten Flur zu mir rüber und ich bleibe stehen. Lausche, ob das, was sie sagt, mir irgendwie in die Karten spielen könnte.

»Nein Dad, ich werde morgen nicht in dieses Flugzeug steigen.« Kurze Stille folgt, begleitet von einem genervten Schnauben. »Weil er mich betrogen hat und ich auch gut ohne ihn zurechtkomme!« Wieder ist es still, doch als Eva diesmal antwortet, liegt eine Schärfe in ihrer Stimme, die

ich nicht erwartet hätte. Vor allem dann nicht, wenn sie mit ihrem Vater spricht.
»Nein! Ich sage es dir noch ein letztes Mal. ICH WERDE NICHT ...« Sie beendet den Satz nicht. Es ist kurz still, ehe etwas krachend zu Boden geht und sie wieder weiterspricht. Wobei besser schreit.

Evangelina

Kapitel 6

»So eine Scheiße!« Wieso legt er einfach auf? Und wie hat er raus gefunden, dass ich nicht mit John auf den Malediven bin? Okay, Letzteres kann ich mir denken, aber warum zur Hölle ...

»Na, gibt es Ärger im Paradies?« Gabes höhnische Stimme hinter mir lässt mich erschrocken zusammenzucken, ehe ich mich zu ihm umdrehe. Er steht in der Tür gelehnt mit einem selbstgefälligen Grinsen auf den Lippen und sieht mich fragend an.

»Wie originell«, versuche ich, seine Frage abzuwenden, da ihn das alles nichts angeht. »Eva und das Paradies. Wow, du musst wahnsinnig stolz auf diese Sprüche sein.« Sein Lächeln wird breiter und er stößt sich von der Tür ab. Mir fällt auf, dass er sich umgezogen hat und verflucht heiß aussieht. *Okay, das hat er heute Morgen auch, als er nur dieses Handtuch ... Stopp!*

»Also, was willst du?«, frage ich, um mich selbst auf andere Gedanken zu bringen. Am besten welche, die nichts mit ihm zu tun haben.
»Gar nichts. Ich bin für ein paar Stunden weg.«
»Und das sagst du mir, weil?«
»Weil du gerade hier bist und mich gefragt hast.« Er zuckt mit den Schultern und wieder kann ich den Blick nicht von den Muskeln nehmen, die sich durch den engen Stoff seines weißen Shirts abzeichnen.
»Na dann, viel Spaß?«
»Danke, den werde ich haben, Prinzessin.« Zwinkernd dreht er sich um und gewährt mir dadurch einen perfekten Blick auf seinen Hintern, der in der dunklen Cargohose verdammt gut aussieht. »Ach, und Eva?«

»Hm?« Schnell hebe ich den Blick, als er über die Schulter schaut.
»Ich hätte nichts gegen eine Wiederholung der Show von neulich. Falls du darüber nachdenkst, eine andere Karriere zu verfolgen, wäre das ziemlich nett mit anzusehen.«

Ist das sein verfluchter Ernst?
»Hast du mir gerade vorgeschlagen, dass ich eine verdammte Hure werden soll?« Mein Puls steigt

unaufhörlich und ich balle die Hände zu Fäusten. Bin kurz davor ihm die Augen auszukratzen. »Das hast du dir selbst zusammengereimt, was für dreckige Gedanken du doch hast, kleine Prinzessin.« Mein ausgestreckter Mittelfinger ist alles, was er als Antwort bekommt. Ich werde mich bestimmt nicht auf diese Ebene begeben, die er gerade betreten hat. Doch egal, wie locker ich mich nach außen hingebe, innerlich hat er mich vollkommen getroffen. Es ist mir nicht peinlich, was Gabe gesehen hat. Nein, dazu bin ich zu sehr ich. Doch sein Kommentar lässt eine Hitze in mir auflodern, die ich absolut nicht gebrauchen kann. Eine, die ich nicht einordnen kann und die mich rasend macht. Nicht nur vor Wut, sondern weil seine Worte etwas in mir wecken, was nicht gut ist. *Komm schon Eva, ein bisschen Spaß kannst du dir erlauben. Nein!*

Genau das ist das Problem. Ich kann es mir nicht erlauben, auch nur eine Sekunde abgelenkt zu werden. Gabes Lachen hallt durch die Empfangshalle, gefolgt von der zufallenden Tür. Fuck! Bei meiner kleinen Diskussion mit mir selbst habe ich nicht einmal mitbekommen, dass er wirklich gegangen ist.

Meine Hand umklammert mein Handy, dabei kommt mir das Telefonat mit meinem Vater wieder in den Sinn und wie er einfach aufgelegt hat. Er hatte nicht einmal den Respekt vor mir, gehabt, mich aussprechen zu lassen. Doch als wäre das nicht genug, hatte er mir verboten, ja seine Worte, nicht meine, dass ich auch nur einen Fuß vor diese Tür setze.
»Was sollen die Leute denken, Evangelina. Sie denken, du seist im Liebesurlaub. Weißt du, was das für Schlagzeilen machen wird?«
Natürlich geht es ihm nur um das, was die Leute von uns halten. Okay, nein, das ist nicht richtig. Es geht darum, was die Leute von ihm halten.

James Forings Tochter allein auf der Upper East – ist das das Aus ihrer Beziehung?

Ich sehe die Schlagzeile schon vor mir. Am liebsten würde ich genau das provozieren, doch was würde es mir bringen? Einen weiteren Vortrag über meine mangelnden Manieren? Den fehlenden Respekt und, und, und. Es ist nicht so, als hätten meine Eltern und ich solche Gespräche nicht schon zur Genüge geführt. Natürlich bin ich alt genug, um offiziell meine eigenen Entscheidungen zu treffen, doch wir wissen alle, dass das, was ich darf, und das, was von mir erwartet wir, zwei vollkommen unterschiedliche Dinge sind.

Das Vibrieren meines Telefons lenkt meine Gedanken von dem deprimierenden Thema, was sich mein Leben nennt, zurück ins Hier und Jetzt. Als ich auf das Display sehe, erstirbt die Hoffnung, dass meine Laune sich bessern könnte.

James: Betrug gehört in unserer Welt zum guten Ton, Evangelina. Reiß dich zusammen und vergiss nicht, woher du kommst und was du im Begriff bist zu werden!

Ohne eine Antwort darauf zu tippen, werfe ich das Handy Richtung Couch. Natürlich habe ich Glück und es landet erst auf dem Polster und dann auf dem Teppich. Dass ich nicht lache.

Ein paar Stunden sind vergangen und ich bin noch immer allein. Weder mein Vater noch meine Mutter sind hier einmarschiert und haben mir einen Vortrag darüber gehalten, dass ich sofort meine Koffer packen und zu John auf die Malediven fliegen soll. Was mich ehrlich gesagt mehr verwundert, als ich es zugeben würde. Doch es könnte auch an der Wichtigkeit der Reise meines Vaters liegen, dass sie mein Zurückbleiben einfach hinnehmen. Zumindest so lange, bis sie wieder zurück sind und mir die Hölle heiß machen. Die beiden sind noch eine Woche lang auf einem Meeting in DC und ich kann nur hoffen, dass sie die vollen sieben Tage dortbleiben. Ruhelos wälze ich mich in meinem Bett und überlege, wie es sein kann, dass Gabriel einfach hier reingekommen ist. Wäre er wirklich der Housesitter, der er vorgibt zu sein, hätte mein Vater etwas gesagt. Natürlich hätte es sein können, dass er es für nicht wichtig genug gehalten hat, mich einzuweihen, da ich ja eigentlich gar nicht hier wäre. Doch das kann ich mir nicht vorstellen.

Aber warum sollten mich meine Eltern auch in irgendetwas einweihen. Das tun sie so oder so nie. *Evangelina wird Jura studieren. Evangelina wird mit John ausgehen. Sie wird ihn heiraten. Eine Familie gründen. Evangelina wird, die Vorzeigeprinzessin der Upper East Side. Sie lächelt immer in die Kameras der Fotografen. Es gibt keine Skandale um sie.*

Ich könnte diese Liste noch ewig weiter ausführen. Das Einzige, für das ich tatsächlich dankbar bin, ist das Jura-Studium. Doch anders als es sich meine Eltern vermutlich denken, brauche ich es für meinen Plan. Dieser hat weder etwas mit ihren Vorstellungen für meine Zukunft zu tun, noch für ihre Zwecke, eine Juristin in der Familie zu haben, die ihre Geschäfte überprüft. Denn hier geht es um das, was ich will. Um meinen Plan, der für die beiden nichts das bereit hält, was sie sich erhoffen. Vielleicht sollte ich meine Chance, allein hier zu sein, nutzen und nicht darüber nachdenken, warum ... Ein seltsames Geräusch durchdringt meine Gedanken. *Was war da?*

Neugierig gehe ich dem nach. Schwinge meine nackten Beine aus dem Bett und gehe zur Tür. Durch die indirekte Beleuchtung unter meinem Bett erkenne ich genug, um den Weg zu finden. Mit der Hand auf dem Türgriff lege ich mein Ohr an die Tür und lausche auf ein weiteres Geräusch. Erst ist es ruhig, so als hätte ich mir das eben nur eingebildet, doch dann höre ich es wieder. Eine Tür schlägt zu. Es poltert und Schritte sind zu hören.

Ohne noch länger nachzudenken, öffne ich die Tür meines Schlafzimmers und trete in den schwach beleuchteten Flur.

»Fuck, warum sind das nur so viele Stufen?«, höre ich seine Stimme. Das leichte Lallen darin entgeht mir nicht und ich schüttle schmunzelnd den Kopf. Es dauert ein paar Sekunden, ehe ich Gabe sehe. Er zieht sich am Geländer nach oben und kommt auf der letzten Stufe an. Mit dem Kopf leicht nach unten gebeugt, sieht er mich nicht. Dafür erkenne ich ihn nur zu deutlich. Seine Haare hängen ihm wirr ins Gesicht. Er trägt noch immer dieselben Klamotten, wie heute Nachmittag, und ich frage mich, wo er so lange war. Als ich vorhin auf die Uhr geschaut habe, war es kurz nach Mitternacht. Wie lange das her ist, kann ich nicht genau sagen.

Er macht eine kurze Pause und stützt sich mit beiden Händen auf dem Geländer ab. Noch hat er mich nicht bemerkt. Steht schwer atmend da und hebt langsam den Kopf. Streicht dabei in einer fließenden Bewegung seine Haare zurück.

Ich erkenne genau den Moment, in dem seine Augen auf mich treffen. Gabe stoppt für eine Sekunde in seiner Bewegung. Richtet sich dann aber zu seiner kompletten Größe auf und spießt mich mit seinem intensiven Blick auf.

Eine Gänsehaut breitet sich auf meinem Körper aus, welche nichts mit meiner fehlenden Kleidung zu tun hat. Sein Starren ist so intensiv, dass ich die Arme um mich schlingen möchte, um mich davor zu schützen. Gleichzeitig möchte ich genau das Gegenteil davon tun. Seine grünen Augen, die über jeden einzelnen Zentimeter meiner Haut gleiten, fühlen sich gut an. So verflucht gut.

Gabriel

Kapitel 7

Träume ich, oder steht sie wirklich hier? Vor mir, halb nackt und in diesem schwachen Licht? Ich weiß, dass das hier kein Traum ist, denn wenn es einer wäre, hätte ich keine Kopfschmerzen und keine Ewigkeit gebraucht diese Treppe nach oben zu steigen. Aber kennt nicht jeder diese Augenblicke im Leben, in denen man sich wünscht, dass es genau das wäre? Ein Traum, in dem man nicht an das denken muss, was danach ist? Ein Moment, in dem ich am liebsten zu ihr gehen würde, sie gegen die Tür in ihrem Rücken pressen und meine Hände über jede Stelle ihres Körpers gleiten lassen würde?

Fuck. Ich muss damit aufhören, mir das vorzustellen. Warum musste ich auch mit den Drinks übertreiben? Ich hätte wissen müssen, dass es mit Alkohol im Blut noch schwerer sein wird, ihr zu widerstehen. Doch wenn es nach Devon gehen würde, könnte ich eben genau diese Anziehung zu Eva nutzen.

»Geht es dir gut?«, durchbricht sie meine Gedanken und ich schaffe es, mich aus meiner Starre zu lösen und ihr endlich in die Augen zu sehen.

»Warum bist du noch wach?«, frage ich matt und mache einen Schritt auf sie zu.

Kurz flackert etwas in ihrem Blick auf, das zwischen Verwirrung und Belustigung liegt, ehe sie diese verfickten vollen Lippen öffnet, um mir zu antworten.

»Ich wusste nicht, dass du als Babysitter angestellt wurdest.« Sie verschränkt die Arme vor der Brust, was ihr Shirt noch weiter nach oben rutschen lässt und damit nur noch mehr von ihren zarten Schenkeln entblößt.

»Wurde ich auch nicht.«

»Warum interessiert es dich dann, was ich wann tue?« Dieses Gespräch entwickelt sich in eine vollkommen falsche Richtung. Doch ich bin definitiv zu betrunken, um es auf sich beruhen zu lassen oder vernünftig zu handeln. Gerade bin ich sogar zu voll, um sie mit diesem Blick anzuschauen, der ihr unangenehm ist. Mein Hass ist umgeben von einer verfluchten Wolke aus Alkohol und diesem dröhnenden Gefühl. Nur deshalb, und ja, das rede ich mir wahrscheinlich ein, mache ich - statt einfach an ihr vorbeizugehen - einen Schritt auf sie zu. Stehe vor ihr, viel zu nah, und spüre ihren Atem auf meiner Haut. Egal, was ich jetzt sage, ich weiß, dass ich es, sobald ich nüchtern bin, bereuen werde, und doch hält mich das nicht davon ab den Mund zu öffnen.

»Genau das ist die Eine-Million-Dollar-Frage, Eva.« Ich kann die anderen Worte zurückhalten, die mir auf der Zunge liegen. Worte, die darauf abgezielt hätten, sie von mir fernzuhalten. Worte, die sie verletzt hätten. *Ich sollte dich hassen und nicht daran denken, wie du dich unter mit anfühlen würdest. Wie perfekt sich dein Körper an meinen schmiegen würde. Wie verflucht laut du schreien würdest, wenn ich dich ficke.*

Nichts davon spreche ich aus. *Zu meinem Glück.* Gleite stattdessen mit einer Hand an ihrem Oberschenkel entlang und verflucht, warum muss sie sich so gut anfühlen? Diese weiche, warme Haut. Die leichte Gänsehaut, die sich bei meiner Berührung bildet und das hauchzarte Zittern, das durch sie fährt.

Eine kleine Berührung mit der weder sie noch ich gerechnet hätten. Nur wenige Sekunden, in denen Eva stockend ein und ausatmet. Sekunden, in denen sie sich mir näherkommt und ihr Gesicht so dicht vor meinem schwebt. *Ich sollte mich zurückziehen. In mein verdammtes Zimmer verschwinden und die Tür verriegeln.* Aber nichts davon mache ich. Bleibe stattdessen einfach stehen, halte ihren herausfordernden Blick fest und versuche, etwas in ihren tiefbraunen Iriden zu lesen. Unsere Blicke halten einander fest.

Schwer schluckend, lasse ich meine Hand weiter nach oben wandern. Schiebe sie unter den Saum ihres Shirts und spüre den dünnen Spitzenstoff ihres Slips. Fuck, alles in mir spannt sich an. Mein Schwanz pocht, und ich bin so kurz davor einen Fehler zu begehen. Einen, der mich alles kosten könnte.

»Hast du Lust auf ein Spiel?«

»An was hast du gedacht, Eva?« Sie windet sich aus meinem Griff und geht zur Treppe. *Was hast du vor, Prinzessin?*

»Ich brauche einen Drink und was gibt es Besseres, als einen Schlummertrunk, den du mir deutlich voraushast.« Über die Schulter wirft sie mir einen Blick zu, der mich herausfordert. Ich werde nicht Nein sagen, wie könnte ich auch? Immerhin hat sie nichts weiter als dieses Shirt an.

»Okay, bin dabei.« Meine Worte kommen mir schnell über die Lippen und ich folge ihr die Treppe nach unten.

Im Wohnzimmer schaltet sie eine kleine Lampe ein, die neben der Couch steht. Die Bilder, die mich beim Anblick eben dieser Couch heimsuchen, sollten verboten werden.

Fuck, ich glaube, das war eine der beschissensten Ideen, die ich je hatte.

»Setz dich, ich hol uns das gute Zeug.« Eva zwinkert mir zu, ehe sie um das Polstermöbel herum geht und dahinter in einem Regal nach Etwas sucht. Es wäre besser, wenn ich den Blick abwenden würde und doch tue ich genau das Gegenteil. Sie weiß, dass ich sie beobachte, ahnt es zumindest und ich fühle mich fast in die Situation vor ein paar Tagen zurückversetzt.

Eva greift nach einer Flasche mit bernsteinfarbener Flüssigkeit, die etwas weiter oben steht. Sie muss sich etwas strecken und dabei rutscht ihr Shirt etwas hoch. Zeigt den Ansatz ihres Hinterns und den Spitzenslip, den ich eben an meinen Fingerspitzen gespürt habe.

Das Verlangen pulsiert durch meine Venen und um mich von einer Dummheit abzuhalten, setze ich mich hin. Eva kommt mit der Flasche Whiskey zu mir, hält sie fest in der Hand und setzt sich ans andere Ende der Couch.

»Wahrheit oder Pflicht ist zu langweilig.« Sie zieht die Beine in einen Schneidersitz und ich schlucke. Zwinge mich dazu, ihrem Blick standzuhalten. Verflucht das ist ein Spiel, mit dem ich nicht gerechnet hätte. Meine Selbstbeherrschung ist durch den Alkohol etwas in Mitleidenschaft gezogen und wie mir scheint, gefällt ihr das. Ein bisschen zu sehr.

»Wie wäre es stattdessen mit *Ich habe noch nie*?« Meine Stimme klingt belegt und ich sollte verflucht noch mal einfach schlafen gehen. Mich nicht auf das hier einlassen und doch bewege ich mich keinen Zentimeter. Lasse meinen Blick über ihr Gesicht wandern. Die feinen Züge, ihre rosafarbenen Lippen und der kleinen Nase. Sie sieht wirklich, wie eine verfluchte Prinzessin aus. Blond und schön, doch etwas an ihr lockt mich auf eine andere Art an. Eine, die ich mir verbieten sollte, da ich genau diese Faszination nicht für sie fühlen will.

»Gut, dann das.« Begeistert funkeln ihre Augen im schwachen Schein der Lampe. »Ich fang an.« Sie zieht ihre Lippe zwischen die Zähne und überlegt sich eine Frage, bei der ich mir sicher bin, dass sie sie schon längst weiß. Ich lehne mich zurück und versuche, entspannt zu wirken, auch wenn alles in mir vor Spannung fast explodiert.

»Hast du schon mal jemanden verletzt?« Ich strecke meine Hand nach der Flasche aus. Eva reicht sie mir und ich trinke einen Schluck. Der Whiskey fließt wie flüssiger Honig meine Kehle herunter. Erst als ich geschluckt habe, sehe ich zu ihr, suche in ihrem Blick nach Angst oder einer weiteren Frage. Doch ich bin dran.

»Hast du schon mal etwas Verbotenes getan?« Ohne zu zögern, streckt sie die Hand nach der Flasche aus. Ich reiche sie ihr zurück und beobachte sie. Wie sich ihre Lippen um die Öffnung schließen und sie schluckt. Sie reicht sie mir zurück und ich trinke ebenfalls.

»An was denkst du gerade?« Kaum lauter als ein Flüstern dringt ihre Stimme zu mir hindurch.

»Falsches Spiel, Prinzessin«, sage ich und versuche ich, sie abzuspeisen, und kann dennoch nichts gegen die Gedanken in meinem Kopf tun, die sich immer mehr formen. Wie ich sie auf den teuren Stoff der Couch drücke. Ihr Shirt nach oben schiebe und jede meiner Berührungen einen Schauer durch sie schickt. Wie sie unter mir erbebt, und das nur durch sanfte Liebkosungen.

»Stellst du es dir gerade vor?« Wissend lächelt sie mich an und ich setze die Flasche an meine Lippen.

»Soll ich dir die Regeln dieses Spiels noch mal erklären, Eva?«

»Nein, ich kenne sie.«

»Und trotzdem hältst du dich nicht daran.« Schnaubend steht sie auf, nimmt mir die Flasche aus der Hand und trinkt einen Schluck.

»Ich sollte schlafen gehen.« Vier Worte, die wirken, als hätte sie einen Eimer voller Eis über mir ausgeschüttet. Statt sie einfach gehen zu lassen, schließen sich meine Finger um ihr Gelenk und hält sie fest. Wir blicken auf die Stelle, an der wir uns berühren.

»Hast du Angst, dass dir meine Antwort nicht oder zu sehr gefallen könnte?«

Eva windet sich aus meinem Griff. Macht einen Schritt zur Seite und verlässt wortlos das Wohnzimmer. Ich höre, wie sie die Treppen nach oben geht, und was mache ich? Bleibe sitzen und kann nicht fassen, was hier gerade passiert ist. *Hast du jetzt vollkommen den Verstand verloren?*

Wie lange ich noch hier sitze, weiß ich nicht. Erst, als mir vom Starren schwindelig wird, stehe ich langsam auf und mache mich auf den Weg nach oben. Komme an ihrem Zimmer vorbei und zwinge mich dazu, weiterzugehen. Meine Gedanken fahren Achterbahn, als ich mich aus den nach Rauch stinkenden Klamotten schäle, und verstummen erst, als ich im angrenzenden Bad unter der Dusche stehe. Das kalte Wasser läuft über meinen Kopf und tropft nach unten. Klärt meine Gedanken und spült alles, was ich mir selbst vorwerfe, weg. Zumindest rede ich es mir ein.

Du solltest sie verachten. Ihr Leben zerstören und sie nicht ficken wollen. Alles, wofür sie steht, ist das, was dein Leben zerstört hat. Ihr Name, ihre Familie, all das solltest du hassen und nicht auf diese Art an sie denken.

Mit der flachen Hand schlage ich gegen die Fliesen. Weiß, dass ich meinem vernebelten Verstand heute nicht mehr trauen sollte. Doch was, wenn Devon mit seiner Idee gar nicht so falschliegt? Was, wenn ich damit zwei Probleme auf einmal aus der Welt schaffen kann? Fakt ist, ich kann in Evas Gegenwart nicht klar denken und das ist eine Ablenkung.

An viel Schlaf war nach der kalten Dusche nicht mehr zu denken, auch wenn sich meine Gedanken geklärt hatten. Jedes Mal, wenn ich mich von einer auf die andere Seite gedreht hatte, waren gerade einmal zehn Minuten vergangen.

Noch bevor die Sonne aufgegangen war, hatte ich mich aus dem Bett gequält und in die Küche geschleppt. Mein Kopf dröhnt und ich brauche dringend Koffein und eine Schmerztablette. Mit nur zwei Knopfdrücken läuft das schwarze Gold auch schon in die Tasse und ich mache mich auf die Suche nach dem Medizinschrank.

Mit Kaffee und einer Tablette schleiche ich mich zurück ins Gästezimmer, da ich nicht scharf drauf bin, Eva zu begegnen. Nach meiner unüberlegten Aktion letzte Nacht weiß ich nicht, wie sie reagieren wird. *Oder ich.* Erst als die Tür hinter mit zufällt, lasse ich den Gedanken daran zu, dass sie es war, die diese verdammte Situation zwischen uns beendet hat. Wäre ich nicht der, der ich bin, könnte mein Ego unter ihrer Abweisung gelitten haben, doch insgeheim bin ich ihr dankbar. Denn ich wüsste nicht, ob ich noch in den Spiegel sehen könnte, hätten wir weitergemacht. Noch jetzt spüre ich ihre Haut unter meinen Finger. Höre ihren zittrigen Atem, sehe das Feuer und die Leidenschaft in ihren Augen. Ein Teil in mir bewundert sie, für diese selbstbewusste Art.

Ein anderer fragt sich, ob man das in der Upper Class lernt. Gehört es dazu, eine Maske zu tragen, die nichts von den Gefühlen nach außen lässt? *Das sagt der Richtige. Wer versteckt seine Gefühle denn andauernd?*

Falsch. Ich verstecke meine Gefühle nicht, ich unterdrücke sie. Lasse dadurch zu, dass sie mich verfolgen. Mich stärker machen und jeden Tag dran erinnern, wofür ich das alles tue.

Für wen ich das tue!

Denn sollte ich es auch nur eine Sekunde lang vergessen, könnte ich mir das nie verzeihen. Sie würde mir das niemals verzeihen.

Evangelina

Kapitel 8

Meine Lunge brennt, als ich die vier Stufen zu unserem Haus nach oben steige. Verflucht, wann war ich das letzte Mal Joggen? Dass es viel zu lange her ist, bestätigt mir mein rasselnder Atem und mein Seitenstechen. Doch das Glücksgefühl, das bei der Anstrengung in mir nach oben steigt, hat es geschafft, dass ich die letzten Stunden beinahe vergessen habe.

Ja, beinahe hätte es geklappt! Hat es aber nicht. Denn kaum wurden meine Schritte langsamer, kehrten meine Gedanken wieder zurück. Zurück in den Flur. Zur Holztür in meinem Rücken und seiner Hand an meiner Hüfte. Gabes Finger an meiner Haut, ganz ohne störenden Stoff und ohne Zögern. Selbst jetzt, als die Sonne langsam aufging und ich zurück im Haus bin, schaffe ich es nicht, diese Erinnerung aus meinen Gedanken zu verdrängen. Natürlich hätte ich stehen bleiben können. Sehen, wohin da führt und was danach kommt. Doch will ich überhaupt ein danach?

Will ich, dass das passiert? Habe ich es unbewusst provoziert? Am liebsten würde ich direkt wieder nach draußen gehen und noch eine Runde durch die Stadt joggen, doch jetzt, wo es hell ist und alle langsam aufwachen, kann ich das nicht mehr. Im Schatten der Dunkelheit war das okay, allerdings habe ich keine Lust, von Fotografen verfolgt zu werden.

Nicht dass die Meinung meiner Eltern mich interessieren würde, doch meine Zukunft steht auf dem Spiel. Wenn ich mir nach dem Studium tatsächlich ein eigenes Leben aufbauen will, sollte ich Skandalen und Gerüchten weitestgehend ausweichen. Sobald John wieder in der Stadt ist, muss ich ihn kontaktieren, damit wir gemeinsam eine Stellungnahme abgeben und all dem Gerede Einhalt gebieten. Natürlich wird der ein oder andere sich dennoch ein Gerücht aus den Fingern ziehen, doch das tun sie immer.

Mit dem Blick nach unten, steige ich die Treppen nach oben und versuche dabei nicht allzu laut zu sein. Es ist noch früh am Morgen und ich will Gabe nicht wecken. Nicht aus Mitleid oder Nettigkeit, nein, eher, da ich keine Ahnung habe, wie ich mich ihm gegenüber verhalten soll. *Nur noch ein paar Tage, dann siehst du ihn so oder so nie wieder.* Wenn es nach mir ginge, würden wir uns in dieser Zeit gar nicht mehr sehen. *Lüge.*

Ich muss mich auf das konzentrieren, was Sache ist. Gabe ist mir fremd. Auf alle erdenklichen Weisen. Weder weiß ich, wer er ist noch woher er kommt oder was er mag. *Du könntest es herausfinden.* Aber warum? In wenigen Tagen ist er weg und ... Vielleicht ist gerade das der Reiz?

Verdammt! Es gibt Wichtigeres, um das ich mich kümmern sollte. Dinge, die nicht einfach unter den Tisch fallen sollten. Die Kiste voller Beweise und Dokumente, die meinem Vater das Genick brechen werden. Die Frage, warum ich das mache, ist einfach zu beantworten.

Wie stoppt man einen Mann, der es nicht gewohnt ist, dass man ihm widerspricht? Der immer das bekommen hat, was er wollte, egal, was es gekostet hat. Und nein, ich spreche hier nicht von einer Summe x, die er dafür zahlen musst. Es geht um die Gesundheit von Menschen. Kinder, die ihr Zuhause verloren haben, nur weil mein Dad ein neues Projekt verwirklichen wollte. Familien, die alles verloren haben, da ihr Zuhause den Plänen von James Foring im Weg gestanden hatten. Ja, das ist mein Vater. Egal, wie kultiviert oder ehrenamtlich er sich nach außen hin zeigt. In seinem Kern geht es immer nur ums Geschäft. Selbst bei mir macht er nicht halt. Die Beziehung mit John diente keinem anderen Zweck und deshalb weiß ich, dass mein Vater alles daran setzen wird, damit das wieder repariert wird. Was ich dabei will, interessiert niemanden. Warum ich dennoch in so einer Familie bleibe?

Die Frage ist hier nicht, ob ich das will. Nein, das Problem ist er. Mein Dad hat sich mit allen Mitteln dagegen abgesichert, dass ich ihm den Rücken zuwenden kann. Sollte ich gehen, bekomme ich nichts. Keinen Cent, keine Unterstützung, absolut gar nichts. Darum sieht mein Plan auch vor, zu verschwinden, sobald ich meinen Abschluss von der NYU habe. Ich würde mir irgendwo ein eigenes Leben aufbauen. Um das aber umsetzen zu können, brauche ich ein Druckmittel, damit er mich gehen lässt. Und das sammle ich seit drei Jahren. Nur ist mein Vater ein schlauer Mann mit verflucht vielen Kontakten. Manchmal frage ich mich, wie lange ich noch brauche, um ihn endlich zu stürzen. Wie lange es dauert, bis er mir den Beweis liefert, den ich brauche, um ihm alles zu nehmen. *Zu lange – und doch nicht lange genug.*

Das Geräusch von laufendem Wasser holt mich aus meinen Gedanken und ich bemerke, dass ich noch immer im Flur stehe. Verschwitzt und außer Atem. Immerhin weiß ich jetzt, dass Gabe wach und unter der Dusche ist. Letzteres hilft nicht wirklich dabei, meinem Plan, ihn einfach zu ignorieren, standzuhalten. Schnell und doch leise gehe ich in die Küche und hole mir ein Wasser aus dem Kühlschrank. Wieder an der Treppe, die nach oben führt, angekommen, lausche ich, doch das Wasser läuft noch immer. Ich sprinte die Stufen hoch. Ein kleiner Teil in mir stellt sich vor, wie ich einfach an meiner Tür vorbeigehe und vor der von Gabe stehen bleibe. Wie ich sie öffne und mich ins Bad schleiche. Zu ihm.

Mein Verstand stellt sich vor, wie er unter der Dusche steht und ich mich ausziehe, ehe ich zu ihm gehe und meine Hände an seinen Rücken lege. *Verdammt, wieso habe ich damit nur angefangen?*

Ohne noch länger darüber nachzudenken, setzen sich meine Füße in Bewegung. Die Klinke ist beinahe lautlos, als ich sie nach unten drücke, und das sanfte Klicken ist fast nicht wahrzunehmen. Mein Herz dagegen setzt einen Schlag aus. Pocht so stark gegen meine Brust, dass ich Angst habe, es könnte heraus springen. Und trotzdem bin ich vollkommen ruhig. Das Wasser läuft immer noch und ich sehe mich nur kurz im Zimmer um. Die Klamotten, die er gestern getragen hat, liegen wirr neben dem Bett. Die Laken sind vollkommen zerwühlt, als hätte er unruhig geschlafen. Eine Tasse mit Kaffee steht auf dem Tisch in der Sitzecke und die Tür zum Bad steht offen. Dampf wabert heraus und ich folge ihm, als wäre er eine stumme Einladung.

Der Zeitpunkt, an dem ich umdrehen könnte, ist schon lange verstrichen und ich schäle mich langsam aus meinen Sportsachen. Lasse sie auf den Fußboden fallen und erschrecke mich vor dem Geräusch, das meine nackten Füße auf den Fliesen von sich geben. Gabe muss sich nicht umdrehen, damit ich weiß, dass er mich bemerkt hat. Das kurze Zucken seiner Schultern hat ihn verraten.

Ich bleibe nicht stehen, folge dem, was ich will, und trete zu ihm in die bodentiefe, offene Dusche. Das Wasser ist kalt, doch ich spüre es kaum. Mir ist so unsagbar heiß und Gabe, der sich in dem Moment, in dem ich direkt vor ihm stehen bleibe, umdreht, droht mich zu verbrennen.

Gabriel

Kapitel 9

Der kurze Moment der Überraschung, in dem ich sie bemerkt habe, hatte gar keine Zeit in meine Gedanken vorzudringen. Denn ihren Körper, ihren verfluchten nackten Körper, im nächsten Moment, schon direkt an meiner Haut zu spüren, hat all mein Denken aussetzen lassen. Evas Blick strahlt alles aus, was ich wissen muss, und doch zögere ich. Berühre sie nicht und sehe ihr nur in die Augen.

»Was willst du hier, Prinzessin?«, raune ich ihr zu und höre selbst, wie belegt meine Stimme klingt. Als Antwort lächelt sie, ehe sie eine Hand auf meine Brust legt und sie sanft nach unten gleiten lässt. Ich zucke zusammen, immerhin ist sie mein Feind und dennoch lasse ich es zu. Spüre, wie gut sich ihre Haut auf meiner anfühlt. Diese winzige Berührung macht mich verrückt. Langsam lässt sie ihre Nägel über meine Haut gleiten und ich heiße den leichten Schmerz willkommen. Halte mich daran fest und lasse ihn meinen Verstand vernebeln.

»Wenn du erst fragen musst, sollte ich vielleicht wieder gehen.« Das würde sie nicht. Alles an ihrer Körpersprache spricht dagegen. Sie braucht das, will das genauso sehr wie ich.

»Zeig es mir«, hauche ich und kann das Stöhnen, welches mir bei ihrer Berührung über die Lippen kommt, nicht unterdrücken. Evas Hand umfängt meinen Schwanz, der zu seiner vollen Größe anschwillt. Sie zeichnet die Adern auf meinem Schaft mit den Fingern nach, ehe sie ihn wieder komplett in die Hand nimmt und diese auf und ab bewegt. Ich zwinge mich. meine Augen offen zu halten, was aber bei diesem Gefühl verdammt schwer ist. Evas Entschlossenheit strahlt mir entgegen und ich finde es verflucht heiß, dass sie sich einfach nimmt, was sie will.

»Ist das schon alles?«, frage ich gequält, was ihr nur ein noch sündigeres Lächeln auf die Lippen zeichnet.

»Das war gerade erst der Anfang.« Auf ihre Worte lässt sie Taten folgen. Ihre Finger verschwinden und ich vermisse das Gefühl sofort.

Doch schon drängt sie sich an mich, nimmt meine Hand und legt sie auf ihre Brust. Sie passt perfekt in die Fläche, ihr Nippel reckt sich dieser Berührung auffordernd entgegen und ihr entkommt ein Laut der Lust, der mir sofort wieder in den Schwanz fährt. Mit ihrer Hand über meiner beginnt sie ihre Brust zu kneten.

Wechselt zu der anderen und dann abwärts, bis sie mich da hat, wo sie mich will. Ich lasse es zu, weil ich es verdammt aufregend finde, sie, die brave Vorzeigeprinzessin, so zu sehen. So voller Lust und Begierde.

So berauscht von ihrer Leidenschaft. Wie gern würde ich sie nehmen und auf meine Hüften setzen, sie gegen die Fliesen pressen und ihr Laute entlocken, die man bis nach Soho hören könnte. Doch nichts davon lasse ich wahr werden. Nein. Stattdessen darf sie bestimmen, was sie will, was sie braucht - und sie nimmt es sich nur allzu gern. Unsere Hände gleiten zwischen ihre Beine, bei der kurzen Berührung ihrer Klit zuckt sie zusammen und keucht auf, was mich dazu verleitet, meine Hand weiterzuschieben. Eva reagiert sofort und umklammert meine Finger stärker.

»Das war nicht der Deal.«

»Hatten wir denn überhaupt einen?«, frage ich belustigt und beuge mich näher zu ihr.

»Eher ein stilles Einverständnis, welches schneller vorbei sein kann, als du glaubst.«
»Prinzessin, du bist zu mir gekommen, vergiss das nicht.«
»Wie könnte ich, denn genau deshalb bestimme ich die Regeln.«

Verdammt, ihr Selbstbewusstsein macht mich fertig. Wie soll ich ihr so widerstehen?

Gar nicht. Lass es zu! Es scheint, als würde sie darauf warten, dass ich ihr Recht gebe. Etwas Flehendes liegt in ihrem Blick, beinahe so, als würde sie hoffen, dass ich keinen Rückzieher mache.

»Also gut, dann zeig mir, was du willst.« Meine Worte sind alles, was es noch braucht. Evas Lippen verziehen sich zu einem zufriedenen Lächeln und ihr Griff um meine Hand wird sanfter. Sie leitet mich genau dahin, wo sie mich will. Ich spüre ihre Feuchtigkeit an meinen Fingern, ihr Stöhnen an meiner Brust und ihren Herzschlag an meiner Haut. Es fühlt sich falsch und gleichzeitig so verdammt richtig an.

»Genau das.« Evas Stimme ist nur noch ein Hauchen. In ihr liegt so viel Verlangen, das mich verrückt macht. Ich schiebe einen Finger in ihre Pussy. Spüre, wie sie sich bereits jetzt vorfreudig zusammenzieht, und nehme einen zweiten dazu. Wenn sie jetzt wieder damit anfängt, dass sie die Regeln bestimmt, muss ich sie leider wirklich so gegen die Wand ficken, wie ich es mir seit Beginn dieser Sache hier vorstelle. Doch diesmal lässt sie zu, dass ich etwas tue, das sie nicht vorher verlangt hat. Sie scheint es zu genießen, denn ihre Stirn landet an meiner Brust. Das Wasser fließt noch immer über uns und begleitet ihr Stöhnen mit sanftem Rauschen. Meine Finger bewegen sich erst langsam, dann schneller, bis ein Zittern durch ihren Körper geht.

»Mehr«, haucht sie und das gebe ich ihr. Ich ziehe meine Finger zurück, nur um Eva umzudrehen. Drücke sie mit dem Rücken an meine Brust und ignoriere, wie perfekt sie sich an mich anpasst. Mit einer Hand halte ich sie in Position, die andere findet sofort wieder an die Stelle zurück, an der sie mich will. Nur zu gern würde ich das, was wir gerade teilen, noch länger genießen, aber ich kann nicht. Wieder schiebe ich meine Finger in sie. Tiefer als zuvor. Mein Handballen reibt dabei stetig über ihre Klit, was sie nur noch lauter stöhnen lässt. Eva klammert sich mit den Händen um meinen Nacken, lässt mir freie Hand und gibt mir damit einen entscheidenden Teil von sich.

Sie fängt an, dir zu vertrauen. Das kannst du nutzen. Schnell schiebe ich diese Stimme in mir nach hinten. Fokussiere mich nur auf sie Frau vor mir, die so nah dran ist zu kommen. Mein Schwanz drückt sich gegen ihren runden Po, und ich bin selbst kurz davor zu explodieren. Das schmatzende Geräusch meiner Finger, die in sie eintauchen, macht das noch besser.

»Komm für mich, Prinzessin«, hauche ich ihr zu und schiebe einen dritten Finger in sie. Und genau das tut sie. Eva explodiert. Ihre Pussy verkrampft sich um meine Finger, ihre Beine zittern und ein Stöhnen hallt von den gefliesten Wänden wieder, das viel zu gut in meinen Ohren klingt.
Für einen kleinen Augenblick verharren. Nur das Prasseln des Wassers und unser abgehackter Atem sind zu hören. Wir könnten vergessen, wer wir sind. Was wir tun und all das, was uns ausmacht. Wir könnten einfach nur sein. Das, was wir gerade sind. Doch die Realität kehrt viel zu schnell wieder zurück.

Reißt uns den Boden unter den Füßen weg und katapultiert uns zurück in unsere Rollen. Ein leises Klingeln lässt uns auseinanderfahren.

Als hätten wir uns aneinander verbrannt. Eva verlässt die Dusche, hebt ihre Sachen auf und geht. Ihre nassen Füße auf dem Boden und das Geräusch der sich schließenden Tür sind alles, was ich höre. Als wäre sie vor mir geflüchtet. Sie hat sich nicht mal ein Handtuch genommen. Beinahe so, als hätte sie es eilig gehabt zu verschwinden.

Evangelina

Kapitel 10

Weg. Ich muss hier weg. Raus aus diesem Bad, aus seinem Zimmer und am besten noch weiter weg. Doch mehr als mich in mein Zimmer zu retten, bleibt mir nicht übrig. Mit jedem Meter, den ich mich weiter von Gabe entferne, kann ich freier atmen. Nein, eigentlich fällt es mir schwerer, doch das ergibt absolut keinen Sinn. *Vielleicht habe ich einfach zu viel Wasser geschluckt, als er …*

Als er mich mit seinen Fingern in den Himmel befördert hat. Denn genau das hat er getan. Noch immer kann ich seine Berührungen auf meinem Körper spüren. Seine warme Haut an meiner. Ein Zittern geht durch mich hindurch, das ich darauf schiebe, dass mir kalt ist. Ich bin vollkommen nass. Habe mir nicht einmal Zeit genommen, ein Handtuch mitzunehmen. Die Abdrücke auf dem Boden ignoriere ich. Auch, dass ich geradewegs in mein eigenes Bad gehe und wieder in die Dusche steige.

Diesmal stelle ich das Wasser wärmer ein und trotzdem fühlt es sich kalt an, als es auf meine Haut trifft.

Wie konnte ich mich nur so sehr fallen lassen und ihm die Führung überlassen? Das war nicht das, was ich vorgehabt hatte. Doch irgendwie hat Gabe es geschafft, dass ich ihm ein kleines Stück Macht gegeben habe. Macht, die niemand über mich bekommt. Denn würde ich diese abgeben, wäre das mein Ende. Mein Untergang. Meine Hand ballt sich zur Faust und ich unterdrücke einen Schrei, der aus meinem Innersten kommen will. Wie konnte ich nur so dumm sein? Nicht dass meine spontane Entscheidung ein Fehler war, nein. Ich bereue es nicht, dafür hat es sich viel zu gut angefühlt, mein Problem ist es, dass ich ihn habe machen lassen. Das, was er tun wollte. Und noch schlimmer ist, dass ich es genossen habe.

Nachdem ich meine Gedanken geordnet und beschlossen habe, so zu tun, als wäre nichts passiert, habe ich mich in ein Handtuch gewickelt und an meinen Schreibtisch gesetzt. Auf meinem Laptop warten noch zwei Arbeiten, die ich für die Uni fertigstellen muss. Ich öffne das erste Dokument, überfliege die Seiten schnell und bekomme ein Gefühl dafür, wo ich geendet habe. Dann beginne zu tippen. Ich verliere mich in den Paragrafen des Strafrechts und schaue erst wieder auf, als mein Handy klingelt.

Der Blick auf das Display verrät mir, dass es meine Mutter ist. Kurz überlege ich, ob ich den Anruf einfach ignorieren soll, doch dann nehme ich ihn an.

»Ja?«

»Lina, wie geht es dir?« Wie ich es hasse, wenn sie mich so nennt. Doch ihr überaus freundlicher Tonfall lässt mich gespannt aufhorchen.

»Super, aber ich glaube, das wird sich gleich ändern.« Ich lasse mich in meinem Stuhl zurückfallen und lege den Kopf in den Nacken. So entspannend der Orgasmus auch war, ich weiß, dass gleich etwas kommt, das all das zunichtegemacht wird.

»Du und deine passivaggressiven Gedanken. Darf ich nicht meine Tochter anrufen und fragen, wie es ihr geht?«

»Natürlich darfst du, Mutter. Aber wie ich dich kenne, ist das nicht der Grund für deine Freundlichkeit.« Würde es sie interessieren, wie es mir geht, hätte sie sich schon vor Tagen melden müssen. Spätestens dann, als sie erfahren hat, dass John und ich getrennt sind. Nicht dass mich das sonderlich hart getroffen hätte, nein, aber es ging ums Prinzip.

»Dein Vater und ich bleiben noch etwas länger in DC. Es gibt ein paar Ungereimtheiten, die wir klären müssen. Aber ...« Und da haben wir es. »John kommt früher aus dem Urlaub zurück und würde dich gern sehen. Da passt es doch perfekt, wenn ihr noch ein paar Tage eure Ruhe habt und ...«

»Stopp! Ich habe es James schon gesagt und ich sage es dir auch noch einmal. John ist mir egal. Er kann seinen mickrigen Schwanz in Frauen stecken, wie er will, aber nur um das klarzustellen: Ich werde nicht noch einmal mit ihm reden, geschweige denn ein paar Tage mit ihm verbringen!«

»Achte auf deinen Ton, Evangelina!«, herrscht sie mich an und da sind wir wieder. Bei ihrem gewohnten Verhalten, welches daraus besteht mir zu sagen, was ich zu tun und zu lassen habe.

»John wird am Samstag zu dir kommen. Er hat einen Schlüssel, also selbst wenn du dich weigerst, ihn hereinzulassen, hält ihn das nicht davon ab. Klärt, was ihr zu klären habt, denn auf der Benefizgala werdet ihr zusammen auftreten.« Mein Mund klappt auf und ich bin tatsächlich sprachlos. Sprachlos über die Dreistigkeit, mit der sie und mein Vater über mein Leben bestimmen. Darüber, wie wenig ihnen mein Glück und mein Leben etwas bedeuten.

»Hast du mich verstanden, Lina?« Mein Schnauben scheint ihr zu genügen, denn mehr als das Tuten, das folgt, als sie einfach auflegt, höre ich nicht mehr von ihr. Ich lasse die Hand, in der ich mein Handy halte sinken und starre auf das Display, das schwarz wird. Für ein paar Sekunden bin ich ganz ruhig, ehe ich mein Handy mit voller Kraft gegen die nächste Wand werfe. Wie gern würde ich schreien und noch etwas kaputt machen, doch weder das eine noch das andere würden mir irgendetwas bringen.

Nichts, was ich tun kann, würde dazu beitragen, mich aus dieser Situation retten zu können. Oder? Ich laufe in meinem Schlafzimmer auf und ab, bin mir bewusst, dass ich noch immer nur das Handtuch trage, und lächle dennoch vor mich hin. Eine Idee formt sich in meinem Kopf. Eine, die für mich auf den ersten Blick nur gute Seiten hätte. Aus der ich tatsächlich als Gewinnerin hervorgehen könnte.

Das Gespräch mit meiner Mutter hängt mir selbst am Abend noch nach. So sehr, dass ich erst als mein Magen laut knurrt, bemerke, dass ich außer Wasser und einem Proteinriegel heute noch nichts zu mir genommen habe. Ich schäle mich aus dem Handtuch und ziehe mir ein Shirt und eine Short an, ehe ich nach unten in die Küche gehe. Meine Haare sind, dadurch, dass ich sie nicht geföhnt habe, leicht gewellt. Bei dem Anblick allein würde meine Mutter einen Schreikrampf bekommen. Noch dazu trage ich seit Tagen keinerlei Make-up und lebe in Oversized-Shirts. Seit Langem habe ich mich nicht mehr so sehr wie ich selbst gefühlt wie jetzt. Blendet man den Tiefpunkt heute Mittag kurz aus, könnte man den Tag sogar als ziemlich gelungen ansehen. *Sehr gelungen.*

Auf dem Weg nach unten lausche ich automatisch auf ein Geräusch. Ob Gabe noch hier ist? *Lass ihm Zeit, Eva, und spiel nicht die Glucke.* Schmunzelnd über mich selbst, tapse ich die restlichen Marmorstufen nach unten und gehe direkt in die Küche. Auch hier ist er nicht zu sehen.

Nachdem ich den Kühlschrank geöffnet habe und mir einen Joghurt und Obst herausgenommen habe, gebe ich alles in eine Schüssel und streue Haferflocken darüber. Mit der riesigen Schüssel bewaffnet, setze ich mich ins Wohnzimmer und öffne Netflix.

Wow, spätestens jetzt würden meine Mutter und mein Vater ausrasten. Doch es könnte mir gar nicht egaler sein.

Gabriel

Kapitel 11

Seit Stunden laufe ich durch die Gegend und überlege, wie es nur dazu kommen konnte. Wie konnte ich mich dieser Versuchung hingeben? Ihr hingeben? Die Ausrede, dass ich nur ein Mann bin, zählt hier nicht. Definitiv tut sie das nicht. Man kann wohl ein gewisses Maß an Disziplin erwarten, oder?

Es war doch von Beginn an klar, wo das mit euch enden wird.

Es gibt kein Euch!

Niemals wird es das geben!

Als wären meine Gedanken nicht schon Strafe genug, klingelt mein Telefon. Eilig ziehe ich es aus meiner Jackentasche und rolle mit den Augen, als ich Devons Namen lese.

»Was ist?«, frage ich genervt, als ich das Gespräch annehme und mich umschaue. Immerhin bin ich noch immer auf der Upper East Side.

»Alter, wer hat dir denn in den Kaffee gespukt?«

»Niemand. Was willst du?«

»Hast du es dir nochmal überlegt?« Er muss nicht sagen, was, denn ich weiß auch so sofort, wovon er redet.

»Nein, und das werde ich auch nicht.«

»Fuck, Gabe, das wäre doch die Lösung.«

»Nein, wäre es nicht. Ich bin keine verfickte Hure, die ...« Die Blicke der Passanten entgehen mir nicht und ich beiße mir auf die Zunge. »Ich werde nicht mit der kleinen in die Kiste steigen.«

»Wenn du nicht willst, kann ich das übernehmen, die Bilder, die ich gefunden habe, waren sehr ...«

»Vergiss es!«, sage ich harscher als gewollt und atme durch »Das ist mein Ding, verstanden. Und ich entscheide, was wir machen.«

Kurz herrscht Stille am anderen Ende der Leitung. Ich könnte jetzt ein schlechtes Gewissen haben, das ich meinen besten Freund so angegangen bin, aber nein, das habe ich nicht. Devon weiß, wie unser Plan läuft und wer die Entscheidungen trifft. Immerhin gehe ich das Risiko ein und bin der, dem alles genommen wurde.

»Okay, hab verstanden. Du weißt, dass das nur ein Scherz war, Gabe?« Unter anderen Umständen hätte ich ihn und seinen Humor verstanden.

Ich hätte gewusst, dass er mich nur reizen und auf die Palme bringen will. Aber so, nach diesem Tag, hat er einfach einen Punkt getroffen, von dem ich nie gedacht hätte, dass er mich so treffen würde.

»Wolltest du sonst noch was?«, frage ich ihn, um nicht darauf antworten zu müssen. Allein der Gedanke daran, dass ...

»Nein, alles gut. Wollte nur wissen, ob es was Neues gibt.«

»Heute Nacht will ich mich ein wenig umsehen.«

»Okay. Melde dich, wenn du was hast.«

»Mach ich.« Wir beenden unser Gespräch und ich schaue auf die Uhr. Es ist bereits später Nachmittag und ich muss irgendwann wieder ins Townhouse zurück. Doch vorher muss ich noch etwas Dringendes erledigen.

Kurz nach Einbruch der Dunkelheit stehe ich vor dem Townhouse der Forings und tippe den Code in das Ziffernfeld ein. *Sie hat ihn noch immer nicht geändert.*

Kaum fällt die schwere Tür hinter mir zu, piepst die Alarmanlage. Ich gebe den Code erneut in das Ziffernfeld ein und sehe mich suchend um. *Warum hast du die Alarmanlage scharfgestellt, Prinzessin? Wolltest du wissen, wann ich zurückkomme? Hattest du etwa Sehnsucht?*

Meine Annahme verfliegt schnell wieder, da Eva im gesamten Erdgeschoss nicht zu finden ist. Leise gehe ich nach oben und öffne ihre Zimmertür. Nichts. *Wo bist du nur?* Meine Füße tragen mich weiter, an meinem Zimmer vorbei bis hin zu der nächsten Treppe, die ins zweite Stockwerk führt. Hierzu gibt es einen weiteren Sicherheitscode, den man eingeben muss, da dort das Schlafzimmer von James und Emely ist, sowie sein Büro. Nur zu gern würde ich dort einen Blick hineinwerfen. Könnte mir so einiges an Zeit ersparen, doch hatte ich bisher nicht die Möglichkeit dazu gehabt. Ich bin in meiner ersten Nacht, alle möglichen Codevarianten durchgegangen, nur um immer wieder festzustellen, dass keine davon richtig war. Die leicht geöffnete Tür, die jetzt vor meiner Nase liegt, überrascht mich darum umso mehr. Vorsichtig öffne ich sie ein wenig mehr und lausche erneut.

Die Treppe hier ist anders, als die unten, aus dunklem Stein und nicht so breit. Dennoch wirkt sie viel zu opulent. Das goldene Geländer zieht sich bis nach oben hinweg und ich fühle die Kälte des Metalls an meiner Haut. Leise steige ich die Stufen nach oben und horche immer wieder in die Stille. Oben angekommen, versuche ich mir einen schnellen Überblick zu verschaffen. Es ist genau so unpersönlich wie im Erdgeschoss. Keine Bilder. Keine Pflanzen, einfach nur unpersönliche Dekoration, die ihren Sinn der Ästhetik erfüllt. Ich gehe den Flur weiter und lasse zwei verschlossene Türen hinter mir. Bis ein Geräusch meine Aufmerksamkeit auf sich zieht.

»Fuck, jetzt geh schon auf.« Evas Stimme klingt gehetzt. Irgendetwas knarzt und fällt auf den Boden, ehe sie erneut flucht. Sie rüttelt an etwas und ich gehe weiter in ihre Richtung. Die Tür, hinter der ich sie höre, liegt am Ende des Flurs. Es sind nur wenige Schritte nötig, damit ich sie sehen kann. Sie hat die Tür nicht geschlossen und steht über dem Schreibtisch gebeugt, der wie ich vermute ihrem Vater gehört. Aber was macht sie da? *Frag sie doch einfach.* Ja, das könnte ich, doch ich bin irgendwie fasziniert von ihrem

Anblick. Beinahe lautlos lehne ich mich in den Rahmen der Tür und verschränke die Arme vor der Brust. Eva ist viel zu beschäftigt mit der Schublade, als dass sie mich bemerken würde.

Ein paar Sekunden nehme ich mir die Zeit, sie zu beobachten. Sehe ihr zu, wie sie fahriger in ihren Bewegungen wird und sich die Haare immer wieder aus dem Gesicht wischt, irgendwas muss sie so sehr an dieser Schublade interessieren, dass sie nichts um sich herum mitbekommt. Ich will nur zu gern wissen, was das ist.

Jetzt erkenne ich auch, dass sie einen Brieföffner aus Metall in der Hand hat. Eigentlich ein guter Versuch, doch ist das Schloss, das sie damit knacken will, viel zu klein, als dass er ihr etwas bringen würde. Das Einzige, was passiert, ist, dass sie unübersehbare Macken hinterlässt, für die sie sich später erklären muss. Als sie das Metall diesmal direkt am Holz ansetzt, beschließe ich, mich bemerkbar zu machen.

»Brauchst du vielleicht Hilfe, Prinzessin?«, spreche ich sie an und warte vergebens darauf, dass sie sich erschreckt. Doch wieder überrascht sie mich, als hätte sie geahnt, dass ich ihr die ganze Zeit zugesehen habe. Nur kurz hebt sie ihren Blick und zieht die Augenbrauen nach oben.

»Und worin sollte diese bestehen? Im Dumm herumstehen oder im Nichts tun?« Schmunzelnd schüttle ich den Kopf und gehe auf sie zu.
»Ich dachte eher an das Knacken der Schublade hier.« Ich umrunde den schweren Holzschreibtisch und bleibe vor ihr stehen. Warte darauf, was sie als Nächstes sagt oder tut. Doch alles, was ich bekomme, ist ein abschätziger Blick, einer von denen, die mich verrückt machen, wie nur sie es kann. Die Luft zwischen uns ist aufgeladen vor Spannung und keiner weiß, in welche Richtung das umschlagen wird. Die Ereignisse von heute Morgen drängen sich zurück in mein Gedächtnis.

Okay, wem mache ich etwas vor? Sie spielen sich auf Dauerschleife in meinem Kopf ab. Ich bin mir sicher, dass Eva weiß, woran ich denke, denn in ihrem Blick liegt eine ähnliche Sehnsucht wie in meinem. Eine, die nach Lust und Verlangen schreit. Evas Duft steigt mir in die Nase, berauscht mich zusätzlich und ich kann beinahe ihre Haut wieder an meiner spüren. Ihr Stöhnen in meinen Ohren hören. Ein leichtes Zittern geht durch ihren Körper. Würde man es nicht kennen, hätte man es nicht bemerkt, doch ein solches habe ich bereits spüren dürfen. An meinen Fingern, meinen Lippen, meinen Händen. *Fuck, ich sollte meine Gedanken besser im Griff haben. Muss mich wieder auf das konzentrieren, weswegen ich diesen Job angenommen habe.*

»Hier, tu dir keinen Zwang an.« Evas Stimme durchbricht die aufgeladene Ruhe zwischen uns und ich spüre den Brieföffner, den sie mir gegen die Brust drückt. Genau das habe ich gebraucht. Abwertend schnalze ich mit der Zunge, lege meine Hand über ihre und drücke sie fester an mich. Ihr Griff wird ebenfalls fester und ich muss aufpassen, dass sie sich nicht an der scharfen Seite des Öffners schneidet.

»Pass lieber auf, dass du dich nicht verletzt, Eva.«

Evangelina

Kapitel 12

Nach seinen Worten lockert sich Gabes Griff um meine Hand und ich nehme sie von seiner Brust. Spüre den Abdruck, den der Öffner auf meiner Haut hinterlassen hat und weiß, dass nichts mehr als eine rote Stelle zurückbleiben wird. Um der Anspannung aus dem Weg zu gehen und sie nicht wieder derart ansteigen zu lassen, wende ich mich ab und bedeute ihm mit einer Handbewegung, dass er endlich Taten sprechen lassen soll.

Als wüsste er genau, was ich beabsichtige, lächelt er wissend und schüttelt den Kopf. Tritt einen weiteren Schritt an den Schreibtisch meines Vaters heran, löst seinen eindringlichen Blick von mir und nimmt den Schreibtisch genauer unter die Lupe. Es dauert nicht lange, bis er nach einer der Büroklammern greift, die geordnet in einer kleinen Dose liegen. Er geht vor der Schublade in die Hocke. Biegt die Klammer auf und formt sie so, wie er sie will. Er geht dabei ruhig und beinahe routiniert vor, so dass ich mich frage, ob er das schon öfter gemacht hat.

»Will ich wissen, warum du so etwas kannst?«, frage ich und kann meine Neugier, mehr über ihn zu erfahren nicht zurückhalten. Gabe sieht nicht einmal auf, lässt sich nicht beirren und biegt die kleine Klammer weiter. Ich denke schon, dass ich keine Antwort mehr bekomme, doch ehe ich mich darüber beschweren kann, steckt er das geformte Stück Metall in die Öffnung des Schlüssellochs und bewegt sie hin und her. Es dauert nicht lange, und sie geht mit einem leisen Klicken auf.

»Will ich wissen, was du hier suchst? Und komm mir nicht damit, dass du den Schlüssel verloren hast Prinzessin. Denn das glaube ich dir nicht.« Zufrieden erhebt er sich und kommt langsam auf mich zu. Mein Blick fliegt von ihm zu der geöffneten Lade und ich mache einen Schritt nach hinten. Nicht, um ihm auszuweichen okay, doch – aber nur, da ich mich auf den Inhalt konzentrieren sollte. Gabe lenkt mich so schon genug von dem ab, was ich tun muss. Noch mehr von dieser Ablenkung kann ich nicht gebrauchen. Mir läuft so oder so schon die Zeit davon und ... Ungewollt bleibe ich stehen, da ich die

Wand in meinem Rücken spüre. *Toll, Eva.* »Wie wäre es, wenn wir ein kleines Spiel daraus machen, Prinzessin?« Seine Stimme klingt rauer als noch vor ein paar Minuten und auch in seinem Blick hat sich etwas verändert, das mir gefällt. Ein aufgeregtes Kribbeln geht durch meinen Körper und ich lege den Kopf schief.

»An welches hast du gedacht?« Ihm gefällt meine Frage sichtlich, denn das kleine Lächeln, das sich auf seine Lippen legt, wird breiter.

»Ich stelle dir ein paar Fragen. Sollte ich mit der Antwort, die du mir gibst zufrieden sein, wirst du belohnt.«

»Und wenn nicht? Bestrafst du mich dann?«, frage ich ihn sarkastisch und verschränke meine Arme vor der Brust. Das ist absolut lächerlich. »Ich bin kein kleines Mädchen, das auf den großen bösen Mann steht, Gabe. Ich habe es auch nicht nötig, dass du versuchst, mich anzumachen, und mir mit Bestrafung drohst. Wenn ich will, dass du mir näher kommst, tust du es. Wenn ich Lust auf dich habe, spürst du es. Wenn ich dich will, lasse ich es dich wissen. Es geht mir nicht darum, dir etwas Gutes zu tun, Gabriel, sondern ausschließlich mir selbst.« Auch wenn ich meine Worte im selben Moment bereue, in dem ich sie ausgesprochen habe, sind sie dennoch wahr. Die Wahrheit zu hören, kann verletzend sein - und dennoch ist sie manchmal das Einzige, was uns am Leben hält. Wenn er mich so einschätzt, dass ich tue, was er will, hat er genau den Eindruck von mir bekommen, den ich ihm geben wollte. Habe ihm das vermittelt, was ich jedem anderen zeigen will, nur damit ich daraus einen Vorteil ziehen kann.

Das heute Morgen, als ich zu ihm ins Bad gegangen bin, war die Eva, die er am ersten Tag kennengelernt hat. Die sich nimmt, was sie will. Wann sie es will und die dafür nicht erst auf Knien betteln muss. Gabriel muss sich nicht als großer, verschlagener Kerl entpuppen, der mich ins Bett bekommen will. Dass er das ist, sehe ich in jeder Sekunde, in der sein Blick auf meinen trifft.

In den Minuten, in denen er denkt, dass ich ihn nicht bemerke. Doch anders, als er glaubt, weiß ich, dass er nicht von meinem Vater angestellt wurde. Niemals würde James Foring einen Fremden dafür beauftragen, auf sein Haus aufzupassen. Noch dazu haben weder mein Vater noch meine Mutter etwas dahingehend angedeutet. Meine Gedanken werden von Gabes Hand an meiner Taille abgelenkt und ich lehne mich näher an ihn. Reize ihn. *Und mich selbst.* »Das ist eine Antwort, die mir mehr gefällt, als sie sollte, Eva.« Durch den Stoff meines Shirts brennt sich seine Berührung auf mich. Ich spüre seine Finger, als würden sie ohne Stoff dazwischen über meine Haut tanzen und ja, es gefällt mir. *Mehr als es sollte.*

»Zeig mir wie sehr«, raune ich ihm zu und lege den Kopf in den Nacken. Sehe ihm dadurch direkt in die Augen und fühle das Feuer, das darin brennt, zwischen meinen Schenkeln. Gabe lässt von meiner Taille ab und nimmt meine Hand. Er fährt sie an seine Brust und schiebt sie nach unten. Sein Atem stockt, ehe er sich zwingt, normal weiter zu atmen. Der Stoff seines Shirts wird durch den seiner Jeans ersetzt. Die Kälte des Knopfes folgt und dann spüre ich auch schon seinen Schwanz. Anders als unter der Dusche, habe ich ihn in der Hand. Selbst durch den Stoff spüre ich, wie er zuckt und unter meinem Griff hart wird. Das Pochen zwischen meinen Beinen wird stärker und ich drücke leicht zu.

»Reicht dir das als Antwort?«, keucht er und doch höre ich den Hauch eines Lächelns in seiner Stimme. Und ja, verdammt, das reicht mir als

Antwort. Wie eine Verhungernde stürze ich mich auf seinen Mund - oder war er es, der sich mir genähert hat? Egal, wer oder wie, denn das, was passiert, als sich unsere Lippen treffen, fühlt sich an, als würde die Welt um uns herum brennen. Unsere Zähne schlagen aneinander, doch es ist mir egal. Nur noch die Leidenschaft brennt in mir. Nimmt mich gefangen und ich ziehe Gabe näher an mich. Es ist nicht nah genug, ist es nie. Meine andere Hand massiert seinen Schwanz weiter, durch seine Hose und ich genieße es, zu spüren, was ich mit ihm mache. Was meine Nähe, meine Lippen und ich mit ihm anstellen.

Gabes Hände wandern an meinen Schenkeln hinab, hinterlassen ein Gefühl auf meine Haut, das ich nicht beschreiben könnte, selbst wenn ich wollte, und drängen mich an seinen Körper.

Es gibt keinen Millimeter Platz zwischen uns und doch will ich mehr. So viel mehr, als wäre das, was gerade passiert nicht schon genug. Unser Kuss gleicht einem Kampf.

Einem, in dem keiner von uns aufzugeben vermag. Wir erhöhen den Einsatz, als er mich hochhebt. Bereitwillig schlinge ich meine Beine um seinen Körper. Klammere mich an ihm fest und löse die Hand von seiner Erektion.

Lege meine Finger in seinen Nacken und ziehe ihn an den Haaren zurück. Seine Lippen lösen sich von meinen. Es fühlt sich falsch an. Falsch und doch so richtig. Keuchend starren wir uns an. Warten darauf, wer den ersten Schritt macht. Den nächsten, der uns nur noch mehr brennen lässt.

»Hast du Angst, Prinzessin?«, raunt er mir dunkel zu und lächelt verschlagen. Lässt zu, dass ich seinen Kopf weiter von mir wegziehe. Kurz fliegen meine Gedanken zu all den Szenarien, wie das hier weitergehen könnte, ehe ich mich darauf besinne, dass es auch Anfang und Ende zu gleich sein kann. Ich lockere meinen Griff etwas und komme ihm wieder näher. Fast kann ich seine Lippen an meinen spüren, seinen Atem auf meiner erhitzten Haut, doch noch berühren sich unsere Münder nicht.

»Ich kenne keine Angst, Gabriel.« Der Funken, der bei seinem vollen Namen aus meinem Mund, in seinem Blick liegt, verbrennt mich von innen heraus.

Gabriel. Wie einer der Engel. Und doch könnte dieser Mann hier nicht weiter von einem Engel entfernt sein. Doch genau das zieht mich so sehr an. So sehr, dass ich alles andere vergesse.

Als hätte ich meine Gedanken laut ausgesprochen, finden sich unsere Lippen erneut. Hungrig und ungezügelt. Wild und hemmungslos küssen wir uns. Es ist zu viel und nicht annähernd genug. Gabe trägt mich zu dem Schreibtisch. Räumt blind mit der Hand alles aus dem Weg und irgendwas landet scheppernd und laut auf dem Boden. Es ist egal. Nur das, dieses Gefühl, das Verlangen und die Vorfreude auf das, was kommt, zählen. Er setzt mich ab, lässt von meinem Mund ab und drückt mich mit dem Rücken auf den Tisch. Zwischen meinen gespreizten Beinen steht er über mir. Machtvoll und überlegen. Zwei Dinge, die ich nie laut aussprechen würde.

Das Lächeln, mit dem er mich betrachtet, entfacht ein Feuerwerk in meinem Inneren. Quälend langsam streicht sein Blick an mir entlang, lässt mich brennen, ehe seine Hand folgt. Er beginnt an meinem Bein, arbeitet sich weiter nach oben und hat durch meine Shorts und das weite Shirt viel zu leichtes Spiel. Meine Nippel richten sich auf und ich weiß, dass er es durch die Piercings nur noch deutlicher sieht.

»Mut und Angst gehen Hand in Hand, Eva«, sagt er und schiebt mein Shirt am Saum hoch. »Nur wenn du den Mut hast, dich deiner Angst zu stellen, kannst du sie auch überwinden.« Ein Schauer erfasst mich, als er die zarte Haut an meinem Bauch berührt und Stück für Stück nach oben wandert.

»Mut kann aber auch zu deinem größten Alptraum werden. Denn die Angst hat dich vorher gewarnt. Sie wollte dir sagen, dass du laufen sollst, und doch bist du hier.« Ich kann seinen Worten solange folgen, bis er an meinen Brüsten angekommen ist. Allein diese kleine Berührung seiner Finger lässt mich aufkeuchen. Auch Gabe kommt ein leises Stöhnen über die Lippen, was mir ein Lächeln auf die Lippen zaubert.

»Wenn man keine Angst hat, kann man auch nicht mutig sein.« Meine Worte kommen abgehackt aus meinem Mund, als er die kleinen Metallstäbe zwischen die Finger nimmt. »Ich habe nie behauptet, dass ich vor nichts Angst habe.« Ein Stöhnen unterbricht meine Worte, als er an einem der Piercings zieht. Meine Atmung beschleunigt sich und doch war dieser kleine Schmerz viel zu süß, als dass ich ihn wegstoßen würde. »Aber nicht vor dir.«

»Und das ist verdammt dumm, kleine Prinzessin.« Endlich legt sich seine Hand vollständig um meine Brust. Er knetet sie, zieht weiter an dem Metall in meinem Nippel und entlockt mir dadurch noch ein Stöhnen, das von den Wänden widerhallt. Ich drücke den Rücken durch, komme seiner Berührung entgegen und verlange mehr.

Gabes Hände sind überall auf mir. Schieben sich langsam an die Stelle, die sich so sehr nach ihm sehnt. Das Pochen wird unerträglich und ich spüre die Feuchtigkeit, die sich in meinen Slip sammelt. Weiß, dass es ihn verrückt machen wird, wenn er spürt, was diese Situation mit mir macht.

Er. Was er mit mir macht. Doch das würde ich nicht so einfach zugeben.

»Mach die Augen auf, Eva«, höre ich ihn sagen und tue es. Treffe auf seinen Blick und sehe den Hunger, der darin liegt. Eine seiner Hände verschwindet von meinem Körper. Stoff raschelt und ich hebe meine Hüfte, um meine Shorts endlich loszuwerden. »So ungeduldig«, raunt er und ich rutsche etwas an die Kante.

»Ich kann auch wieder selbst dafür sorgen, dass ...« Mein Satz bleibt unvollendet, als er ein leises Knurren ausstößt und etwas knistert. Lächelnd schüttle ich den Kopf. »So durchschaubar«, sage ich, ehe mir ein erschreckter Schrei über die Lippen kommt. Er zieht mich ein Stück zu sich und ich spüre seinen Schwanz an meiner Pussy.

»Wer ist hier durchschaubar, hm? Du bist so verflucht nass und das nur für mich.« Seine Erektion poch an meiner Mitte und ich weiß, es ist sinnlos, es abzustreiten.

»Dann fick mich endlich, damit ich weiß, ob es sich lohnt.« Als hätte er auf meine Worte gewartet, spüre ich seinen Schwanz an meinem Eingang. Ohne Vorsicht dringt er bis zum Anschlag in mich ein. Ich stöhne laut und ungefiltert auf. Werfe den Kopf in den Nacken und dränge mich weiter an ihn. Gabe fickt mich. Immer wieder zieht er sich zurück, nur um im nächsten Moment noch härter in ich zu stoßen. Der Schweiß rinnt an meiner Schläfe hinab und ich spüre, wie ich jetzt schon am Abgrund stehe.

Wie er mich in den Himmel fickt und sich nimmt, was er will. Er trifft beinahe jedes Mal diesen einen bestimmten Punkt, der mich Sterne sehen und meine Augen zufallen lässt.

»Scheiße Prinzessin, du bist so verflucht eng.« Meine Muskeln ziehen sich zusammen. Immer fester und fester. Ich weiß, dass ich es nicht mehr lange aushalten werde. Auch Gabe wird fahriger, schneller, hektischer. Er winkelt meine Beine weiter an, beinahe schmerzhaft, da mir die Kante des Tisches jetzt in die Hüfte drückt, doch es ist egal. Alles ist egal, als er mit dem Finger über meine Perle reibt und ich zerspringe. Sterne tanzen vor meinen Augen. Meine Pussy verkrampft sich um seinen Schwanz und er flucht. Stößt ein letztes Mal in mich und folgt mir über die süße Klippe. Wir fallen. Zusammen.

Das hier ist die Hölle. Die süße Hölle, die uns beide verschlingen wird. Wir wissen es und doch können wir jetzt, da wir einmal angefangen haben, nicht aufhören.

Evangelina

Kapitel 13

Diesmal war es Gabe, der gegangen ist. Er hat mich allein gelassen und ich muss zugeben, dass es ein beschissenes Gefühl ist. Doch ich habe kein Recht, ihm einen Vorwurf daraus zu machen. Denn immerhin war ich es das letzte Mal, die ihn hat stehen lassen. Nackt und unbefriedigt noch dazu. Deshalb habe ich mich angezogen und das Chaos, welches wir angerichtet haben, wieder aufgeräumt.

Jetzt sitze ich mit den Unterlagen, die ich aus der Schublade mitgenommen habe, auf meinem Bett. Um mich herum Dokumente, die alle für sich absolut keinen Sinn ergeben. Seit Stunden sitze ich hier, gehe Zeile für Zeile durch und finde einfach keinen Zusammenhang. *Vielleicht weil es keinen gibt?* Es muss einen geben, ich weiß es, sonst hätte mein Vater sie nicht eingeschlossen. Er ist kein paranoider Mann, eher handelt er nach der Methode: Lass alles offen liegen, denn dann hat niemand einen Verdacht. *Scheiße, das ist es!* Ich springe von meinem Bett auf und renne aus dem Zimmer. Wieder nach oben ins Büro und nehme alles, was auf dem Tisch liegt mit nach unten. Wie konnte ich nur so dumm sein? Das war eine der ersten Lektionen, die er mir beigebracht hat.

Vergiss nie auch nur ein winziges Detail deines Gegenübers, Evangelina! Egal, was es ist. Menschen handeln immer aus einem bestimmten Grund, möge er auch noch so einfach erscheinen.

Mit den Dokumenten gehe ich zurück in mein Zimmer, lege die anderen beiseite und wühle mich durch das, was ich jetzt habe. Mit jeder Zeile, die ich lese, wird das Bild klarer. Verstörender. Und ich werde wütender. Wie kann ich nur mit so einem Monster verwandt sein? Einem Mann, der keine Skrupel kennt und über Leichen geht, nur, um noch ein klein wenig mehr Macht zu bekommen? Macht, Geld und Einfluss, nur das zählt in dieser verschissenen Welt.

Nach Stunden, in denen ich Bilder der Papiere und Notizen dazu gemacht habe, bringe ich alles wieder zurück. Er wird merken, dass etwas nicht stimmt. Doch mir wird, falls er mich darauf ansprechen sollte, schon etwas einfallen. Schnell packe ich all das, was ich mir zusammen gesucht habe zu den anderen Beweisen in den Karton unter mein Bett und beschließe, duschen zu gehen. Noch immer denke ich, Gabes Geruch auf mir zu tragen. Seine Berührungen zu spüren und seinen Schwanz ... *Okay, das reicht!*

Es war Sex. Guter Sex. Dreckig, hart und bedeutungslos. *Rede dir das nur weiter ein.* Gabriel hat nichts in meinen Gedanken verloren, egal, wie verflucht gut sich diese Nummer angefühlt hatte. Wie sanft und kräftig seine Berührungen gewesen waren. Wie sehr ich mich jetzt schon danach sehne. Meine Worte an ihn kommen mir wieder in den Sinn. Worte, die ihn so einfach und so sehr provoziert haben. Ein zufriedenes Lächeln legt sich bei der Erinnerung daran auf meine Lippen. Auf dem Weg ins Bad ziehe ich mein Shirt aus und steige aus den Shorts.

Ich kann auch wieder selbst dafür sorgen. Nur, dass es sich, nachdem ich jetzt weiß, wie sich seine Hände anfühlen, nie mehr richtig anfühlen wird. Mein Lächeln verblasst, als ich in die bodentiefe Dusche steige. Eine, die genauso aussieht, wie die in Gabes Zimmer. Die Erinnerungen an seine Finger auf meinem Körper prasseln auf mich herab, wie das warme Wasser.

Setzen eine Lust in mir frei, die ich nicht kenne. Eine, die ich bisher immer nur in meinen Fantasien zugelassen habe.

Gabriel

Kapitel 14

So schnell ich konnte, habe ich das Townhouse verlassen. Ich musste weg.

Weg von Eva.

Weg von ihrer Familie und vor allem weg vor dem, was dort auf mich wartet, wenn ich in ihre Augen schaue. Diese Erwartung, die sie sich selbst nicht eingestehen will. Die Lust und die Gier nach mehr.

Oder läufst du nur vor dir selbst weg? Vor mir, ihr und dem, was wir geteilt haben.

Auf dem Weg nach East Village, zu Devons und meiner Wohnung, gehen mir hundert Dinge durch den Kopf, nur hat keines etwas mit dem zu tun, das in meinem Verstand Vorrang haben sollte. Dafür schleichen sich immer wieder Bilder, Erinnerungen und ein bestimmter Geruch in meinen Verstand. *Dieser verdammte Geruch nach Beeren und Blumen.*

Ich beschleunige meine Schritte und komme nach einer Ewigkeit endlich an unserem Wohnhaus an. Die Fassade aus Backstein hat schon bessere Zeiten gesehen und doch passt sie perfekt hier hin. Mit meinem Schlüssel in der Hand schließe ich die Tür auf und renne, die drei Stockwerke nach oben.

Meine Lunge protestiert, doch es ist mir egal. Es hilft mir, für kurze Zeit etwas anderes zu fühlen. Kurz hoffe ich darauf, dass Devon nicht da ist, um seinen Fragen entkommen zu können, mich ihnen nicht stellen zu müssen. Dafür habe ich gerade keinen Nerv, aber natürlich ist das Glück nicht auf meiner Seite.

Das hätte ich auch nicht verdient. Nicht nach dieser Aktion.

»Alter, was machst du denn hier?«, fragt er aus Richtung der kleinen Küche. Ich gehe einfach weiter. Ignoriere seine Frage und öffne die Tür zu meinem Zimmer. Hinter mir fällt sie ins Schloss. Lässt die Bücher im Regal daneben wackeln.

Wie konnte ich mich nur selbst so verraten? Mich und alles, was mir noch geblieben ist? Wieso habe ich nur den Plan, den wir seit einem Jahr schmieden, einfach so, wegen einer schnellen Nummer aufs Spiel gesetzt?

Hast du das oder redest du dir das nur ein? Vielleicht ist es ja genau der Schachzug, den du machen musstest, um zu gewinnen?

»*Fuck*!«, schreie ich und schlage mit der Faust gegen die Wand. Der Schmerz interessiert mich nicht. Er zeigt mir nur, dass ich versagt habe. *Weil ich noch lebe.*

»Gabe? Was soll die Scheiße?«, höre ich Devons angepisste Stimme hinter mir und schließe kurz die Augen. Versuche, tief einzuatmen und mich zu sammeln, bevor ich mich zu ihm umdrehe. *Er hat dich auf die Idee gebracht,* rede ich mir ein. Er ist daran schuld, dass ich mich selbst verraten habe. *Ist er das? Als hätte es dir nicht gefallen, die Prinzessin um den Verstand zu ficken?!*

»Verpiss dich!«

»Gern, wenn du mir sagst, was dein beschissenes Problem ist.« Das ist der Nachteil an meinem besten Freund. Er lässt sich nicht so einfach vertreiben. Leider. Denn wenn er etwas wissen will, bohrt er solange nach, bis er alles weiß. Doch genau das ist gerade mein Problem. Es war sein Vorschlag, die Prinzessin ins Bett zu bekommen. Und ich war strikt dagegen. *Und dennoch klebt ihr Geruch noch überall an dir. Du spürst ihre Berührungen auf deiner Haut. Kannst fühlen, wie sie unter dir zittert.*

»Nichts. Ich musste nur mal wieder zu mir kommen.« Das ist nicht mal gelogen. Denn je länger ich auf der Upper East Side in diesem verfluchten Haus bin, desto mehr habe ich das Gefühl, etwas zu verlieren.

Deinen Wunsch nach Rache.

»Aha. Und wie läuft es mit der kleinen Prinzessin?« Na klar, ein besseres Thema hätte er nicht finden können. Schnaubend drehe ich mich zu ihm um.

»Ich hab sie bald so weit«, sage ich und versuche, mich damit selbst zu überzeugen.

»Geil, dann ist sie ja doch noch zu etwas gut.« Warum auch immer lösen Devons Worte über Eva ein Gefühl in mir aus, das ich nicht kenne. Eins, das mir nicht gefällt.

»Und was ist mit dem Rest?«

»Bin dran.«

»Gut, dann können wir Foring ja bald alles nehmen.« Denn ja, das ist im Grunde der Plan. Evas Vater alles weg zunehmen, was er besitzt. So, wie er es bei mir getan hat und noch immer vorhat.

»Hast du noch mal über meinen Vorschlag nachgedacht?«

»Welchen?«, frage ich, dabei weiß ich genau, welchen er meint.

»Sie zu verführen. Ich meine ja nur, das würde das Ganze bestimmt etwas beschleunigen. Und jetzt raste nicht gleich wieder aus, du musst sie ja nicht daten oder so. Mach sie süchtig nach dir. Zeig ihr, wie sehr sie dir verfallen kann und dann, wenn sie gar nicht mehr anders kann, als dir hinterherzulaufen wie ein kleiner Hund, schnappt die Falle zu. Sie muss sich in dich verlieben, vollkommen besessen von dem Gedanken sein, dass du sie ficken willst. Dann hast du sie in der Hand und alles wäre nur noch eine Frage der Zeit.« Es kostet mich einiges an Mühe, meine Miene ausdruckslos zu halten, während Devon so über Eva redet.

Er hat absolut keine Ahnung, dass die Eva, die ich kennengelernt habe, und die, die als verfickte Prinzessin der Upper East Side betitelt wird, zwei vollkommen unterschiedliche Personen sind. Selbst in den wenigen Tagen, in denen ich mich jetzt bei ihnen eingeschlichen hatte, habe ich das erkennen können. Und das nicht nur, weil sie es will. Nein, auch in Momenten, in denen sie dachte, sie wäre allein, war sie die verfluchte gefallene Prinzessin, die niemand kennt. *Niemand außer ich.* »Oder hat sie dich etwa schon um den Finger gewickelt?« Trotz der Ironie in seinem Ton trifft mich seine Frage. Ich mache einen Schritt auf ihn zu, baue mich vor ihm auf und kann die pulsierende Wut in mir spüren. Sie brodelt unter der Oberfläche und sucht sich einen Weg nach draußen.

»Pass auf, was du sagst. Du weißt genau, warum ich das alles mache und wieso es mir scheiß egal ist, ob ich deshalb im Knast landen könnte oder mit einer Kugel zwischen den Augen! Ich habe nichts zu verlieren, nichts, was dieser verfluchte Wichser mir nicht schon genommen hätte!«

Evangelina

Kapitel 15

Seit der Sache im Büro ist Gabe mir aus dem Weg gegangen. Er war verdammt still und in sich gekehrt. Keine Ahnung was das soll, doch ich bin die Letzte, die ihn deshalb fragen würde. Ich habe es nicht nötig ihm hinterherzulaufen und ja, auch wenn ich seine Berührungen vermisse, weiß ich, dass es besser ist, das Ende direkt nach dem Anfang gesetzt zu haben.

Es war ein Abenteuer. Etwas Einmaliges. Seine Blicke, die ich auf mir spüre, obwohl ich ihn nicht sehe, ignoriere ich. Ebenso die Tatsache, dass dieses kleine Abenteuer in zwei Tagen vorbei ist. Denn gestern kam der Anruf von meiner Mutter, dass sie bald zurückkommen. Sie hat sich außerdem danach erkundigt, ob John schon hier war, um mich zu besuchen, doch zu meinem Erstaunen hat er sich noch nicht blicken lassen. Sein Glück.

Da ich noch nicht weiß, wann ich all die Unterlagen gegen meinen Vater verwenden möchte, hole ich sie jeden Abend vor dem Schlafengehen heraus und überfliege all die Dinge, die sich so oder so unwiderruflich in mein Gedächtnis gebrannt haben. All das Leid, die Schmerzen und das, was er Güte nennt, rufen in mir eine Übelkeit in mir hervor, die ich immer wieder runterschlucke. Ich frage mich, wie ich mit so einem Mann unter einem Dach leben soll, jetzt da ich zu jeder Lücke ein Puzzleteil gefunden habe. Die Liste mit den Namen der Familien, die unter James Foring gelitten haben, umfasst beinahe zwölf Seiten. Wieder und wieder nehme ich mir vor, jede Einzelnen davon auswendig zu lernen, doch immer wieder breche ich nach den ersten paar Zeilen ab. Es ist zu viel. Zu viel von allem. Meine Augen füllen sich mit Tränen. Vor allem sind es Tränen der Wut. Wie viele Menschen wissen davon und tun einfach nichts, um das zu verhindern? Meine Mutter? John? Sein Vater?

Aus einem ruhelosen Traum schrecke ich hoch. Brauche einen Moment, um mich zu orientieren, und wische mir die verschwitzen Haare aus dem Gesicht. Um mich herum liegen noch immer die Papiere verteilt und ein kurzer Blick auf mein

Handy verrät mir, dass es mitten in der Nacht ist. Mehrfach reibe ich mir über das Gesicht, richte mich auf und schiebe die losen Blätter zusammen. Verstaue alles wieder in dem kleinen Karton und schiebe ihn unter die Decke. Mein Kopf pocht unangenehm und ich beschließe, nach runter in die Küche zu gehen und mir eine Tablette zu holen. Auf dem Flur ist nichts zu hören und die Stille ist fast schon unheimlich ruhig. Die zusätzliche Kälte der Marmorplatten schickt einen Schauer durch meinen Körper und ich wünschte, ich hätte mir einen Hoodie angezogen. Eine Gänsehaut überzieht meine Arme aus und ein seltsames Gefühl macht sich in mir breit.

Ich kann es nicht benennen, weiß nicht, was es zu bedeuten hat, doch ich laufe schneller nach unten, um mich rasch wieder in die vier Wände meines Schlafzimmers zurückziehen zu können. Unten angekommen empfängt mich eine ebenso laute Stille wie oben, nur das leise Ticken der Uhr ist zu hören. Die kleinen Lichter, die automatisch angehen, sobald es draußen dunkel wird, leuchten schwach. Irgendwas ist anders. Anders als sonst sehe ich mich heute öfter um. Erwarte fast schon, hinter der nächsten Ecke von jemandem erschreckt zu werden und doch habe ich keine Angst. Es ist eine freudige Erwartung. *Gib es zu, du hoffst, dass es Gabe ist, der hier irgendwo lauert. Darauf wartet, dich gegen die nächste Wand zu drängen und sich das von dir zu nehmen, was er will.* Ich schüttle den Kopf, um eben diesem Gedanken zu entfliehen, und gehe in die Küche. Aus dem Medizinschrank hole ich eine Schmerztablette und trinke einen Schluck Wasser dazu. Wieso schaffe ich es nicht einen Tag, ohne den kleinsten Gedanken an diesen fremden Mann zu verschwenden? Denn genau das ist er noch immer.

Ein Fremder, der mich viel zu sehr interessiert.

Gabriel

Kapitel 16

Die letzten Tage vergingen zum Glück schnell und ohne viel Drama. Also genau nach meinem Geschmack. Nach meinem kleinen Ausflug in unsere WG musste ich natürlich wieder zurück ins Townhouse, jedoch nicht, ohne einen kleinen Umweg einzuschlagen. Dieser hat mir mehr gebracht als meine Selbstverteufelung - und tatsächlich fühle ich mich gerade endlich wieder wie ich selbst. Nur deshalb konnte ich mich auch so unbemerkt in Evas Haus bewegen. Sie dachte die gesamte Zeit über, dass sie allein ist, doch insgeheim wusste sie wohl, dass sich etwas verändert hat. Sie sieht sich öfter um, als sie es sonst tut. Läuft langsamer, nur um dann schnell wieder in ihrem Zimmer zu verschwinden.

Genau wie ich es jetzt mache. Ich warte, bis sie ihr Zimmer verlassen hat, sehe ihr nach, bis sie unten angekommen ist und schließlich in die Küche geht. Geräusche hallen durch die ruhigen Flure und ich zögere nicht. Solange sie beschäftigt ist, bleibt mir Zeit. Zeit die ich so dringend brauche. Jedes der Zimmer habe ich durchsucht. Jedes außer ihres und das Büro, was ein verdammter Fehler war. Durch die Sexeinlage mit der Prinzessin habe ich es doch tatsächlich versäumt, einen Blick auf den Schreibtisch ihres Vaters und die darauf liegenden Unterlagen zu werfen. Aber vielleicht ist das ja auch nicht nötig. Denn ich weiß, dass Eva etwas versteckt. Etwas, das ihr sehr wichtig ist. Immer wenn sie ihr Zimmer verlässt, sperrt sie die Tür ab.

Anfangs dachte ich, dass sie das nur macht, weil ein Fremder im Haus ist. Doch dass sie damit kein Problem hatte, wurde mir schnell klar. Damit hat sich meine Neugier aber um einiges gesteigert, da ich wissen wollte, was sie versteckt. Vielleicht arbeitet sie mit ihrem Vater zusammen, selbst, wenn die beiden privat ihre Probleme haben, heißt das nicht, dass sie nicht gemeinsam Geschäfte machen können. Gerade weil Eva Jura studiert, kennt sie bestimmt das ein oder andere Schlupfloch, damit James sich aus der Affäre ziehen kann. Vielleicht ist es ja auch genau der Grund, dass Eva dieses Studium gewählt hat. *Traust du ihr das wirklich zu?*

Um ehrlich zu sein, habe ich absolut keine Ahnung, was ich der Prinzessin so alles zutrauen kann.

Devon und ich haben das gesamte Netz durchsucht und beinahe nichts gefunden. Nur ihr Alter, ein paar Bilder und diverse Artikel, in denen darüber spekuliert wurde, wann die Prinzessin der Upper Class, denn endlich den verfickten *Prinzen* heiratet. Bei dem Gedanken daran, dass sie mit diesem Schnösel überhaupt etwas hatte, balle ich die Hand zur Faust und beiße mir auf die Zunge. Meine Erinnerung trägt mich zu dem Tag, an dem ich hier angekommen bin und Eva in dieser grandiosen Situation erwischt habe.

Vielleicht hat der Prinz es einfach nicht geschafft ihr das zu geben, was sie braucht. Ganz sicher kann ich mir da nicht sein, doch wenn ich überlege, wie sie sich unter meinen Berührungen gewunden hat.

Stopp! Ich muss mich wieder auf den verfluchten Plan fokussieren. Vorsichtig betrete ich ihr Zimmer. Schnell verschaffe ich mir einen Überblick, da ich noch nie hier drin war. Evas Einrichtung spiegelt exakt das wider, was ich mir vorgestellt habe. Statt des Prunks, der in den anderen

Räumen so präsent ist, ist ihr Zimmer verdammt schlicht. Grau und beige sind die vorherrschenden Farben, die mit einfachen, dunklen Möbeln kombiniert wurden. Trockenblumen stehen in Vasen auf der Kommode und ein paar Bilder hängen an den Wänden. Alle zeigen Blumen in verschiedenen Ausführungen. Diese Bilder sind auch das einzig Bunte hier drin. Aber es passt perfekt zu ihr.

Ich gehe weiter, geradewegs zu ihrem Bett, und die zerwühlten Laken laden mich beinahe dazu ein, darin auf sie zu warten. Im ganzen Zimmer hängt ihr Duft, gemischt mit einem Parfüm, das ich kenne, aber nicht benennen kann. Möglichst leise öffne ich die beiden Schubladen der Kommode neben ihrem Bett. In einer davon liegt Schmuck und in der anderen finde ich ihre Unterwäsche. Sie hat alles nach Farben sortiert und ich kann nicht anders, als nach einem bestimmten Stück zu greifen. Es ist, als würde mich der Stoff anschreien. Er ist so unscheinbar, verdammt sexy. Winzig, schwarz und das Besondere daran, erkenne ich erst, als meine Finger es berühren. Perlen. Der String ist über und über mit Perlen besetzt.

Du kleine böse Prinzessin. Wann trägst du das? Wenn du mit deinen Eltern auf einem langweiligen Dinner bist, damit du wenigstens etwas Spaß hast? Oder in der Uni?

Mit einem Lächeln auf den Lippen stecke ich den Slip in meine Hosentasche und schließe die Schublade. *Ab heute wirst du ohne diesen kleinen Helfer auskommen müssen.* Von unten ertönt ein Geräusch. Etwas fällt zu Boden.

»*Fuck!*«, höre ich ihre Stimme und danke dem Schicksal dafür, dass ich noch ein paar Minuten länger Zeit habe. Ich gehe zum Bett, knie mich davor auf den Boden und sehe darunter nach. Die Erinnerung, die mich dabei überkommt, trifft mich vollkommen unerwartet.

»Das ist das beste Versteck für Geheimnisse, Gabe. Weißt du auch, warum?« Freudestrahlend geht sie durch ihr Zimmer und kniet sich auf den Boden.

»Verrat es mir, kleiner Schmetterling.«

»Na, wegen der Monster.«

»Was haben die denn damit zu tun?«, frage ich und gehe, um das Bett herum, um mich neben sie zu setzen.

»Na, die passen auf die Geheimnisse auf. Das weiß doch jeder.«

Verfickte Scheiße! Schnell setze ich mich wieder gerade hin und schließe für eine Sekunde die Augen. Lege die Hände auf das Bett und halte inne. Verdränge die Gedanken an sie in die hinterste Ecke meines Verstandes und richte mich auf. Dabei fällt mein Blick direkt auf etwas Eckiges, das unter der Decke versteckt ist.

Mit der Hand fahre ich vorsichtig über den Stoff und ziehe ihn zurück. *Jackpot!* Ohne lange zu überlegen, greife ich nach der kleinen Kiste und nehme den Deckel ab. Dokumente, Fotos und Artikel kommen zum Vorschein und rufen geradezu nach mir. Einen Gegenstand nach dem andren hole ich heraus, überfliege die Informationen und kann mein Glück beinahe nicht fassen.

Evangelina

Kapitel 17

In dem Moment, in dem ich mein Zimmer betrete, spüre ich, dass etwas anders ist. Es ist ein Gefühl, das irgendetwas nicht stimmt. Ein Geruch erfüllt den Raum, der vorher nicht da war. Sein Geruch. Vorsichtig setze ich einen Fuß vor den anderen und sehe mich aufmerksam um.

Auf den ersten Blick erkenne ich nichts Auffälliges. Alles scheint wie immer und doch fühlt es sich anders an. Fast so, als wäre er hier. Dass das vollkommen absurd ist, sehe ich mit eigenen Augen und doch könnte ich wetten, dass ich etwas spüre. Ihn spüre. Entweder ich habe die letzten Tage zu viel gelernt, zu wenig geschlafen oder mein Kopf spielt mir Streiche. Vielleicht ist es wegen des ganzen Stresses, den die Rückkehr meiner Eltern ankündigt oder aber ich werde verrückt.

Nur, damit mein Verstand es mitbekommt, schließe ich die Tür hinter mir ab und gehe dann zu meinem Bett. Starre den Karton an, in dem all meine Beweise liegen und lege den Kopf schief. Habe ich den Deckel vorhin nicht komplett geschlossen? *Habe ich?* Oder war ich so unachtsam? *Insgeheim kennst du die Antwort, Eva.* Erschöpft fahre ich mir mit der Hand über die Augen und seufze. Vielleicht sollte ich für heute Schluss machen. Diese ganzen Dokumente machen mich noch paranoid. Mit dem Karton in der Hand knie ich mich auf den Fußboden und schiebe ihn zurück an seinen Platz. Als ich mich aufrichten will, erkenne ich etwas Silbernes, das direkt neben mir auf dem Boden liegt. Ich nehme es in die Hand und das kühle Metall des Zippos schmiegt sich an meine Haut.

Er war wirklich hier drin. Doch was hat er gesucht? Mich? Geld? Oder wollte er einfach nur meinen Verstand ficken? *Oder meinen Körper?* Die Gedanken sollten mich dazu bringen, mich vor ihm in acht zunehmen und doch ziehen sie mich nur noch mehr an. Mit dem Zippo in der Hand lege ich mich wieder ins Bett. Ich drehe es so lange zwischen den Fingern, bis ich von der monotonen Bewegung müde werde und mir die Augen zufallen.

Das nächste Mal, als ich die Augen öffne, ist es bereits hell in meinem Zimmer. Gähnend strecke ich mich und stehe auf. Das Feuerzeug liegt neben meinem Kissen und ich lasse es mit einem Grinsen auf den Lippen in der Nachttischschublade neben meinem Bett verschwinden. Nur zur Sicherheit sehe ich unter meinem Bett nach, ob der Karton noch da ist, und stelle zufrieden fest, dass er es ist.

Ich schließe meine Tür auf und lausche, ob ich etwas höre. *Gib es zu, du hoffst, dass er noch hier ist.* Insgeheim weiß ich, dass er es nicht mehr ist. Heute ist der letzte Tag. Morgen kommen meine Eltern zurück und ich weiß nicht, ob es daran liegt, dass ich den Plan, den ich hatte, nicht vollenden konnte, oder ob es ein kleiner Hauch von Trotz und Wut ist, dass er einfach so gegangen ist. Wir hatten nicht viel Zeit gemeinsam und doch waren es die Momente, die sich nachhaltig in mein Gedächtnis gebrannt haben. Barfüßig steige ich die Stufen nach unten und bleibe mitten auf der Treppe stehen. Ich blinzle mehrfach, doch das Bild, welches sich mir bietet, will einfach nicht in meinem Kopf ankommen.

»Lina, Baby, ich bin wieder da.« John. John ist hier. In unserem Haus, mit einem Strauß Blumen und natürlich in einem seiner besten Anzüge. Selbst von der Treppe aus kann ich sehen, wie viel dieser gekostet hat. Seine sonst so blasse Haut hat dank der Sonne ein wenig Farbe bekommen. Ich bewege mich keinen Zentimeter, starre ihn nur an und wünsche mir, dass ich eine Halluzination habe. *Vielleicht träumst du ja auch noch?* »Lina? Freust du dich nicht?« Seine Frage rüttelt mich aus meiner Starre wach und ich kneife die Augen zusammen.

»Ob ich mich freue?«, spucke ich ihm entgegen und gehe die restlichen Stufen nach unten. »Nein, um ehrlich zu sein, hatte ich gehofft, dass du von einem Hai gefressen wirst.« Johns Lächeln fällt in sich zusammen, ehe er die Stirn runzelt.

»Ach, Baby, sag bloß, du bist noch immer sauer.« Er wagt es tatsächlich, einen Schritt auf mich zuzukommen und legt die Blumen auf die Kommode.

»Sauer? Oh, bitte, dafür warst du mir nie wichtig genug. Ich finde es einfach nur widerlich, dass du die halbe Upper East Side Bekanntschaft mit deinem Schwanz gemacht hat.« Er schnaubt bei meinen Worten und kommt noch einen Schritt auf mich zu, ehe ich die Hand hebe und ihm bedeute, stehen zu bleiben. »Aber eigentlich müsste ich dir deshalb sogar dankbar sein, John. Denn so hatte ich endlich einen Grund, unsere Beziehung zu beenden.«

»Du glaubst, dass das so einfach geht, kleine Lina?« Ich hasse es, wenn er mich so nennt. Als wäre ich ein Kind.

»Und ob das so einfach geht.«

»Wie naiv du doch bist. Denkst du, dein Vater lässt es zu, dass du mich in den Wind schießt? Noch dazu jetzt, wo wir kurz davor sind die Verträge zu unterschreiben?«

»Es ist mir scheißegal, wovor ihr steht. Es ist mein verdammtes Leben, meine Entscheidung.« *Ich wünschte nur, es wäre so einfach.* Johns Grinsen verrät mir, dass er genau weiß, dass das nicht so leicht ist. Doch diesen Sieg werde ich ihm nicht geben.

»Du wirst schon sehen, dass ...«

»Babe, ist alles in Ordnung?« Mein Herz bleibt für einen Moment stehen, als seine Stimme erklingt. Auch wenn es der falsche Spitzname ist, mit dem er mich anspricht, beschleunigt sich mein Puls. *Siehst du, er ist doch noch hier.* Mein Blick fliegt zur Treppe, an der Gabe steht und uns beobachtet. Mit einem gefährlichen Lächeln, dass mir direkt zwischen die Schenkel fährt, kommt er zu mir und legt seine Hand an meine Taille. Er drückt mich besitzergreifend an sich und ich schmiege mich willig an seinen Körper.

»Sieh es als Abschiedsgeschenk, Prinzessin.« Seine geraunten Worte sind so leise, dass ich sie nur höre, weil seine Lippen mein Ohr dabei berühren. Meine Hand legt sich wie von selbst auf seine Brust und ich atme seinen Duft ein. Nicke leicht und drehe den Kopf wieder zu John. Der starrt uns mit leicht geöffnetem Mund an und sieht aus wie ein Fisch, der keine Luft bekommt.

»Wer ist das?«, presst er zwischen den Lippen hervor und ich lächle ihn zuckersüß an.

»Das? Jemand, der weiß, was mir gefällt und es schafft, dass ich nicht selbst dafür sorgen muss.« *Okay, das war nicht gerade nett.*

Gabriel

Kapitel 18

Warum bin ich nicht einfach gegangen? Habe sie mit dem Clown allein gelassen und mich verpisst?

Es gibt zwei Varianten, die mir beide wenig gefallen, und die dritte ist die, die ich mir jetzt einrede. Da sie die logischste ist. Wäre ich gegangen, ohne mich von ihr zu verabschieden, hätte ich jede noch so kleine Beziehung zu Eva zerstört. Ich hätte alles, für das ich die letzten Tage gearbeitet habe, verschwendet. Hätte das Wissen, das ich über sie und ihre Familie habe, einfach weggeschmissen und von Neuem beginnen müssen. Deshalb lasse ich meine Hand noch immer an ihrer Hüfte liegen. Ziehe sie näher an mich und genieße es.

Alles nur für den Plan! Dafür fühlt es sich viel zu gut an.

Ihr Spruch eben hat mich beinahe beeindruckt. Dass sie ein loses Mundwerk haben kann, ist mir nicht neu, doch das sie es gegen ihresgleichen einsetzt schon. John fällt noch immer keine Erwiderung darauf ein und er wird von Sekunde zu Sekunde unruhiger. Verlagert das Gewicht von einem Fuß zum anderen und blinzelt.

»Was glaubst du, wer du bist?«, fragt er sie dann doch tatsächlich und ich muss mir ein Lachen verkneifen.

»Noch immer Evangelina Foring. Jura-Studentin. Und wenn du mich lässt, dein schlimmster Albtraum.« Okay, jetzt kann ich mein Lachen nicht mehr zurückhalten. Sein Blick fliegt zu mir und würde er sich trauen, hätte er mir bestimmt schon einen Spruch verpasst, auf den sein Daddy stolz wäre. Denn in der Upper Class benimmt man sich schließlich. Immer.

Aber nur ein Blick von mir genügt, um innerhalb von Sekunden all das aus seinem Gesicht zu wischen.

»Okay, ich glaube, das reicht dann für heute«, sage ich und mache einen Schritt auf ihn zu. Stelle zufrieden fest, dass er einen zurückmacht, und nicke hinter ihn. »Wir haben noch was vor. Du weißt ja, wo die Tür ist.« Meine Stimme lässt keinen Raum für eine Diskussion. John sieht ein letztes Mal zu Eva, hofft wohl, dass sie ihn doch noch zum Bleiben drängt. Darauf kann er jedoch lange warten. Ich muss mich nicht zu ihr umdrehen, um zu wissen, dass sie ihn nicht einmal mehr beachtet. Ihr Blick brennt sich in meinen Rücken und ich liebe es.

Ja, Prinzessin, sei wütend auf mich. Denn das ist sie. Sie kocht vor Wut. Weil ich ihr an die Seite gesprungen bin und sie wie ein kleines Mädchen beschützt habe. Mittlerweile kenne ich alle Eigenheiten von ihr und kann sie viel zu gut gegen sie einsetzen. Es macht mir aber auch einfach viel zu viel Spaß sie an den Rand ihrer Beherrschung zu treiben. John hat es endlich geschafft, die Tür hinter sich zu schließen, und ich zähle bis drei. Genau so lange wird es dauern, bis sie über mich herfällt. *Mit Worten.*

»Was sollte das?«, richtet sie sich an mich und die Schärfe in ihrer Stimme gefällt mir viel zu gut.

»Was meinst du, Prinzessin?«, provoziere ich sie und drehe mich zu ihr um. Mit verschränkten Armen steht sie da. Mustert mich mit beinahe tödlichen Blicken und sieht dabei einfach viel zu süß aus. *Süß, ernsthaft?* Doch genau das ist es. Man sieht ihr an, dass sie noch nicht lange wach ist. Ihre Haare sind durcheinander und die Schatten unter ihren Augen zeigen, dass sie wenig geschlafen hat. *Hast du von mir geträumt, Eva? Von meinen Händen auf deinem Körper? Meiner Zunge auf deiner Haut? Meinem Atem in deinem Nacken?* Vor Wut blinzelt sie mehrfach, was ich schon öfter an ihr beobachtet habe. Mein provokantes Lächeln stachelt sie dabei nur noch weiter an.

»Du weißt genau, was ich meine. Ich wäre ihn auch ohne deine Hilfe losgeworden.« Daran zweifle ich nicht, doch mit mir ging es deutlich schneller. Er hatte so oder so schon genug Zeit, sie nackt und so verflucht schön zu sehen. Bei dem letzten Gedanken schüttle ich über mich selbst den Kopf. *Woher kommt nur dieser Besitzanspruch?*

»Dann wirst du ja das nächste Mal keine Hilfe mehr brauchen«, sage ich und wende mich zum Gehen. Meine Tasche, die ich bereits gepackt habe, steht in der Küche und ich gehe auf direktem Weg dort hin. Lasse Eva im Flur stehen und höre kurz darauf ihre Schritte hinter mir.

»Was ist dein verficktes Problem?« Oh Prinzessin, wenn ich sie dir alle aufzählen würde, würde das viel zu lange dauern. Und ich müsste meine Geheimnisse vor dir ausbreiten, was ich niemals tun werde.

»Ich habe kein Problem. Mir geht es super und jetzt entschuldige mich, ich habe heute noch etwas zu tun.« Mit einem Zwinkern schiebe ich mich an ihr vorbei und gehe durch den Flur zur Tür. Kurz bleibe ich mit der Hand an der Klinke stehen und warte, ob sie noch etwas sagt. Ob irgendwas von ihr kommt, dass mir zeigt, dass ich meinem Plan ein ganzes Stück näher gekommen bin. Dass sie mich vielleicht …

»Wie hast du es geschafft, dich hier unbemerkt aufzuhalten?« Evas Worte sollten mich schockieren, denn sie hat mit nur einem Satz offenbart, dass sie mein Spiel, meine Geschichte mit dem Housesitting, durchschaut hat. Sie weiß, dass mich ihr Vater nie engagiert hat, es nie einen Job gab, den ich hier gemacht habe.

»Gegenfrage, Prinzessin«, sage ich stolz und drehe mich ein letztes Mal zu ihr um. »Wieso hast du mich nicht verraten? Hast die Polizei gerufen, um mich auffliegen zu lassen?« Ich weiß, dass ich darauf keine Antwort bekommen werde, denn dann müsste sie zugeben, dass es ihr gefallen hat. Dieses kleine Spiel zwischen uns. Die Gefahr, mit einem vollkommenen Fremden unter einem Dach zu wohnen, selbst wenn es nur für ein paar Tage war.

Evangelina

Kapitel 19

Warum? Genau das frage ich mich in diesem Moment auch. Es aus seinem Mund zu hören ist noch mal anders, realer, als es zu vermuten. Etwas zu ahnen und doch nicht zu handelt. Macht mich das zu einem guten oder schlechten Menschen?

Ganz egal, denn Gabe erwartet keine Antwort von mir. Er ahnt, warum ich nichts gesagt habe. Diese Zeit war wie eine kleine Blase, in der wir uns befunden haben. In der ich die Eva sein konnte, die ich bin, und er, keine Ahnung, vielleicht wollte er einfach mal wissen, wie es sich anfühlt, in einem Haus an der Upper East Side zu wohnen. Hätte ich mich auch nur eine Sekunde von ihm gefährdet gefühlt, hätte ich dann etwas unternommen? *Ja! Nein!* Doch das habe ich nicht.

Zu keinem verfluchten Zeitpunkt. Nur jetzt, in dem Moment, in dem er kurz davor ist zu gehen, habe ich ein Gefühl, als wäre der Mann, der vor

mir steht, jemand vollkommen anderes. Genau der Fremde, der er eigentlich auch ist.
Das Zufallen der Tür reißt mich aus den Gedanken, in denen ich gefangen war. Macht mir klar, dass egal wie meine Antwort gelautet hätte, es unwichtig ist. Er ist weg. Diesmal wirklich und ich habe keine Ahnung, warum es mir nicht gleichgültig ist.

Der Alltag hat mich schneller wieder, als ich erwartet habe. Meine Eltern kamen aus DC zurück und wie soll es auch anders sein, haben sich beide danach sofort wieder in die Arbeit gestürzt. John schickt noch immer täglich Blumen und Schmuck und ich lasse alles ungesehen zurückschicken. Es ist nicht der Betrug, der mich von ihm weggetrieben hat, eher das mangelnde Interesse gepaart mit seiner verfluchten Arroganz.

Es war nett, ab und an Zeit mit ihm zu verbringen, doch hauptsächlich war diese Beziehung ein Marketingmittel meiner und seiner Eltern. Dass beide Parteien absolut nicht begeistert davon sind, dass ich ihn immer wieder abweise, bekomme ich fast täglich zu spüren. So wie auch jetzt. Als wäre der Tag an der NYU nicht schon stressig genug gewesen, komme ich nach Hause und werde erneut von einem riesen großen Blumenstrauß erwartet. Auf dem Weg in die Küche lasse ich ihn links liegen und höre die strenge Stimme meiner Mutter hinter mir.

»Du könntest ihm wenigstens danken. So haben wir dich nicht erzogen, Evangelina!« Mit einem falschen Lächeln auf den Lippen, wie ich es seit Tagen mit mir herumtrage, drehe ich mich zu ihr um.

»Stimmt, IHR habt mich gar nicht erzogen. Das waren die Nannys und ich finde, sie haben eine grandiose Arbeit geleistet, Mutter.« Sie verzieht keine Miene, beinahe, als wären meine Worte an ihr abgeprallt wie Kugeln.

»Hätte ich gewusst was für eine bockige und engstirnige Frau sie aus dir machen, hätte ich ihnen nicht so viel Geld gezahlt.«

»Aus Fehlern lernt man«, sage ich und zucke mit den Schultern. »Aber man kann sie nicht rückgängig machen.«

»John tut es wirklich leid, er will doch nur ...«

»Hör auf damit. John tut rein gar nichts leid und ich habe keine Lust, weiterhin mit dir über mein Liebesleben zu reden. Immerhin bin ich alt genug.«

»So verhältst du dich aber nicht. Dein Vater hat dir schon einmal gesagt, dass es Dinge gibt, über die man hinweg sehen muss, Eva!«

»Hinwegsehen?«, frage ich spitz und gehe auf sie zu. »Über was siehst du denn seit Jahren so hinweg, hm? Welche Geschäfte lässt du deinen Ehemann abschließen? Wie viele Menschen mussten schon wegen ihm leiden?«

»Das eine hat mit dem anderen nichts zu tun. Außerdem ist er immer noch dein Vater, also pass auf, wie du über ihn sprichst!«

»Du tust mir leid.« Ohne auf eine Antwort zu warten, lasse ich sie stehen und gehe nach oben. Vergesse die Tatsache, dass ich mir etwas zu essen nehmen wollte, und werfe die Tür lautstark hinter mir zu. Ja, gerade verhalte ich mich wirklich wie ein bockiges Kind, aber das Verhalten meiner Eltern, treibt mich noch in den Wahnsinn.

Wäre es nicht so verflucht nötig, dass ich mich zusammenreiße, damit ich mein Studium beenden kann, ohne dass sie es mir wegnehmen, hätte ich schon lange meine Sachen gepackt. Doch sie wissen, dass mir die NYU mehr bedeutet als alles andere.

Die nächsten Tage sehe ich weder meine Mutter noch meinen Vater sonderlich viel. Ich bin häufig länger in der Uni und sitze bis spät abends in der Bibliothek. Der Grund dafür ist ganz einfach. Ich will die beiden nicht sehen, keine Diskussion mit ihnen führen müssen, in der sie mich so oder so nicht verstehen würden, und ich kann den beiden nicht mehr in die Augen schauen. Wieder und wieder sehe ich mir die Beweise aus meiner Kiste auf dem Bildschirm meines Laptops an und frage mich, wie ich das alles so lange hatte übersehen können. Wenn es quasi direkt vor meiner Nase passiert war? All das Leid, die Machtlosigkeit und der Schmerz. Und meine Familie ist dafür verantwortlich.

Fuck! Wie soll ich das nur alles so zusammen setzen, dass es mir bei der Presse etwas nützen könnte? Ich bräuchte jemanden, der gegen meinen Vater aussagt. Eine Familie, die all diese Taten bestätigt, nur leider wird nahe zu keine davon handeln. Der Betrag, der hinter all den Namen aufgeführt wird, und die Wohngegend, sprechen leider gegen mich und wenn ich dort auftauche und die Leute jemandem davon erzählen, bin ich ebenso am Arsch. *Scheiße!*

Warum kann nicht einfach einmal etwas so laufen, wie ich es will? Warum muss es immer der schwierige Weg sein? Und warum, verflucht, muss ich genau jetzt an Gabe denken?

Wütend über mich selbst packe ich meine Sachen zusammen und stecke alles in meine Tasche. Auch wenn ich weiß, dass es nicht hilft, brauche ich jetzt ganz dringend eine Zigarette.

Komisch, an den Tagen mit Gabe allein hast du keine einzige gebraucht. Auf dem Weg vor dem Hauptgebäude bleibe ich stehen und suche in meiner Tasche nach der kleinen Packung. Durch die Dämmerung kann ich nicht mehr viel erkennen, selbst die Laternen am Weg nützen mir wenig.

»Komm schon«, murmle ich vor mich hin und seufze erleichtert auf, als ich die Schachtel ertaste. Ich stecke mir eine Zigarette zwischen die Lippen und zünde sie mit dem Zippo an, das ich in jeder Sekunde bei mir trage. *Es ist das Einzige, was mir von ihm geblieben ist.* Tief inhaliere ich den Rauch und fühle mich direkt etwas ruhiger. Für ein paar Sekunden vergesse ich, wer ich bin. Welche Familie ich habe und was diese ganze Sache mit sich bringt. Doch dieser Zustand währt nicht lange. Auf meinen Armen breitet sich eine Gänsehaut aus. Eine, die nichts mit der Kälte oder dem Wind zu tun hat. Nein, es ist etwas anderes. Ich fühle mich irgendwie beobachtet, auch wenn ich niemanden in meiner Nähe entdecke. Möglichst unauffällig sehe ich mich um. Kann aber nichts Spannendes erkennen. Wieder und wieder lasse ich meinen Blick über die Menschen um mich herum gleiten, doch niemand scheint sich für mich zu interessieren.

Gabriel

Kapitel 20

Sie weiß, dass ich sie beobachte.

Ahnt es. Spürt mich.

Es waren nur Sekunden, in denen sie bemerkt hat, dass sich etwas verändert hat. Eigentlich sollte ich nicht hier sein. Nicht an einer Straßenecke, nicht in der Nähe der NYU und schon gar nicht sollte ich Evangelina Foring beschatten. Mein eigentliches Ziel ist ihr Vater. Und doch stehe ich jetzt hier, lasse meinen Blick nicht von ihr ab und muss mich zusammenreißen, nicht näher zu kommen. Ihr nicht mein verfluchtes Feuerzeug aus der Hand zu reißen und sie danach mit mir in die nächste Ecke zu ziehen?

Fuck! Wann ist es passiert, dass diese Frau solch eine Anziehung auf mich ausübt, obwohl sie mein verfickter Feind ist? Denn genau das ist sie. Egal, wie sehr ich mich davon abhalte, meine Gedanken landen viel zu oft bei ihr. Bei ihrem Körper, der sich so verflucht gut an meinem angefühlt hat. Bei ihrem Stöhnen, das wie verfluchte Musik in meinen Ohren klang, und bei ihrer frechen Art, die mich immer wieder herausgefordert hat. Doch das, was am meisten in meinem Verstand geblieben ist, ist mein Abgang vor ein paar Tagen. Noch immer kann ich Devons Worte auswendig, als ich in unserer WG ankam und er mich gefragt hat, was es Neues gibt.

Und dann habe ich wohl den größten Fehler gemacht, den ich in unserer jahrelangen Freundschaft je machen hätte können. Ich habe ihn angelogen. Habe behauptet, dass ich nichts gefunden hätte, das uns auch nur irgendwie weiterbringt. Seitdem verfolge ich James Foring wie einen Schatten. Devon hängt an Emely Foring und heute, habe ich mich dazu hinreißen lassen, hier zu stehen und Eva nachzustellen. Doch das, was ich über sie weiß, und gefunden habe, wirft so unfassbar viele Fragen auf, dass ich nicht weiß, auf welcher Seite sie eigentlich steht.

Bist du die Böse in diesem Märchen, Eva und hast es geschafft, alle mit deinem Spiel zu täuschen – mich zu täuschen. Oder sollte die Upper Class sich genauso vor dir fürchten wie vor mir? Bist du die verfluchte Prinzessin oder doch die Königin dieses Märchens?

Seit ich Eva vor der NYU gesehen habe, sind einige Tage vergangen. Tage, die mir vorkommen wie Jahre. Tage, an denen ich mich wieder an ihren Vater gehängt habe und Dinge herausgefunden habe, die mir verdammt nützlich sind. Es wird bald eine Spendengala geben. Eine, die es jedes Jahr gibt und die jedes Mal gleich abläuft, doch diesmal werde ich dort sein und James Foring vor all seinen Anhängern vorführen. Er rechnet nicht damit. Fühlt sich sicherer denn je. Die Treffen mit den Investoren, die er seit Wochen hat, werden jedes Mal ungeschützter.

Er fühlt sich unbesiegbar, wie ein verfickter Gott. Ein König, der er in seiner Welt leider auch ist. Doch wie in jedem guten Märchen gibt es einen Helden, der den bösen König aufhält und tada, hier bin ich.

Gemeinsam mit Devon sitze ich in unserer kleinen Küche. Wir gehen verschiedene Pläne für den Abend durch und kommen schlussendlich zu einer Lösung.

»Ich schleiche mich als Kellner rein. Der Lieferanteneingang ist immer der, der schlecht gesichert ist.«

»Oder aber er ist am besten gesichert, weil das alle denken«, wirft er ein und ich nicke.

»Gut, aber immerhin habe ich es ins Townhouse geschafft, wie schwer wird es dann bitte sein, in ein verfluchtes Hotel zu kommen?« Das St. Regis ist sicher ähnlich gut überwacht und doch reizt es mich viel zu sehr, als dass ich Angst hätte.

»Okay, aber wir brauchen ein Back-up, nur für den Fall, das der restliche Plan nicht funktioniert. Vielleicht solltest du doch noch an die Möglichkeit denken, die kleine Prinzessin in die Kiste zu kriegen. Ich habe gehört, sie ist wieder zu haben und wurde mit gebrochenem Herzen sitzen gelassen.« *What the fuck?*

Wo hat er denn das gehört? Trotz der Absurdität dieses Gerüchts muss ich mich dazu zwingen, mein Pokerface aufrechtzuhalten. Wenn ich es genau nehme, habe ich genau das schon getan. Habe die Prinzessin in mein Bett gelockt, nur mit dem Unterschied, dass es weder mir noch ihr genützt hat.

»Wo hast du den Scheiß denn her?«, presse ich die Frage zwischen den Lippen hervor und wünsche mir gerade nichts sehnlicher als eine Zigarette.

»Du weißt, ich hab auch so meine Quellen. Aber sollte da stimmen und die Prinzessin hat ihren Prinzen verloren, wäre es ...«

»Hör auf mit dieser verfickten Prinz-und-Prinzessinnen Nummer.«

»Du hast heute echt beschissene Laune. Vielleicht bräuchtest du ja eine kleine Ablenkung.«

»Ich will einfach nur auf diese Gala kommen und Foring endlich an den Eiern haben!«

»So gefällst du mir.« Schmunzelnd klopft er mir auf die Schulter. »Also dann, schauen wir mal, ob wir einen verfickten Kellner aus dir machen können.«

Evangelina

Kapitel 21

Dieser Abend steht für all das, was ich hasse. Leider spiegelt er aber auch mein Leben bis ins kleinste Detail wider. Egal, wie ich es drehe und wende, wie sehr ich mich dagegen sträube oder versuche, mich daraus zu befreien - ich stehe am Ende wieder genau hier. Am Arm meines Vaters. Mit meiner Mutter auf der anderen Seite und lächle brav in die Kameras, wie es von mir verlangt wird, seit ich ein kleines Mädchen war.

Durch das Blitzlichtgewitter bahnen wir uns einen Weg. Der Bodyguard, dessen Name hier genauso bedeutungslos ist wie die, des Servicepersonals, geht voraus und lenkt sensationsgeile Reporter von uns weg. Fast könnte ich über die Farce lachen, die Jahr für Jahr aufgefahren wird, nur um ein paar Spenden von den Größen der Stadt zu bekommen. Wenn man bedenkt, was dieser eine Abend hier kostet. Würde mein Vater nur halb so viel dafür bezahlen, dass diese Menschen hier sind, könnte er sich den Abend sparen. Aber so ist er. So sind sie alle. Machtbesessen. Neugierig. Sensationsgeil und selbstsüchtig. Wer würde schon darüber berichten, würde man von zu Hause aus eine anonyme Spende an die Stiftung für Kinder tätigen?

Richtig, niemand.

Die Plattform, die man hier bekommt, ist einmalig. Denn jeder möchte heute hier Gast sein. Ist man es nicht, zählt man in den kommenden Jahren zum Absteiger und mit dieser Art von Leuten möchte unsereins nichts zu tun haben. Bei meinen Gedanken möchte ich mich am liebsten vom Arm meines Vaters losreißen und verschwinden. Mich aus diesem Kleid, das vom Preis her vergleichbar mit einem Jahreseinkommen eines Durchschnittsverdieners ist, schneiden und nie mehr zurückblicken. Aber, und da kommen wir zum Problem, ich kann es nicht. Deshalb rebelliere ich wann und so viel es geht. Meine Eltern denken, es ist eine Phase und liegt an der Trennung von ...

»Evangelina, würdest du bitte lächeln und nicht so ein Gesicht ziehen!« Die Stimme meines Vaters holt mich aus meinen Gedanken wieder zurück und sein Griff um meinen Arm wird

fester. Liebevolle Strenge nennt man das übrigens. Dass ich nicht lache. Um den Schein, der ihnen so verflucht wichtig ist, zu wahren, lege ich mein schönstes Lächeln auf.
»Aber natürlich«, zische ich zurück und sein Griff lockert sich minimal. Durch die Fotografen und die Kameras ist es in der Lobby des Hotels viel zu warm. Nicht einmal die Klimaanlage kann das regeln und ich ahne, dass die Gala nächstes Jahr nicht mehr hier stattfinden wird.

Auf dem Weg zum Saal habe ich es durch eine Ausrede geschafft, mich von meinen Eltern zu lösen. Durch die Küche habe ich mich in den Hinterhof geschlichen. Die Angestellten haben mich nicht einmal beachtet. Das wilde Gewusel und Treiben hat mich nahezu verschluckt. Endlich draußen angekommen, ziehe ich meine Notfallzigarette aus dem Kleid. Gemeinsam mit dem Zippo, welches ihm gehört, habe ich sie in dem eingenähten BH des Abendkleides versteckt.

Stilvoll, ich weiß. Romantiker könnten auch behaupten, dass ich ihn so bei mir trage, doch ich muss diese Gruppe Menschen leider enttäuschen. Die Kühle, die von dem Metall ausgeht, erinnert mich nur immer wieder daran, wie sehr ich ihn und das, was er mit meinen Gedanken macht, hasse.

Hass ist nur eine andere Form der Liebe, Eva. Seine Stimme ist so präsent in meinem Kopf, dass ich denke, er steht direkt neben mit. Schnell zünde die Zigarette an, starre auf die leuchtende Flamme und nehme einen tiefen Zug. Der erste klärt meine Gedanken. Der zweite schiebt alles beiseite, was sich noch dazwischendrängt, und beim dritten Zug bin ich wieder vollkommen klar. *Rede dir das nur weiter ein. Du willst mich. Begehrst mich mehr, als du dir eingestehen würdest.*

Die wenigen Minuten, in denen ich hier draußen stehe, gehören allein mir. Niemand will etwas von mir. Ich muss nicht für irgendeine Kamera mein Lächeln aufsetzen und meine Eltern können mich nicht vorführen wie einen Hund. Allerdings weiß ich, dass, wenn ich nicht gleich wieder reingehe, ein ganzer Suchtrupp nach mir losgeschickt wird. Also drücke ich die Zigarette aus, stecke das Zippo wieder in mein Kleid und atme tief ein und aus.

Drinnen empfangt mich der klassische Trubel einer solchen Veranstaltung. Prunk, Glitzer und Champagner soweit das Auge reicht. Smokings mit glänzenden Schuhen. Abendkleider mit aufwendigen Details und dazwischen jede Menge Schecks, die mit einem Handschlag besiegelt werden. Das ist die Welt, in der ich lebe. Auf den ersten Blick könnte man denken, das alles hier hat wirklich den guten Zweck, für den meine Eltern werben, doch ab und an sollte man einen Blick hinter die Fassaden werfen.

»Lina, da bist du ja.« Allein bei dieser Stimme möchte ich den Weg, den ich eben gekommen bin, wieder zurückgehen. Doch ganz die brave Prinzessin bleibe ich stehen. Schließe die Augen, ehe ich mich zu der Quelle umdrehe und die Lider wieder öffne. Das Ganze natürlich mit einem Lächeln, das ihm den Atem raubt. Obwohl er verdient hätte, dass ich ihm ins Gesicht kotze. Denn vor mir steht niemand Geringeres als mein Ex-Freund.

Er tritt nah an mich ran, legt mir die Hand an die Taille und beugt sich näher zu mir. Seit er vor Wochen im Townhouse aufgetaucht ist, habe ich ihn nicht mehr gesehen. Das Einzige, das von ihm kam, waren weitere Geschenke. »Ich hab dich schon gesucht«, raunt er mir zu und klingt dabei wie ein Pornostar aus den Achtzigern. Jede Faser meines Körpers will ihm ausweichen, ihn wegschieben oder ihm am besten vor der gesamten Upper Class eine Szene machen. *Aber das tust du nicht, oder, Prinzessin? Was würden Mommy und Daddy nur davon halten?*

Kopfschüttelnd verbanne ich seine Stimme aus meinem Kopf und mache einen unauffälligen Schritt zur Seite. Johns Hand rutscht von meinem Kleid und er ist mir nicht mehr so nah wie gerade eben.

»Da du mich jetzt gefunden hast, kann ich dann ja wieder gehen.«

»Lina, warte.«

»Nenn mich nicht so, du weißt, dass ich das hasse!« Die Worte kommen mir barscher über die Lippen als beabsichtigt und eine ältere Dame, die nur ein paar Schritte von uns entfernt steht, zieht anklagend die graue Augenbraue nach oben.

»Bist du etwa immer noch sauer, wegen dieses Vorfalles?«, fragt er und schnaubt.

»Vorfall?« Kurz glaube ich, dass ich mich verhört habe, doch John meint das tatsächlich ernst.

»Okay, ich gehe jetzt, denn wenn ich dir darauf eine Antwort gebe, liegt gleich die gesamte Aufmerksamkeit dieses Saals auf uns und das wäre ein *Vorfall,* den ich nicht billige.« Gerade als ich mich abwende, packt er mich am Arm und wirbelt mich herum. Was genau diese Aufmerksamkeit auf sich lenkt, die ich eben noch abwenden wollte.

»Pass auf wie du mit mir redest, kleine Prinzessin, wir können das auch unter vier Augen klären.«

»Können wir nicht und jetzt lass mich verflucht noch mal los!« Ich erkenne in seinen Augen, dass es ihm nicht gefällt, wie ich mit ihm spreche, doch weiß John ebenso, dass ich gehen werde. Ob mit einem Knall oder ohne liegt ganz bei ihm. Er sucht den Raum um uns herum ab. *Er sucht nach ihm.* Wir fechten ein Blickduell aus. Stumm und intensiv. Doch statt mich loszulassen, verstärkt er den Griff um meinen Unterarm und zieht mich näher an sich. Seine Lippen berühren beinahe schon meine Wange. »Ich sehe deinen Ritter heute gar nicht. Langweilst du ihn etwa schon?« Das Grinsen in seiner Stimme verstummt schneller, als ich es mitbekomme. John schwankt mit mir zur Seite. Wird angerempelt und lässt mich daraufhin ruckartig los.

»Oh, mein Fehler. Sorry.« Allein diese Stimme. Seine Stimme. Vier Wörter und mein Körper reagiert viel zu heftig, weiß instinktiv, dass er hier ist. Eine Gänsehaut nimmt jeden Zentimeter meiner Haut ein und ich spüre dieses wohlige sehnsüchtige Ziehen. Ich hebe meinen Kopf, treffe auf seinen Blick und erkenne gerade noch so das angedeutete Lächeln auf seinen Lippen.

Doch das Grün seiner Augen funkelt gefährlich und trotzdem, oder gerade deshalb, will ich nichts lieber, als mich darin zu verlieren. Seine großen tätowierten Hände umklammern ein Tablett, und es wirkt beinahe so, als bräuchte Gabe das, um sich daran zu erinnern, wo wir hier sind.

»Was soll das, Sie Amateur?« Johns Stimme reißt mich aus der Musterung los und ich streiche mir die Haare aus dem Gesicht. Er hebt nicht einmal den Blick. Ist so damit beschäftigt seinen verfluchten Anzug glatt zu streichen, dass er nicht mal erkennt, wer vor ihm steht. Dieser fehlende Respekt zeigt seine Verachtung für die Angestellten hier viel zu deutlich.

»Lass gut sein, John. Wir sind hier fertig.« Mit einem Nicken wende ich mich von ihm ab. Lasse beide Männer einfach stehen und gehe in die andere Richtung. Spüre dabei Gabes Blick nur allzu deutlich auf meinem Rücken, der ihm durch den tiefen Ausschnitt einen grandiosen Anblick gewährt.

Nach diesem Vorfall, diesmal passt dieses Wort so viel besser, bin ich dazu übergegangen, das zu tun, was auf eben solchen Events von mir erwartet wird. Small Talk halten und das am besten in Verbindung damit, den Leuten eine Spende und den Scheck direkt aus der Tasche zu locken. Allerdings bin ich abgelenkt und kann mich nahezu gar nicht auf das Gespräch mit einem Gegenüber konzentrieren.

Ich muss mich verdammt noch mal konzentrieren. Mein Plan muss endlich die nächste Stufe erreichen.

Gerade bin ich mit dem Sohn einer Immobilienmaklerin für Luxusappartement rund um New York im Gespräch - ich glaube, sein Name war Paxton - als ich einen Lufthauch spüre, der meinen Nacken gefährlich kribbeln lässt. Es ist unnötig, mich umdrehen, denn ich weiß auch so, wer dafür verantwortlich ist. Dennoch lege ich meine Hand an eben diese Stelle und reibe mit dem Mittelfinger sanft darüber. Es ist eine unscheinbare Geste und dennoch verfehlt sie ihre Wirkung nicht. Ich kenne Gabe mittlerweile gut genug, um zu wissen, dass er diese Spiele liebt. Ebenso wie ich. Selbst wenn er weiß, dass es genau das ist: ein Spiel.

Mit dem Feuer.

Gabriel

Kapitel 22

Sie weiß, was ihre kleinen Gesten und Blicke mit mir anstellen. Eva liebt es, diese Spielchen zu spielen, und ich erhöhe gern den Einsatz. Noch immer rast mein Puls, wenn ich daran denke, wie dieser John sie am Arm gepackt hat und vor allem, wie nah er ihr dabei gekommen ist. Mein eigentlicher Plan, unser Plan, hat es nicht vorgesehen, dass sie so schnell mitbekommt, dass ich hier bin, hier arbeite, doch dieser kleine Zwischenfall hat mich spontan handeln lassen. Devon wird mich dafür wahrscheinlich umbringen.

Ich weiß, dass die letzte halbe Stunde hier alles auf den Kopf stellen wird. Dass der Plan damit eine Wendung nimmt, die ich nicht vorhergesehen habe, aber wie sollte ich dieses Gefühl verdrängen? *Ganz einfach, indem du dich daran erinnerst, wer zur Hölle sie ist!* Das tue ich. Immer und immer wieder. Verfluche mich jede Sekunde, in der in an sie denke und doch hat sie mich gefangen genommen. Vielleicht ist es wie in einem verfickten Märchen und sie hat mich verzaubert? Der Gedanke würde Lilly gefallen. *Lilly.* Für sie tue ich das hier. *Sicher? Bist du dir sicher, dass es der einzige Grund ist?* Verdammt! Natürlich ist das der Grund. Der Einzige, der zählt. Der, der mich all die Monate durchhalten ließ. Es ist endlich an der Zeit, dass ich sie vergesse und dafür bezahlen lasse, was sie und ihre Familie mir angetan haben. *Uns.* Evangelina Foring, wird sich wünschen, mich niemals in ihren Kopf gelassen zu haben, denn genau den und ihr Herz, werde ich zerstören. Ich werde nicht eher aufgeben, bis ich sie da habe, wo ich sie haben will.

Vor mir, auf ihren Knien, mit der Krone am Boden!

Die ganze Zeit lasse ich sie nicht mehr aus den Augen. Lasse ihr immer wieder ein paar ihrer Provokationen durchgehen, nur um ab und an ein bisschen zu nahe zu kommen. Eine flüchtige Berührung hier, ein kleiner Lufthauch da und sie bekommt jedes verfickte Mal eine Gänsehaut. Ich stelle mich damit selbst auf die Probe. Weiß, dass ich viel mehr Abstand zwischen uns bringen sollte. Dass ich es nicht genießen sollte, wie sie auf mich reagiert. Doch es ist wie eine Sucht. Ein Rausch, nach dem, was man sich am meisten verwehrt. Eva zwischen diesen Leuten zu beobachten, ist ein Spektakel. Sie sticht deutlich aus der Upper Class hervor. Wirkt fehl am Platz und doch kann niemand wirklich lange den Blick von ihr abwenden. Vielleicht liegt es an diesem verfluchten Kleid, das ihren Körper umschließt wie ein Hauch von nichts. Der freie Rücken und der enganliegende Stoff, lassen nicht viel Raum für Spekulationen und dennoch sieht das Ganze nicht billig aus.

Oder es liegt an ihrer Art, mit den Menschen zu reden. Sie bleibt immer nett, höflich und doch merkt man ihr an, dass sie nicht hier sein will. Wie gern würde ich sie an die Hand nehmen und mit ihr gemeinsam von hier verschwinden. Sie entführen, nur damit niemand sie weiter so ansehen kann. Alle wissen es. Sie ist die Prinzessin der Upper Class, doch gönnt ihr diesen Titel keiner dieser Leute. *Sie ist genau diese Prinzessin, selbst wenn sie es nicht will.* Ich möchte diesen Anblick, den sie bietet, für mich haben. Ihr sanftes Grinsen, das ihre Augen nicht erreicht. Das kleine Zucken ihrer Braue, welches sie nicht unterbinden kann, wenn sich jemand auf sie zu bewegt. Doch das, was ich am liebsten für mich allein haben möchte, ist ihr Lachen. Dieses ehrliche, viel zu seltene Lachen. *Entspann dich, solche Besitzansprüche gehören nicht zu deinem Job!*

Der unauffällige Mittelfinger, den sie mir jetzt an ihrem Nacken zeigt, stichelt mich leider nur noch weiter an und ich stelle das Tablett auf dem nächstbesten Tisch ab. Mir ist gerade egal, ob mein Handeln den Plan gefährdet oder nicht, denn ich habe immer noch Plan B.

Kurzerhand gehe ich auf Eva und ihren Gesprächspartner zu. Versichere mich vorher, dass John nicht in der Nähe ist. Dass er mich vorhin nicht erkannt hat, war pures Glück. Paxton West, der Sohn einer Immobilienmaklerin, mit dem Eva gerade spricht, ist glatt wie ein Fisch und schwitzt schon allein von ihrem Anblick. *Ja, ich kenne jeden verflucht Namen des verlogenen Packs hier drin.*

Paxtons Augen huschen unruhig von Evas Gesicht zu ihren Lippen, immerhin hält er aber den Anstandsabstand zu ihr und zieht sie nur mit Blicken aus. Seine Hände behält er zum Gott sei dank bei sich. *Danke Kumpel, wenigstens den Gefallen tust du mir.* Es würde kein gutes Licht auf

mich werfen, wenn ich hier drin anfange, jedem auf die Schnauze zu hauen, der sie einmal zu viel anfasst.
Die restlichen Menschen um mich herum ignoriere ich. Sie interessieren mich nicht.

Zumindest jetzt nicht. Ich lasse sie einfach stehen, selbst wenn sie mir ihre leeren Gläser in die Hand drücken wollen, und gehe mit großen Schritten zu ihr. Bahne mir den Weg frei und bleibe für Sekunden hinter ihr stehen. Meine Hand streicht an der kleinen freien Stelle ihres Rückens entlang und augenblicklich entsteht eine Gänsehaut. Ich spüre sie, zwar nur ganz kurz, und doch genieße ich es. Ihre Atmung beschleunigt sich und ich ziehe meine Hand weg. Das muss genügen. Zumindest für den Anfang.

Ohne zu ihr zurückzublicken, gehe ich weiter an ihr und dem Typ vorbei und verlasse den Saal mit zielsicheren Schritten. Sie weiß, dass ich auf sie warten werde. Ahnt, was gleich passieren wird, und ich kann nur hoffen, dass sie mich nicht zu lange warten lässt. *Wie gern würdest du das tun, Prinzessin?*

Auf dem Gang angekommen, verlangsame ich meine Schritte und sehe mich um. Wage es, einen

Blick über die Schulter zu werfen, und sehe sie im Augenwinkel um die Ecke biegen.

Das schwarze Kleid schimmert im Lichtschein und ich lächle wie ein verdammter liebestoller Idiot. Der bin ich aber nicht. Zielsicher steuere ich auf die Tür am Ende des Ganges zu, hinter der sich, wie sich herausstellt, ein Lagerraum befindet. Die deckenhohen Regale sind gefüllt mit etlichen Dingen, die ich allerdings nicht genau sehen kann, da ich das Licht auslasse. Nur der Schein, welcher durch die geöffnete Tür fiel, hat mir einen kleinen Einblick gewährt. Bevor der Raum wieder in Schwärze versinkt, wird die Tür erneut einen Spalt breit geöffnet.

Ich brauche kein Licht, um zu wissen, dass sie es ist, denn ich spüre es. Rieche sie und ihr verflucht teures Parfüm und kann beinahe ihr Herz schlagen hören. Die leisen Geräusche ihres Atems und das Rascheln des Stoffs haben etwas Verbotenes. Etwas, dass mich viel zu sehr reizt, als das ich die Gefahr hinter dem, was wir hier tun, ernst nehme.

»Gabe?«, fragt sie in die Stille und ich höre kein Anzeichen für Unruhe oder Angst in ihrer Stimme. Im Gegenteil, eher ist es das Verlangen, die Gier nach mir und dem Nervenkitzel.

Stumm bleibe ich an meinem Platz stehen. Versuche, mich an die Dunkelheit zu gewöhnen, und warte, was sie macht. Eva steht noch immer an der Tür.

»Gut, dann geh ich einfach wieder, wenn du mir keine Antwort gibst.« Als würde sie das wirklich tun. Wir wissen beide, dass wir den Punkt, an dem wir hätten zurückgehen können, bereits lange überschritten haben. Die Absätze klackern auf dem Fußboden, kommen näher, nur um dann erneut stehen zu bleiben. Ich bin mir fast sicher, dass sie nicht einmal mehr zwei Meter von mir entfernt ist, und doch warte ich noch immer. Spanne uns beide weiterhin auf die Folter. Wieder klackern ihre Absätze und ich stoße mich leise vom Regal ab, erkenne ihre Schemen genau vor mir.

»Sag mir, Prinzessin, wie sehr hast du dich nach mir gesehnt?«, raune ich ihr in den Nacken und streiche ihre Haare dabei zur Seite. Spüre die Gänsehaut, die sich daraufhin unter meinen Fingerspitzen bildet, und kann mich nicht davon abhalten, meine Lippen an ihrem Hals entlangwandern zu lassen. *Dafür dass ich das hier hassen sollte, fühlt es sich viel zu gut an.*

Eva zuckt bei meiner Berührung nicht einmal zusammen. Legt ihren Kopf stattdessen nach hinten an meine Schulter und presst sich mit ihrem Körper komplett an mich.
»Finde es heraus.« Diese Frau ist mein verfluchter Untergang. Ich weiß es und dennoch tue ich nichts, um es zu verhindern, im Gegenteil.

Rede dir nur weiter ein, dass du das hier hasst.
Meine freie Hand wandert an ihrer Taille entlang nach vorn. Der seidige Stoff ist kühl und doch spüre ich die Hitze, die von ihrem Körper ausgeht. Evas Hintern reibt kreisend über meinen Schwanz, der schon schmerzhaft hart gegen meine Stoffhose drückt.

»Wie du willst, Prinzessin«, flüstere ich an ihrer Haut und meine Hand gleitet weiter nach unten. Rafft den glatten Stoff des Kleids nach oben und legt ihre Mitte frei. Das raue Stöhnen, das ihrem sündigen Mund dabei entkommt, schickt die nächste Welle zwischen meine Beine. »Sei das nächste Mal vorsichtig mit deinen Aussagen, Eva.«

Evangelina

Kapitel 23

Seine Stimme in meinem Nacken, die Hände, die sich ohne Umwege direkt an meine nach ihm schreiende Pussy legen, und dieser verfluchte Nervenkitzel in der Dunkelheit. Ich sollte alles daran hassen. Sollte es hassen, dass er mich trotz der Tage, die vergangen sind, einfach so berühren kann und ich dabei zu Wachs in seinen Händen werde.

Ein kleiner Teil will sich ihm widersetzen. Gabe einfach noch etwas anheizen und dann stehen lassen. Doch wenn ich ehrlich zu mir selbst bin, war ich in dem Moment verloren, in dem ich seine verfickte Stimme gehört habe. Die, die mich all meine Pläne vergessen lässt. Es ist nur er, der es schafft, dass ich alles, was ich vorhatte, an zweite Stelle schiebe und stattdessen dem Verlangen nach ihm nachgebe. Das Gefühl, das er mit der kleinsten Berührung in mir auslösen kann., spricht Bände.

»Warum hast du mich verfolgt?«, spreche ich den Gedanken aus, der absolut nicht hierhergehört, doch ich muss es wissen. Muss es aus seinem Mund hören. Statt einer Antwort zu geben, schiebt er meinen Slip beiseite und drängt, ohne zu zögern, einen Finger in mich. »*Fuck*«, stöhne ich und dränge mich noch stärker an ihn. Genieße viel zu sehr, welches Gefühl er in mir nach oben holt.

»Ja, genau das ist die Antwort, Eva. Denn es wäre verflucht noch mal besser, wenn ich mich von dir fernhalten würde.« Seine Worte fühlen sich an wie ein Geheimnis. Eins, das er mir nicht verraten wollte und es doch getan hat. *Sein ganzes Leben gleicht einem Geheimnis*. Ich habe probiert, etwas über ihn herauszufinden, doch egal wo ich nach Gabriel Smith gesucht hatte, nirgends stand auch nur ein verfluchtes Wort über ihn. *Als würde er gar nicht existieren. Als wäre er ein Geist, – ein Märchen – ein Traum.*

»Hör auf zu denken und fühle einfach, was ich mit dir anstelle.«

»Dann solltest du endlich Taten folgen lassen, statt mich mit leeren Versprechen abzufertigen.« Ein Knurren entkommt seinem Mund, das ich nur allzu deutlich an meinem nackten Rücken spüre. Gabe entzieht mir seine Finger, doch mir bleibt keine Zeit mich darüber zu beschweren. Er wirbelt mich herum, zwingt mich, ein paar Schritte zurückzugehen und schon spüre ich die Wand in meinem Rücken.

»Vielleicht sollte ich das, Prinzessin. Aber vielleicht gefällt es mir zu gut, dich betteln zu lassen.« Sein Atem auf meiner Haut lässt mich zittern und ich spüre seine Lippen und Zähne an meinem Hals.

»Ich werde niemals betteln, Gabriel. Vergiss nicht, wer ich bin.« Meine Stimme klingt fester, als ich erwartet habe, dennoch lässt er sich davon nicht beirren. Streicht weiter an meinem Bein entlang und berührt mich überall, nur nicht da, wo ich es so dringen will.

»Du wirst betteln, Eva. Und ich werde es genießen, gerade weil ich weiß, wer du, verflucht noch mal, bist. Doch bis dahin genieße ich es einfach, dass du meinen Namen schreist, wenn du kommst.« Seine Worte sollten mich nicht so anmachen und doch tun sie es. Als wäre das, was er mit mir macht nicht schon genug, schaffen es diese Worte, sich in meinem Verstand festzusetzen. Wir wissen beide, dass es exakt so kommen wird.

Sein Name wird der sein, der mir auf den Lippen liegt, wenn ich explodiere, doch anders als er erwartet, streite ich das nicht ab. Es wäre sinnlos, daraus ein Geheimnis zu machen. Deshalb schüttle ich nur den Kopf, nehme seine Hand und führe sie an meine Mitte. Zeige Gabe, wo ich ihn spüren will.

»Beweis es mir«, raune ich und weiß, dass ich ihn dadurch herausfordere. Die Erinnerungen an eine ähnliche Situation kommen in mir hoch. Mit dem Unterschied, dass ich das letzte Mal nackt war. Doch es macht fast keinen Unterschied, denn das Kleid, das so weit nach oben geschoben ist, bedeckt mich nur noch minimal. Vielleicht ist es der Reiz, der mich noch feuchter werden lässt.

»Das werde ich.« Und ja, das macht er. Gabes Hand schiebt sich mit meiner in meinen Slip. Er reibt über meine Klit und dringt erneut mit einem Finger in mich ein. »Spürst du, wie feucht du bist, Eva?«, raunt er an meinen Hals und ja, verdammt, ich spüre es nur allzu deutlich. »Spürst du, wie deine Pussy jetzt schon zuckt?« Verdammt, ja, ich spüre es in jeder Faser meines Körpers.

Doch es ist noch lange nicht genug. Ich nehme meine Hand von seiner, lasse sie an seinem Körper nach unten gleiten und öffne umständlich seine Hose. Spüre seinen harten Schwanz durch den Stoff und streiche federleicht darüber. Gabe zieht zischend die Luft ein und ich lächle, obwohl ich weiß, dass er es nicht sehen kann.

»Und das ist es, was ich mit dir mache, Fremder.« Meine Stimme ist leise und doch weiß ich, dass er mich nur allzu gut versteht.

»Fuck, Eva, du zerstörst mich.« Er gibt mir keine Zeit, über seine Worte nachzudenken. Stattdessen entzieht er mir erneut seine Hand, doch mein Protest bleibt mir in der Kehle stecken. Gabe zerreißt meinen Slip und seine Hose geht leise zu Boden. Er hebt mich auf seine Hüften und ich spüre seinen Schwanz zuckend an meiner Mitte. Ich kann das Stöhnen, das mir bei seiner Bestimmtheit über die Lippen kommt, nicht mehr unterdrücken. Dafür liebe ich es zu sehr. Er zeigt mir, was er will. Nimmt es sich und lässt mir doch noch die Wahl. Mit den Beinen klammere ich mich stärker an ihn, schiebe mein Kleid weiter nach oben und lege die Hand an seinen Schwanz. Positioniere ihn da, wo ich ihn so dringend will, und lasse mich auf ihn nieder.

Unser Stöhnen vermischt sich, als ich ihn endlich in mir spüre. Die Gefühle drohen mich zu zerreißen und doch ist es nicht genug. Nur kurz genießen wir dieses einnehmende Gefühl, das uns vollkommen überwältigt, ehe ich mich langsam beginne zu bewegen.

»Du bist wirklich kein Engel, Gabriel«, presse ich ihm zwischen den Stößen entgegen und spüre sein Lächeln an meiner Haut.

»Nein, doch das wusstest du von Anfang an, kleine Eva.« Gabe kommt mir bei den Stößen immer mehr entgegen. Entzieht sich mir beinahe vollständig, nur um anschließend noch tiefer in mich einzudringen. Er trifft immer wieder diesen einen Punkt. Den, der mich verrückt macht und innerhalb kürzester Zeit an den Rand der Klippe befördert.

»Bitte«, flüstere ich in die Dunkelheit zwischen uns und bettle ihn wirklich an. Doch es ist mir egal. Ich will fliegen, durch ihn, auch wenn das meinen Absturz sein könnte. Ich nehme es in Kauf. Nehme meine Zerstörung hin, wenn ich mich vorher nur kurz fühlen kann, als würde ich schweben, fliegen wie ein Schmetterling.

»Bitte was, Eva?«, presst er atemlos zwischen zwei Stößen hervor. »Willst du kommen, Prinzessin? Willst du, dass ich dich zerstöre?«

»Ja, verdammt!« Ohne lange zu überlegen, gebe ich ihm einen weiteren Grund. Gebe ihm die Macht, mich zu zerstören, und genieße dieses

Gefühl viel zu sehr, als dass ich es bereuen könnte.

»Dann komm, Prinzessin, und gesteh dir ein, wer dir dieses einzigartige Gefühl geben kann.« Seine Worte und die Stöße, die immer heftiger sind, bringen mich dazu, Sterne zu sehen. Meine Atmung wird kürzer, mein Herzschlag schneller und das Kribbeln in meiner Mitte beinahe unerträglich, bevor ich explodiere. Meine Lust übermannt mich, nimmt mich gefangen und schließt sich wie eine eiserne Faust um mein Herz. Zerdrückt es beinahe, bis ich denke, zu ersticken. Es ist wie dieses Gefühl beim Fliegen, kurz bevor man weiß, dass man abstürzen wird.

Gabriel

Kapitel 24

Gemeinsam stürzen wir ab.

Fliegen, bevor wir fallen.

Ersticken, bevor wir atmen und genießen dieses Gefühl viel zu sehr. Es ist, als wäre es uns vorbestimmt, diese Emotionen zu teilen. Als wären wir beide schon kaputt, und gemeinsam etwas mehr ganz. *Fuck. Diese Gedanken sind nicht gut.* Es ist, wie ich ihr gesagt habe. Sie wird mich irgendwann zerstören. Sie und die Schuldgefühle, die ich habe, wenn das Hoch abklingt. Denn genau das passiert gerade. Der Orgasmus klingt ab, lichtet den Nebel in meinem Kopf und lässt mich fast ersticken. Doch ist es diesmal meine alleinige Schuld. Ich bin dafür verantwortlich. Niemand sonst.

Ohne ein Wort ziehe ich mich aus Eva zurück, lasse sie harscher als beabsichtigt zu Boden und ziehe meine Hose wieder an. Meine Augen haben sich an die Dunkelheit hier drin gewöhnt und ich erkenne, dass sie noch immer schwer atmend vor mir steht. Die Hände hinter sich an die Wand gedrückt, gegen die ich sie vor Sekunden noch gefickt habe. Selbst das kleine Stirnrunzeln kann ich erkennen, doch ich wende mich ab. Zwinge mich, ihr nicht länger ins Gesicht zu schauen. Ein Schnauben ist alles, was ich von ihr bekomme, ehe ich den Stoff ihres Kleides rascheln höre.

»Mein Slip«, sagt sie und die Absätze ihrer Schuhe erklingen hinter mir.

»Was ist damit?«, frage ich unwissend, spüre das kleine Stück Stoff, aber viel zu deutlich in meiner Hand.

»Gib ihn mir«, fordert sie, was mir ein kleines Lächeln abgewinnt.

»Prinzessin«, beginne ich und mache einen Schritt auf sie zu. Spüre ihre Brust an meiner und zwinge mich dazu, meine Hände nicht an ihren Rücken zu legen. »Entweder du suchst ihn selbst, oder aber du musst damit leben, dass jeder sehen kann, was du hier drin getan hast. Mein Sperma wird an dir kleben, an deinen Schenkeln herabrinnen und du wirst bei jedem Schritt daran erinnert werden, wem deine Lust gehört.« Meine Stimme ist ein Raunen. Eines, das ihr, ohne es zu sehen, eine Gänsehaut beschwert.

»Du bist ein Arschloch, Gabriel, aber ich werde es genießen, glaube mir.« Mit dieser Reaktion hätte ich wirklich nicht gerechnet. Doch um das noch zu toppen, geht sie einfach an mir vorbei, rempelt mich dabei leicht mit der Schulter an und öffnet die Tür.

Sie genießt es nicht nur, nein, Eva zelebriert es. Nachdem ich ihr mit etwas Abstand zurück in den Saal gefolgt bin und wieder so tue, als wäre ich der unscheinbare Kellner, der ich eben nicht bin. Wie von selbst wandert mein Blick durch den Raum, nicht, um Eva zu suchen, sondern eher um ihren Vater zu finden. Denn James Foring wird heute noch eine unschöne Überraschung erleben. Doch natürlich steht die Prinzessin diesmal neben ihm, lächelt brav und wirkt äußerst interessiert. Sie hängt beinahe an den Lippen eines Mannes, den ich nicht erkenne, und legt, um das Ganze auf die Spitze zu treiben auch noch ihre Hand auf seinen Arm.

Ihr Vater rückt in den Hintergrund, auch wenn sein gezwungenes Lächeln mir verrät, dass er mit dem Verhalten seiner Tochter nicht zufrieden ist. Eva verlagert ihr Gewicht von einem Fuß auf den anderen, reibt damit ihre Schenkel aneinander und ich schlucke. Mein Mund wird trocken, denn ich durchschaue sie. Sie spielt mit mir. *Prinzessin, das waren nicht meine Regeln.* Mit einem durchtriebenen Lächeln auf den Lippen bahne ich mir einen Weg zu der kleinen Gruppe. Höre ihr Lachen in meinen Ohren, das einfach nur falsch klingt, und bleibe hinter ihr stehen. Keiner von ihnen beachtet mich. Für diese Menschen bin ich unsichtbar und doch hat sie mich bemerkt. Mein Räuspern lässt ihr Lachen augenblicklich verstummen und der Blick ihres Gegenübers trifft mich.

»Darf ich Ihnen noch einen Drink anbieten?«, frage ich höflich und halte mein Tablett auffordernd hin.

»Nein, danke.« Ihre Stimme klingt fest und doch greift ihr Vater nach einem neuen Glas.

»Danke«, gibt er von sich, ohne mich jedoch weiter zu beachten, und beginnt ein Gespräch mit dem Kerl, mit dem sich seine Tochter eben noch unterhalten hat.

»Viel Spaß bei der Show«, flüstere ich ihr zu und verschwinde genauso schnell, wie ich gekommen bin. Drehe mich nicht mehr zu ihr um. Suche mir einen Platz, an dem ich all das, was gleich passieren wird, aus der ersten Reihe beobachten kann. Die Hölle, die gleich losbrechen wird, lasse ich mir unter keinen Umständen entgehen. Als ich zu Eva blicke, flammt kurz ein Gefühl in mir auf, das neu für mich ist.

Du hättest sie aus der Schusslinie ziehen können. Das hätte ich, doch sie liebt es, mittendrin zu stecken. Es gibt ihr einen Kick. *Sie wird wissen, dass ich etwas damit zu tun habe.* Wird sie nicht, sie ahnt es höchstens. Kann Vermutungen aufstellen. Mehr nicht. Ein kurzer Blick auf meine Uhr verrät mir, dass ich verdammt spät dran bin. Es ist kurz vor neun Uhr. Ich ziehe mein Handy aus der Hosentasche und schreibe Devon eine Nachricht.

Ich: Tu es.

Es dauert keine zehn Sekunden, ehe er mir antwortet.

Devon: Verschwinde von dort!

Ich: Niemals lasse ich mir den Platz in der ersten Reihe nehmen.

Devon: Du bist ein Idiot, aber wie du willst. Genieß die Show!

Das werde ich und ich bin mir sicher, Eva wird es ebenfalls tun. Mit einem Mal gehen alle Lichter im Saal und auch im Flur aus. Die Leute beginnen wild durcheinanderzureden, die Musik verstummt und es wird hektisch.

Seine Stimme dröhnt durch den Raum. James Foring versucht, die Menschen zu beruhigen, doch niemand achtet darauf, was er zu sagen hat.

Stattdessen leuchtet der Bildschirm, auf dem bis eben noch die Bilder der glücklichen Kinder zu sehen gewesen waren, erneut auf. Doch anstelle der Kinder sieht man ein leicht unscharfes Bild. Eines, das Evas Vater zeigt. Ich muss das Video nicht sehen, denn ich habe es aufgenommen. Es zeigt James mit ein paar Männern.

Natürlich ist niemand von ihnen heute hier, sie gehören ebenso wenig an diesen Ort wie ich, doch sie gehören zu ihm. Verhandeln mit ihm, machen Geschäfte mit dem Leben anderer und genießen es, Existenzen zu zerstören.

Das Rauschen ertönt, dann ein Piepen, ehe man Stimmen hören kann. Stimmen, die Evas Vater und den andern gehören.

»Es muss schnell gehen. Schnell, diskret und ohne Komplikationen. Haben wir uns verstanden?!« Das Video bricht ab und das Licht geht wieder an. *Fuck, sie waren schneller als gedacht.* Doch auch die wenigen Sekunden haben ausgereicht, hoffentlich. Der Saal wird wieder vollständig erhellt, der Bildschirm ist schwarz und ich lasse meinen Blick umher gleiten. James Foring steht auf dem Podest, auf dem er zu Beginn eine Rede gehalten hatte, und versucht nun, die Leute mit bedeutungslosen Phrasen zu beruhigen. Niemand hört ihm zu, alle reden wild durcheinander und mittendrin entdecke ich Evangelina. Sie steht mit dem Gesicht zu mir, blickt mir direkt in die Augen.

Doch statt des erwarteten Schmerzes erkenne ich etwas anderes in ihrem Blick.

Zufriedenheit? Ist es das? Ich habe jedoch keine Zeit, es länger zu analysieren, denn ich muss hier weg, bevor jemand Verdacht schöpft. Mit einem Zwinkern wende ich mich von ihr ab. Lasse sie in diesem Chaos zurück, in dem sie jedoch einfach stehen bleibt, statt zusammenzubrechen. *Du wusstest, dass sie nicht bricht. Nicht wegen so etwas.* Vielleicht habe ich mich ja doch in der Prinzessin getäuscht. Doch das Problem daran ist dass sie trotzdem sie ist. Eine verfluchte Prinzessin – eine Foring - und damit mein Feind.

Gabriel

Kapitel 25

Mitten in der Nacht komme ich im East Village und unserer WG an. Ich schließe die Tür auf und schon kommt Devon mir entgegen.

»Fuck, Alter, ich dachte, die hätten dich erwischt«, sagt er und fährt sich mit der Hand durch die Haare. Die Tür fällt hinter mir ins Schloss und ich trete mir die Schuhe von den Füßen.

»Warum sollten sie mich erwischen? Es lief beinahe perfekt, sie haben keine Ahnung, dass wir dafür verantwortlich sind.«

»Und wo warst du dann so lange? Musstest du die Prinzessin vorher noch retten, oder was?« Seine Stimme sollte mir verraten, dass das nur ein schlechter Scherz war, und doch kann ich meine Reaktion auf seine Worte nicht zurückhalten. Nicht diesmal. Mit einem Schritt bin ich bei ihm und presse ihn an die Wand hinter sich. Packe seine Kehle und drücke zu.

»Pass auf, was du sagst!«, knurre ich ihm entgegen und starre ihn an. Doch Devon zeigt keine

Angst. Stattdessen lächelt er nur überheblich und versucht, sich aus meinem Griff zu befreien.

»Hat dir die verfickte Upper Class jetzt endgültig das Hirn vernebelt, ja?«

»Nein, aber ich habe genug von deinen ständigen Sprüchen.« Abrupt lasse ich ihn los und wende mich ab. Weiß, dass ich eine Grenze überschritten habe und das nicht mehr rückgängig machen kann. Doch ich kann Evas verfluchten Blick einfach nicht vergessen. Dieses strahlende Funkeln in ihren Augen, als sie dabei zugesehen hat, wie ihr Vater einen Dämpfer bekommen hat.

Vielleicht solltest du mit ihr reden. Vielleicht kann sie helfen. Fuck, nein!

Selbst wenn sie auf der gleichen Seite stehen würde, könnte ich niemals mit ihr zusammenarbeiten. Ihr vertrauen. Dann müsste ich ihr alles erzählen, jedes noch so kleine Detail.

»Wann warst du das letzte Mal bei Lilly?« Devons plötzliche Frage reißt meine Gedanken von Eva los und ich bleibe stehen. Versuche, meine Hände unter Kontrolle zu behalten, da ich das Zittern bereits spüren kann. »Vielleicht solltest du dir darüber klar werden, was du bereit bist zu riskieren, Gabe.«

Ein spöttisches Lachen entkommt meiner Kehle.

»Ich bin bereit mein verficktes Leben dafür zu riskieren und das weißt du. Ich würde mein Leben geben, wenn ich wüsste, dass es ihr helfen könnte, doch das wird nicht passieren. Lilly ist – war - alles, was mir im Leben je wichtig war, also sei vorsichtig, bevor ich vergesse, dass wir Freunde sind, Devon.« Mit diesen Worten lasse ich ihn im Flur zurück, gehe in mein Zimmer und werfe die Tür hinter mir zu. Wie kann er es wagen, mir so etwas an den Kopf zu knallen?

Er wird sehen, was ich bereit bin, dafür zu tun. Am Ende wird er sich wünschen, mir nicht diese Fragen gestellt zu haben, denn wenn ich mich entscheiden müsste, wäre es immer sie.

Es wäre immer ihr Leben, nicht meins, nicht seins.

Es wäre Lilly – immer!

Evangelina

Kapitel 26

Seit der Gala sind Wochen vergangen. Wochen, in denen ich das Gefühl, allein zu sein, nicht ertragen habe. Es frisst mich von innen heraus auf und selbst die Aussicht auf das Chaos, in dem sich mein Vater gerade befindet, macht es nicht erträglicher. Schon lange habe ich nicht mehr so eine starke Emotion in mir gespürt. Eine, die mich nur noch an ihn denken lässt.

Bin ich besessen von einem Fremden oder nur süchtig nach dem Gefühl, das er in mir zum Vorschein bringt? Egal, was es ist, ich muss es vergessen. Muss mich auf mein Leben konzentrieren und die Karten, die mir zugespielt wurden, sinnvoll nutzen.

Noch immer sehe ich mir den kurzen Filmmitschnitt an, der auf der Gala alles verändert hat. Höre sie Worte meines Vaters und kann mittlerweile beinahe jede Sekunde auswendig. Die Kälte, die in seinen Worten liegt, hat mir zu Beginn eine Gänsehaut verursacht, doch je öfter ich sie gehört hatte, desto mehr verloren sie ihre Wirkung. Natürlich hat mein Vater es geschafft, die Leute zu beruhigen. Sie denken zu lassen, das alles wäre nur ein schlechter Scherz. Ein Mittel, ihm schaden zu wollen und ihn öffentlich bloßzustellen. Dass das exakt die Wahrheit ist, versucht er zu verdrehen. Er nutzt die Aufmerksamkeit für sich. Gibt Interviews und erfindet die verrücktesten Ausreden, die seine Worte sinnvoll erscheinen lassen. Jeder glaubt ihm. Jeder sieht in ihm das Opfer. Jeder außer mir.

Gabes Blick und seine Worte kommen mir wieder in den Sinn. Worte, die so viel mehr Sinn ergeben, als noch vor Wochen. *Genieß die Show.* Er wusste, was passieren wird. Wusste, dass mein Vater öffentlich bloßgestellt werden soll. Vielleicht hängt er da mit drin? *Oder war er es selbst?*

Hat er dieses Video gemacht? Oder hat er es nur weiter verbreitet? Doch was sollten dann seine Andeutungen, dass er niemals vergessen wird, wer ich bin? Fuck! Dieses Chaos macht mich noch wahnsinnig. Ich muss es schaffen, die Puzzleteile zu ordnen, auch wenn das bedeutet, dass ich meine Karten offenlegen muss.

Stundenlang habe ich mich in meinem Zimmer eingeschlossen und versucht, eine Verbindung zwischen den Beweisen, die ich habe, und diesem Video zu finden, doch außer, dass mir jetzt der Kopf qualmt und ich Dinge sehe, die nicht existieren, komme ich nicht weiter. Es fehlt etwas. Irgendwas, was ich nicht sehe.

Etwas, das sich mir einfach nicht erschließt. Ich klappe den Laptop zu und beschließe, eine kalte Dusche zu nehmen, vielleicht kann ich danach endlich klarer denken.

Kaum stehe ich unter dem Wasserstrahl, bahnen sich die Erinnerungen an Gabe wieder in meinen Verstand. Seine Lippen auf meiner Haut, seine Hände, die mich berühren, seine geraunten Worte, welche mich innerhalb weniger Sekunden an den Rand des Wahnsinns treiben. Scheiße, das kann doch nicht sein!

Egal, wie sehr ich mich über mich selbst aufrege, finden meine Hände den weg zwischen meine Schenkel. Meine Pussy zieht sich schon jetzt vor Freude zusammen und ich lege den Kopf in den Nacken. Schließe die Augen und lasse mich treiben. Höre seine Stimme und lasse zu, dass ich mit seinem Namen auf den Lippen komme.

So erholsam meine Dusche war, so sehr kommt alles mit einem Mal zurück. Kaum dass ich mich fertig gemacht habe, um zum Essen nach unten zu gehen, höre ich eine Stimme, die ich nicht erwartet hätte.

John. Was verflucht macht er hier? Schritt für Schritt steige ich die Stufen nach unten. Höre Gläser klirren und die Stimme meines Vaters, der lacht. *What the fuck!?*

»Du wirst sehen, Eva wird schon zur Vernunft kommen.« John klingt siegessicher und ich könnte auf der Stelle kotzen.

»Natürlich. Wenn nicht, müssen wir eben nachhelfen.« Nachhelfen? Aber sicher nicht.

Mit einem Räuspern mache ich mich bemerkbar. Trete in das Wohnzimmer und sehe die beiden auf der Couch sitzen.

»Was soll das?«, frage ich und verschränke die Arme vor der Brust. John steht auf, mustert jeden Zentimeter meines Körpers und ich würde ihm dafür am liebsten die Augen auskratzen.

»Lina, Baby. Komm doch zu uns. Wir haben gerade ein paar Dinge besprochen, die für unsere Zukunft sehr wichtig sind.« Mehrfach blinzle ich. Kann nicht fassen, was er mir hier gerade gesagt hat. Rühre mich keinen Zentimeter von meinem

Platz an der Tür, obwohl ich gerade nichts lieber tun würde, als zu rennen. Weg von ihnen. Weg von meinem Leben. Weg von mir selbst.

»Eva, was soll dieser Aufzug?«, fragt mein Vater, der mich kritisch von oben bis unten mustert.

Mit Aufzug meint er mein Outfit. Ich trage kurze Ledershorts, Boots und einen Spitzenbody. Darüber ein transparentes Shirt, das weder etwas versteckt noch zu viel zeigt. Meine dunkelblonden Haare sind glatt und liegen auf meinem Rücken. Alles in allem ist mein Outfit schlicht, schwarz und doch hat es die Macht, die Männer um mich herum verrückt zu machen. Johns funkelnde Augen sprechen für sich, auch wenn ich mich lieber in eine Decke wickeln würde, statt ihm diesen Anblick zu gewähren.

»Was bildet ihr euch eigentlich ein, derart über mein Leben zu bestimmen?«, frage ich aufgebracht, löse meine Arme von mir und gehe einen Schritt auf die beiden zu. Mein Vater hält es nicht für nötig aufzustehen. Legt stattdessen die Arme über die Rückenlehne und stützt seinen rechten Fuß auf sein linkes Knie. Die Art, mit der er mich ansieht, strotzt nur so vor Respektlosigkeit. »Ich habe euch etwas gefragt«, sage ich lauter als beabsichtigt. Johns Hand schnellt vor, packt mich am Arm. Sein Griff ist fest, zu fest und doch wehre ich mich nicht. Ich werde ihm diesen Triumph nicht gönnen.

»Eva.« Die Stimme meines Vaters dröhnt in meinen Ohren und ich atme tief ein und aus. »Es reicht. Du bist seit Wochen nicht mehr die, die du sein sollst. Es ist an der Zeit, deine Verlobung mit John offiziell zu machen. Am besten geben wir direkt den Termin für die Hochzeit mit bekannt. Die Presse braucht etwas anderes als das, was vor ein paar Wochen passiert ist.« Kurz glaube ich mich, mich verhört zu haben. Den Moment meiner Starre nutzt John leider aus, um sich hinter mich zu schieben und seine Hand an meine Taille zu legen.

»Hörst du, Lina, endlich machen wir es offiziell. Ich verzeihe dir sogar den kleinen Seitensprung mit deinem Bad Boy.« Sein Atem an meinem Hals ist es, der mich aufwachen lässt. Als hätte er mich verbrannt, stoße ich ihn von mir. Durch die Überraschung schaff ich es sogar, dass er mich loslässt und kurz schwankt.

»Ihr seid einfach nur krank. Wenn du glaubst, dein Skandal wird durch mich weniger schlimm, hast du dich getäuscht. Ich werde alles dafür tun, dass deine Machenschaften ans Licht kommen.«

»Das wagst du nicht.« Endlich steht mein Vater auf, stellt sich vor mich und starrt mich mit seinem Blick nieder. Versucht es zumindest.

»Um was wollen wir wetten, hm?«

»Wenn ich untergehe, ziehe ich euch alle mit, Eva. Verstehst du das? Niemand wird sich mehr für die Prinzessin der Upper Class interessieren. Sie werden dich verachten, jagen und zerstören.«

»Selbst wenn, Vater. Was kann schlimmer sein, als zu dieser Familie zu gehören und allein ein Märchen zu erzählen, das in Wahrheit gar nicht existiert? Es macht mir nichts aus, wenn sie mich verachten, nicht mehr, als wenn ich das selbst tue.« Mit diesen Worten wende ich mich ab. Gehe durch die Tür in den Flur und nehme meine Jacke von der Garderobe.

»Evangelina, mach keinen Fehler, der mich zwingt, dich zu opfern!« Seine Worte sind deutlich und dennoch gehe ich. Lächle, da er mir endlich sein wahres Gesicht offenbart hat, und verschwinde in die Nacht.

Evangelina

Kapitel 27

Kaum atme ich die New Yorker Nachtluft ein, fühle ich mich freier. Die leichte Gänsehaut, die sich dabei auf meinen Beinen ausbreitet, heiße ich willkommen, genieße sie und lege den Kopf in den Nacken. Mein Abgang war überfällig und doch stehe ich jetzt vor einem Problem, das nicht gerade klein ist. Denn mir wird schmerzhaft bewusst, dass ich niemanden habe, zu dem ich gehen kann. Niemanden, den ich anrufen kann.

Niemanden, der uneingeschränkt hinter mir steht. An der NYU bin ich nur die Upper-Class-Prinzessin, die sich die Zeit mit einem Studium vertreibt. Hier an der Upper East Side existieren Freundschaften nur oberflächlich und so lange, bis der andere durch einen Skandal fällt und der Platz sofort wieder neu besetzt wird.

Niemand interessiert sich hier für andere. Das eigene Glück, der Reichtum und das Aufrechterhalten der Fassade steht im Vordergrund. *Gabe.* Er ist der Einzige, der mir in den Sinn kommt.

Bei dem Gedanken an ihn beschleunige ich meine Schritte. Laufe vor den Gedanken in meinem Kopf weg und damit auch vor ihm. Es kann nicht sein, dass ich einem völlig Fremden mehr vertraue als den Menschen, die ich seit Jahren kenne, oder? Doch genau das tue ich.

Denn bei ihm konnte ich immer die Eva sein, die ich bei den anderen verstecken musste. Selbst wenn ich den absurden Gedanken daran zulassen würde, hätte ich keine Ahnung, wo ich ihn suchen sollte. Seit dem Abend im *St. Regis* habe ich weder etwas von ihm gehört noch gesehen. Es ist, als wäre diese Nacht unser Abschied gewesen. Einer, der so vieles offengelassen hat. So viele Fragen, die ich ihm stellen will, freigesetzt.

Meine Beine tragen mich weiter die Straßen entlang. Vorbei an Restaurants, Hotels und Bars. An Menschen, die ich flüchtig kenne. An Leuten, die mich schon immer verurteilt haben, und Orten, die ich mit Erinnerungen verbinde, die ich am liebsten vergessen würde. Die kühle Luft streift meine Beine und ich ziehe meine Jacke enger um mich.

Warum sehen alle nur die kleine Prinzessin in mir? Wieso nimmt niemand meinen Traum wahr? Mein Lebensziel, das so vielen Leuten helfen würde.

Manchmal denke ich wirklich, dass mein Leben einem Märchen gleicht, einem, in dem die Prinzessin jedoch niemals ein Happy End bekommen wird. Nein, stattdessen wird der König nur noch mächtiger. Lässt zu, dass er unantastbar wird und reißt dadurch alle in ihr Verderben. *Okay, wow.* Ich sollte es mit Alkohol versuchen. Denn das, was gerade in meinem Kopf abgeht, ist ziemlich verrückt.

Die nächste Bar, die ich sehe, wird mein Rückzugsort für den heutigen Abend. Mein sicherer Hafen, in dem ich mich betrinken und abschalten kann.

The Penrose. Die Buchstaben des Schildes leuchten vor mir auf und ich lache. Natürlich. *Rose – Rosen.* Ich liebe diese Blumen und als wäre es Schicksal, bleibe ich natürlich vor dieser Bar stehen. Ohne darüber nachzudenken, ob es eben das ist oder einfach eine logische Schlussfolgerung, betrete ich den Laden. Der goldene Griff liegt kalt in meiner Hand, als ich die Glastür öffne. Leise Musik dringt an meine Ohren und die Worte der Gäste vermischen sich damit. Es ist angenehm warm hier drin und sofort lasse ich meine Jacke etwas lockerer. Genieße die warme Luft auf meinen Wangen und werde von einer Hostess begrüßt.

»Willkommen im *Penrose,* wie kann ich Ihnen helfen?« Ihre Stimme klingt nett und doch sehe ich das falsche Lächeln auf ihren Lippen. Erkenne es, da ich selbst die Meisterin darin bin.

»Kann ich einfach nur etwas trinken?«, frage ich sie und deute mit dem Kopf hinter sie an die Bar. Die Hostess folgt meinem Blick und nickt.

»Natürlich. Genießen Sie den Abend.« Ohne ihr noch eine Antwort zu geben, gehe ich an ihrem Pult vorbei und begebe mich zur Bar. Es sind noch ein paar Hocker frei und ich nehme den in der Mitte. Eine Barkeeperin wirbelt hinter der Theke umher und als sie mich bemerkt, lächelt sie freundlich.

»Hey, kann ich dir schon etwas bringen?«, fragend mustert sie mich und lächelt freundlich.

»Gern. Gin Tonic, bitte«, gebe ich meine Bestellung auf, ehe sie nickt und sich daran macht meinen Drink zu mischen.

»Ich wusste, dass ich dich kenne«, sagt sie nach ein paar Stunden, nach denen ich den ein oder anderen Drink intus habe, und stemmt die Hände in die Hüften.

»Schuldig im Sinne der Anklage.«

»Evangelina Foring sitzt an einem Samstagabend allein an meiner Bar. Wie kommt es, dass du nicht auf einer wichtigen Gala oder so bist?« Ich nehme es Megan, so heißt sie, nicht übel. Dann das würde sich vermutlich jeder fragen, der nur annähernd weiß, wer ich bin. Seit wir festgestellt haben, dass wir beide an der NYU studieren und dann auch noch Jura, haben wir uns ziemlich gut unterhalten. Ich habe erfahren, dass sie, um sich die Uni zu leisten, jedes Wochenende hier arbeitet. Und Megan weiß mittlerweile, dass ich die bin, die ich eben bin. »Also, erzähl es mir«, fordert sie erneut und ich rühre mit dem Strohhalm in meinem Glas.

»Muss es dafür einen Grund geben?«, versuche ich dem Thema aus dem Weg zu gehen, ernte dafür jedoch nur ein Augenrollen.

»Natürlich. Immerhin hast du etwas zu feiern.«

»Habe ich das?«

»Na klar. Die gesamte Presse spricht davon, dass John Thomson dir bald einen Antrag machen will.« Gegen Ende ist ihre Stimme in die Höhe gegangen.

»Glaub lieber nicht alles, was die Klatschpresse so schreibt«, ist alles, was ich dazu sage und gebe ihr zu verstehen, dass ich gern noch einen Drink hätte.

»Ach, komm schon, Eva, dein Leben ist perfekt. Das wahrgewordene Märchen, von dem wir alle träumen.« Sie hat ja keine Ahnung.

»Wir können gern tauschen«, schlage ich ihr vor und sehe einen Hauch von Unsicherheit auf ihrem Gesicht.

»So schlimm kann es doch nicht sein?«,

»Nein, es ist schlimmer.« Zum Glück lässt sie das Thema auf sich beruhen. Megan scheint zu spüren, dass ich nicht weiter darauf eingehen werde. Sie stellt mir einen weiteren Gin Tonic vor die Nase und ich trinke gierig einen Schluck.

»Okay, dann habe ich die perfekte Idee, um dich alles vergessen zu lassen und die Upper-East-Side-Prinzessin für einen Abend lang zu begraben.« Ihre Augen funkeln vor Begeisterung und ich bin wirklich gespannt, was als Nächstes kommt.

Unser Weg führt und nach East Village. Vorbei an Häusern, die kurz vor dem Abriss stehen und welchen, die aussehen, als kämen sie aus einem Katalog. Dieser Kontrast, der hier umso stärker ist als in anderen Stadtteilen, lässt mich staunen. Ich liebe das East Village, hier fühlt es sich an, als gäbe es kein Entweder-oder.

Als wären alle auf eine Art gleich, und selbst wenn sie es nicht sind, lässt sich niemand etwas anmerken. Dennoch sind die schwach beleuchteten Gassen kein Ort, an dem ich mich stundenlang aufhalten möchte. Megans Hand schließt sich fester um meine und ich sehe sie an.

»Wo gehen wir hin?«

»Auf die beste Party deines Lebens, Eva.« Ich glaube ihr, denn dieses Lächeln, welches sie auf den Lippen trägt, ist das Ehrlichste, das ich seit Wochen gesehen habe. Megan ist so unbeschwert, leicht und tut das, was sie will. Sie genießt ihr Leben und kann selbst bestimmen, was sie möchte und was nicht. Ein Gefühl von Neid prickelt unter meiner Haut. Genau das ist es, was ich mir für mich wünsche. Entscheidungen treffen, ohne danach an die Folgen zu denken.

Gabriel

Kapitel 28

Die Luft ist stickig, der Boden klebt und der Rauch frisst sich in meine Lungen. Die Musik dröhnt in meinen Ohren und der Bass bringt mein Herz zum Vibrieren. Doch immerhin habe ich das Gefühl zu leben. Lebendig zu sein und endlich wieder etwas zu fühlen. Seit Wochen bin ich nur noch ein Schatten meiner selbst gewesen. Ein Mann, der von seiner Rache und dem Durst nach Vergeltung zerfressen wurde. Seit Jahren habe ich nur dieses eine Ziel vor Augen und dann kommt sie und stellt alles auf den Kopf.

Alles, an das ich bisher geglaubt habe, alles wofür ich stehe und kämpfe. Schafft es, in wenigen Tagen meinen Kopf zu ficken und meinen Plan hintanzustellen. *Evangelina Foring. Die Prinzessin der Upper East.* Ist sie das denn? Den Gerüchten zufolge, die seit Wochen in den Medien kursieren, soll ihre Verlobung mit dieser Made John bald öffentlich gemacht werden.

Doch wieso sollte sie das zulassen? *Vielleicht hast du dich ja einfach in ihr getäuscht?* Vielleicht war ich nur eine kleine passende Ablenkung für sie, damit sie vor ihrem langweiligen Leben noch einmal erfährt, was es heißt, frei zu sein und Spaß zu haben. Aber glaube ich das wirklich? Nach all dem, was ich bei ihr zu Hause gefunden habe?

»Woran denkst du?«, raunt die kleine Schönheit vor mir, über die Musik hinweg und drückt ihren Arsch noch fester an meinen Schwanz. Ich ziehe sie dichter an mich, lasse meine Hand an ihrem Bauch abwärts wandern und genieße das Zittern, das durch sie geht.

»Daran, wie es wäre, dich hier und jetzt zu ficken.« Natürlich denke ich daran erst genau in diesem Moment. Die Gedanken vorher gehen sie nichts an. Sie gehen niemanden etwas an. Ihr Kichern vibriert an meiner Brust und sie legt ihre Hand über meine. *Wie sie es getan hat.* Dirigiert mich damit zu ihrer Mitte. *Genau wie Eva.* Und lehnt sich an mich. *Wie sie.*

»Lass mich nicht betteln«, höre ich sie sagen und doch ist es ihre Stimme, die in meinem Kopf dröhnt. *Ich bettle nicht, Gabriel. Fuck!* Schnell wirble ich die Kleine vor mir zu mir herum und lege meine Lippen auf ihre. Küsse sie, als würde mein Leben davon abhängen, und doch bekomme ich keine Luft. Sie stöhnt an meinem Mund, krallt ihre Hände in mein Shirt und hat Mühe mitzuhalten.

Und doch fühlt es sich falsch an. So verfickt falsch, weil es nicht sie ist. Nicht ihre Lippen, nicht ihre Hände und nicht ihr Körper, der sich an mich schmiegt.

»Wollen wir zu mir?« Ich nicke und schiebe die Kleine etwas von mir. Lust verhangen schaut sie zu mir auf, beißt sich auf die vollen Lippen und schüttelt lächelnd den Kopf.

»Geh schon mal vor«, sage ich und zwinkere ihr zu. »Ich muss noch kurz etwas erledigen.« Natürlich nickt sie, bahnt sich einen Weg durch die tanzenden Massen und wird brav auf mich warten. Dass ich ihr nicht folgen werde, weiß sie nicht. Hätte es ahnen können und trotzdem tut es mir kein bisschen leid. Meine Augen gleiten ruhelos über die Leute. Suchen jemanden, von dem ich weiß, dass ich ihn nicht finden werde, und dennoch gebe ich es nicht einfach auf.

Ich bin am Arsch. Sowas von gefickt! Mit der Hand reibe ich mir über mein verschwitztes Gesicht, streiche meine Haare zurück, bevor sie mir doch wieder in die Stirn fallen und halte inne. *Das kann nicht sein!*

Niemals! *Verflucht nein!* Und doch sehe ich es. Sehe sie, wie sie mich mit ihren verfluchten braunen Augen anstarrt. Das Stroboskoplicht blitzt auf, ehe es schlagartig dunkel wird. Immer und immer wieder. Ich laufe blind los, suche die Menge nach ihr ab, doch sie ist weg. Fuck! Weit kann sie nicht sein, niemals kann sie innerhalb weniger Sekunden einfach so verschwinden. Das Licht wird wieder gleichmäßiger und ich suche nach ihren dunkelblonden Haaren, sehe hunderte Frauen, doch sie ist nicht dabei. Ruhelos drehe ich mich im Kreis, versuche, ruhig zu bleiben, was mir von Minute zu Minute schwerer fällt.

Sie sollte nicht hier sein. Nicht im East Village, nicht in diesem Pop-up-Club, der einem Kumpel von Devon gehört. Und sie sollte, verflucht nochmal, nicht in meinem Scheiß-Kopf sein! Draußen angekommen, schlägt mir die kühle Nachtluft entgegen. Autos hupen, die Musik aus dem Inneren vermischt sich mit Gerede der umstehenden Leute und Gelächter ertönt. Gerade noch so sehe ich, wie sie um eine Ecke biegt und in eine der Seitenstraßen läuft. Meine Beine setzen sich in

Bewegung. Ich rede mir ein, dass ich es nur tue, weil keine attraktive Frau allein im Village in einer Seitengasse sein sollte und doch weiß ich, dass es mir egal wäre, wenn es nicht sie wäre. Kurz bleibe ich stehen, schaue um die Ecke und sehe, wie sie auf und ab läuft. Die nackten Beine stecken in einer viel zu kurzen Ledershorts und gerade mal ein Hauch von Spitze liegt um ihren Oberkörper. Sie sieht verboten gut aus. Verboten, weil sie genau das für mich sein sollte, dennoch kann ich nicht verhindern, dass ich auf sie zu gehe.

Leise schleiche ich mich an, versuche, im Schatten der Laternen zu bleiben und etwas Abstand zu halten. Die Schatten verschlucken mich beinahe und ich lehne mich an die Wand ihr gegenüber. Leise flucht sie, doch ich höre nicht genau, was sie sagt. Das Einzige, was ich spüre, ist ihre Verzweiflung. Sie trieft aus jeder ihrer Poren und könnte mich fast zu Mitleid bewegen.

Erinnere dich, verfickt nochmal, daran, wer sie ist! Bewusst stoße ich mich von der Wand ab, weiß, dass sie mich in diesem Moment bemerkt hat und lächle, als sie stehen bleibt. Mit dem Rücken zu mir, als hätte sie Angst, sich umzudrehen. Eva

weiß, dass ich es bin, ihr Atem geht viel zu gleichmäßig, als dass sie Angst hätte.
Du solltest Angst vor mir haben, Prinzessin. Solltest so weit weglaufen, wie es nur geht und hoffen, dass ich dich nie finden werde.

»Sollten Prinzessinnen nachts nicht in ihrem Turm eingesperrt sein und schlafen?«, frage ich sie und sehe, wie sich ihre Schultern kurz verspannen. Auf ihren nackten Armen erscheint eine Gänsehaut, die ich nur spüre, da ich vorsichtig mit dem Finger über ihre Haut streiche.

»Solltest du nicht auf dem Weg zu dieser Schlampe sein, um sie zu ficken?«, erwidert sie kalt. *Volltreffer, Prinzessin.*
In einer abrupten Bewegung drehe ich sie zu mir um, genieße und hasse ihre Nähe gleichzeitig und verfluche uns beide, dass in unseren Augen dieser verdammte Ausdruck liegt.

Begierde, Verständnis, Angst und Wissen. Eine gefährliche Mischung für uns. Gefährlich, da sie uns alles nehmen könnte, für das wir gekämpft haben.

»Eifersüchtig?«, raune ich an ihr Gesicht und bin in der Versuchung gefangen, meine Lippen auf ihre zu legen.

»Niemals«, zischt sie und ihr Blick gleitet von meinen Augen zu meinem Mund. »Warum bist du immer da, wenn ich dich am meisten brauche, es aber am wenigsten will?« Eva lässt mir keine Chance darauf, eine Antwort zu finden, sie drückt ihre Lippen hart auf meine und vergräbt ihre Finger an meinen Schultern. Fast schmerzhaft nimmt sie sich das, was sie so sehr braucht. *Was wir brauchen.*

Und merkt dabei nicht, wie sehr es uns zerstört. Die Grenze zwischen uns verschwimmt in diesem Moment so sehr, dass ich mich nicht davon abhalten kann, meine Hände in ihre Haare zu schieben. Ich ziehe ihren Kopf zurück und suche ihren Blick.

»Sag es, Prinzessin«, verlange ich von ihr und hoffe, dass sie mir nur ein einziges Mal diesen Gefallen tut.

»Du bedeutest mir nichts. Du bist ein verdammter Niemand!« Ihre Stimme ist kalt und doch weiß ich, dass sie lügt. Das leichte Zittern verrät sie. Wir wissen es.

»Und dennoch gibt dir dieser Niemand das beste Gefühl seit Langem.« Meine Hände drängen sich an ihren Rücken. Pressen sie näher an mich und die Luft zwischen uns brennt. »Lüg mich nur weiter an, Eva. Aber gönn wenigstens dir selbst die Wahrheit.«

»Ich war eifersüchtig«, kaum mehr als ein Flüstern und doch brennen sich diese drei Worte in meinen Verstand. Ficken meinen Kopf und alles, was ich tun kann, ist meine Lippen auf ihre zu legen. Hart und sanft. Bedürftig und verboten. Weich und rau. Fremd und vertraut.

All unsere Gegenteile werden zur Nebensache. Wir vergessen alles.

Alles außer uns.

Evangelina

Kapitel 29

Meine Beine drohen unter mir nachzugeben und ich spüre, wie sehr ich zittere. Wieder liege ich in seinen Armen und das, obwohl ich weiß, dass dieser Ort nicht sicher ist. *Oder ist er es doch?*

Es ist leichtsinnig und doch die beste Option, die ich habe. Die sicherste Option, die sich am besten anfühlt, auch wenn ich weiß, dass es mich irgendwann einholen wird. Mich an einen Punkt bringt, an dem ich mich entscheiden muss.

All die Auslöser, die mich daran zweifeln lassen, rücken in den Hintergrund, als ich das Verlangen spüre, mit dem Gabe diesen Kuss erwidert. Es sollte mir Angst machen, doch ist es nur Sehnsucht, die ich spüre. Sehnsucht nach dem Leben, das ich niemals haben werde. Langsam lösen wir uns voneinander. Ich zittere unkontrolliert und weiß, dass es nicht nur an ihm liegt.

»Dir ist kalt.« Eine Feststellung, keine Frage. Und ich nicke. Es hätte keinen Sinn, es abzustreiten, denn mein Outfit ist definitiv nicht für die Kühle der Nacht geschaffen und die Gänsehaut verrät mich. »Lass uns rein gehen.« Wieso habe ich erwartet, dass er mich nach Hause schickt? Mit einem Lächeln auf den Lippen nimmt er meine Hand in seine und streicht meine Haare wieder glatt. »Komm schon. Oder soll ich zusehen, wie du hier erfrierst?«

Im Club dröhnt die Musik sofort in meinen Ohren. Die Bässe vibrieren in meinem Körper und lassen das Verlangen erneut in mir aufflammen. Gabe und ich bahnen uns einen Weg durch die tanzenden Leute und ich suche nach Megan, kann sie jedoch nirgends finden. An der Bar angekommen, bestellt er zwei Shots, die wir, ohne ein Wort zu sagen, runter kippen. Augenblicklich wird mir warm. *Heiß*. Und sein Blick lässt mich glühen.
»Komm«, sage ich und greife nach seiner Hand. »Wir tanzen.« Ohne Einwände folgt er mir auf die Tanzfläche. Die Musik wechselt von Trap zu einer R-n-B-Mischung und Black. Ich drehe mich mit dem Rücken zu ihm. Liebe es, wie der Rhythmus meinen Körper leitet und mich einfach fühlen lässt. *Frei. Lebendig*. Ich schmiege mich an

ihn, in dem Moment, in dem Gabe mich an der Taille zu sich zieht und schon liegt sein Schwanz an meinem Hintern. Ein leises Stöhnen entkommt meinem Mund, das ihm nicht entgangen ist, und ich schließe die Augen, als ich seinen Mund an meinem Ohr spüre.

»Heute Nacht gehörst du mir, Eva. Egal, wer wir sind, woher wir kommen. Es gibt nur uns und diese eine Nacht, in der wir alles fallen lassen.« Wenn er wüsste, dass ich bereits alles habe fallen lassen. All meine Schutzmechanismen sind weg. Meine Bemühungen, ihn zu vergessen, haben sich in Luft aufgelöst und mein Verstand hat sich verabschiedet. Ich will ihn, so sehr, mit allem, was ich habe. Auch wenn ich weiß, dass er mein Ende sein wird.

Wir tanzen weiter, lassen uns von der Ekstase, in der wir dank der Musik gefangen sind, leiten und lassen uns fallen. Nachdem wir vollkommen durchgeschwitzt sind, ziehe ich Gabe mit mir nach draußen. Ich brauche frische Luft, um meine erhitzte Haut abzukühlen.

»Was ist los, Prinzessin?«, fragt er, sobald wir draußen auf dem Gehweg stehen, dann kesselt er mich mit seinen Armen ein. Der raue Stein, der sich an meinen Rücken drückt, lässt mich leise die Luft einziehen und ich hebe den Blick. Sehe all die Emotionen in seinem Blick, die ich in mir fühle. Emotionen, die miteinander kämpfen.

»Ich habe keine Ahnung, wo ich heute Nacht hin soll«, gestehe ich und lasse mein Kinn sinken. »Es tut mir leid«, sage ich und spüre, wie sich eine einzelne Träne aus meinem Auge löst.

»Schau mich an, Eva«, bittet er und hebt gleichzeitig mein Kinn sanft an. »Was ist passiert?« Kann ich ihm einfach so alles erzählen? All meine Ängste, Sorgen und das, was mir auf der Seele brennt? Kann ich ihm vertrauen und so viel vor ihm offenlegen? Weiß er es nicht schon längst?

»Vertrau mir nur dieses eine Mal, Prinzessin. Heute Nacht bin ich nicht dein Feind.« Seine Worte klingen so ehrlich und aufrichtig, dass ich meine Vorsicht fallen lasse. Ich lege meine Maske ab und erzähle ihm alles. Gabriels Blick haftet die gesamte Zeit auf mir. Er beobachtet mich und sucht insgeheim nach einer Lüge in meinen Worten. Forscht danach, als wäre es das Wichtigste, genau diese zu finden. Doch ich muss ihn enttäuschen, doch er wird keine finden. Vielleicht spürt er selbst, dass er aufgeben kann, danach zu suchen, denn sein Blick verändert sich. Es ist kaum sichtbar und doch erkenne ich dieses kleine Funkeln, das seine grünen Augen aufblitzen lässt. Ich erzähle ihm von meinem Plan, von all den Beweisen, die ich die Jahre über gesammelt habe. Von der Hochzeit, zu der mein Vater mich zwingen will. Von John, der mich immer wieder drängt, ihm zu verzeihen und am Ende davon, dass ich niemanden habe, dem ich all das anvertrauen kann. Als das letzte Wort meinen Mund verlassen hat, fühle ich mich leer und gleichzeitig befreit. Das Gewicht all der Scheiße, die auf meinen Schultern gelastet hat, ist fast verschwunden, nur um in der nächsten Sekunde, um ein Vielfaches zurückzukommen. Gabe steht vor mir und schweigt. Die Stille nimmt mich gefangen und ich weiß nicht, ob das hier gerade nicht der größte Fehler meines Lebens war. Um nicht noch mehr meiner Würde zu verlieren, löse ich mich von ihm und bringe etwas Abstand zwischen uns.

»Ich hätte dir das nicht erzählen sollen. Vielleicht geh ich jetzt besser. Ich...« Meine Worte hallen in der Gasse wieder und ich drehe mich um. Komme allerdings nicht weit, bevor ich seine Hand an meinem Handgelenk spüre. Gabes kräftige Finger schließen sich um meine Haut und sofort beginnt die Stelle, an der er mich berührt, zu kribbeln.

»Warte.« Seine Stimme ist ruhig, leise und doch kann ich hören, dass das noch nicht alles war. Um es ihm leichter zu machen, schüttle ich den Kopf und schnaube. Gebe ihm damit zu verstehen, dass es okay ist. »Es gibt nichts, was ich dazu sagen könnte, was es annähernd besser macht.« Sanft zieht er mich zu sich und ich lasse es zu.

»Es ist okay. Ich kenne mein Leben nicht anders. Egal, wie aussichtslos es mir gerade erscheint, irgendwann weiß ich, dass die Gerechtigkeit siegen wird. Das ich an der Reihe bin, den entscheidenden Zug zu machen, und damit alles, was mein Vater aufgebaut hat, zerstören werde.« Gabe sagt nichts weiter dazu, nimmt meine Hand in seine und legt seine Lippen vorsichtig auf meine. Dieser Kuss gibt mir alles, wonach ich mich so lange gesehnt habe. Es ist wie eine Bestätigung dafür, dass ich nicht allein bin. Er gibt mir das Gefühl, dass es okay ist. Egal, wie sehr es wehtut.

»Komm mit«, sagt er an meinen Lippen und lässt mir keine andere Wahl, als ihm zu folgen. Wir gehen durch die schwach beleuchteten Straßen vom East Village und auch wenn mir bei jedem Schritt, den ich neben ihm gehe, kälter wird, liegt es nicht an ihm. Gabe hat selbst nur ein Shirt an. Friert mit Sicherheit ebenso sehr wie ich und doch bin ich froh, als er an einer Ecke stehen bleibt und mir die Hand an die Wange legt. Sein Blick wärmt mich von innen heraus. Lässt mich die Kälte um uns herum fast vergessen. Seine Worte sind es jedoch, die mich wieder zurück in die Realität katapultieren.

»Wir sind gleich da. Aber ich muss dir noch etwas sagen.«

Gabriel

Kapitel 30

Eva sieht mich so erwartungsvoll an. Wie könnte ich ihr jetzt, in diesem Moment nur ihre Hoffnung nehmen? Wie gern würde ich ihr sagen, wer ich bin, welchen Plan ich die gesamte Zeit verfolge und welche Geschichte hinter mir liegt.

Doch stattdessen ziehe ich sie an mich, versuche mich an einem unbeschwerten Lächeln und streiche ihr eine Strähne hinters Ohr. *Tu das nicht, Prinzessin, sieh mich nicht so an, als wäre ich deine Rettung, wenn ich doch in Wahrheit dein Untergang sein werde.*

»Was ist los?«, fragt sie und lehnt sich meiner Berührung entgegen. *Sag es ihr, verdammt! Lieber jetzt, als wenn es zu spät ist.* Ist es das nicht schon?

Zu spät? Immerhin habe ich sie geküsst, mit ihr getanzt und sie jetzt mit hier her genommen. Zu meinem Zuhause. Ihre Tränen und die Verzweiflung, als sie mir ihre Geschichte erzählt hat, waren echt. Niemals kann ein Mensch so einen Schmerz und Verzweiflung spielen, nicht einmal

Eva, die seitdem sie ein Kind ist, gelernt hat, wie man seine Emotionen beherrscht. Und trotzdem ist das Dümmste, was ich machen kann, sie mit zu mir zu nehmen. Sie in die Höhle des Löwen zu führe, ohne ihr die Entscheidung zu überlassen. Das Problem ist nur, dass Eva mich Dinge fühlen lässt, mit denen ich längst abgeschlossen hatte. All die Blicke und Berührungen sind zu intensiv. Ich will all das viel zu sehr, als jetzt noch einen Rückzieher machen zu können.

»Okay, ich versteh schon«, nuschelt sie und macht einen Schritt zurück. »Du hast es dir anders überlegt. Ich sollte verschwinden.« Das sollte sie wirklich, und doch lasse ich sie nicht los. Es ist das Einzige, das richtig wäre, und dennoch tue ich alles andere als das. Bin egoistisch und denke nur an mich und das, was ich will.

»Nein, das ist es nicht«, höre ich mich sagen und greife nach ihrer Hand. Ziehe sie an mich und lege meine Hand an ihre Wange. »Es ist nur, dass das, was dich gleich erwarten wird, vollkommen anders ist als das, was du von zu Hause kennst. Vielleicht wird es dich schockieren oder du wirst kreischend weglaufen, aber das ist es, was ich unter normal verstehe, Prinzessin.« Provokant lächle ich sie an. Versuche damit, die

Situation wieder unter Kontrolle zu bekommen. Es genügt ein kurzer Blick von ihr und sie durchschaut mich. Ich weiß das, denn das kurze Aufflackern in ihren Iriden verrät mir alles. Einfach verflucht alles – und ich liebe es. Egal, wie facettenreich sie sich im Alltag gibt, welches Gesicht sie ihren Mitmenschen präsentiert, das, was ich jetzt sehe, ist die wahre Evangelina.

Selbstbewusst, gebrochen und atemberaubend. Nichts davon hilft auch nur annähernd mein Verlangen nach ihr im Keim zu ersticken, nein. Eher fordert mich alles davon nur noch mehr heraus. Bringt in mir den Wunsch zum Vorschein, sie brechen zu wollen und gleichzeitig zu beobachten, wie sie daran wächst. Aus der Asche emporsteigt, die ihr verficktes Leben ist.

Sie könnte mich ebenso zerstören.

Ja, dem bin ich mir bewusst. Ich mache mir auch gar nicht die Mühe, das abzustreiten, doch laut würde ich es nicht aussprechen. Aber dennoch frage ich mich, wann ich ihr diese Macht gegeben habe. Wann habe ich m mich in diesen Strudel ziehen lassen?

»Dann zeig mir dein Zuhause, vielleicht gefällt mir dieses *Anders* ja besser, als du denkst.« Ohne zu zögern, legt sie ihre Lippen auf meine. Gibt mir damit die Antwort auf meine an mich selbst gestellte Frage.

Wir laufen hintereinander die alten Treppen zu meiner Wohnung nach oben. Nur unsere Schritte und unser leiser Atem sind zu hören. Das Licht ist schwach, da nur drei der zehn Glühbirnen im Flur funktionieren. Innerlich bete ich, dass Devon noch nicht hier ist, doch das ist unwahrscheinlich. Trotzdem spüre ich diese innere Unruhe, dich bei dem Gedanken aufkommt, dass die beiden sich gleich gegenüberstehen könnten.

Meine Hand umgreift den Schlüssel fester, als wir im richtigen Stockwerk ankommen. Ich stecke ihn ins Schloss. Knarzend öffnet sich die alte Tür und ich schalte das Licht ein, welches den kleinen Flur beleuchtet. Hinter mir höre ich Evas Schritte und warte auf eine Reaktion. Sie schließt die Tür und als ich mich zu ihr umdrehe, sieht sie mich mit einem Lächeln auf den Lippen an.

»Was ist?«, frage ich und bin kurz verwirrt von ihrem Ausdruck.

»Nichts, es gefällt mir.« Schulterzuckend geht sie an mir vorbei ins Wohnzimmer, welches auch direkt als Esszimmer und Küche dient. Die Prinzessin bewegt sich so selbstverständlich in meinem Zuhause, dass es schon fast unheimlich ist. »Ich wäre ja dafür, dass wir Gerechtigkeit schaffen.«

»Was meinst du?« Ihre Frage verwirrt mich.

»Na ja, als du das erste Mal in mein Zuhause gekommen bist, hast du eine grandiose Show bekommen.« Sie verschränkt die Arme vor der Brust und legt den Kopf schief. Mit zwei Schritten bin ich bei ihr und ziehe sie an mich.

»So gut war deine Show nicht, Prinzessin.« Doch, das war sie, aber ich würde es nicht zugeben.

Nicht jetzt.

Evangelina

Kapitel 31

Dass Gabe lügt, erkenne ich ohne große Mühe. Doch ist es irgendwie befreiend, dass wir wieder bei dieser oberflächlichen, provokativen Art angekommen sind, die es so leicht und unverbindlich zwischen uns macht. Die letzten Stunden waren zu tief. Zu intensiv und zu nah. Alles, was er jetzt über mich weiß, sollte mir Angst machen und mich vor ihm fliehen lassen, nur habe ich mir nicht exakt das gewünscht? Jemanden, mit dem ich meine Gedanken teilen kann und bei dem ich nur sein kann, wer ich bin?

»Du weißt, dass du jede Sekunde, in der du mich beobachtet hast, genossen hast.« Sein Blick damals und jetzt ist genau gleich. Das Verlangen, das durch seine Venen pumpt, steht ihm ins Gesicht geschrieben und auch ich kann das Gefühl, welches er immer und immer wieder in mir hervorruft, nicht ignorieren. Seine Hand liegt besitzergreifend an meinem Rücken und die

Wärme, die von ihm ausgeht, steht deutlich im Kontrast zu der Kälte seiner Worte.

»Ich glaube, du solltest besser schlafen gehen, Prinzessin.« Gabes leise Worte sind wie eine kalte Dusche. Eine, die mich stärker trifft, als ich es zugeben will. Waren da eben noch Sekunden voller Leidenschaft und Vertrauen, ist da jetzt nichts mehr, das auch nur annähernd daran erinnert. Ich mache einen Schritt zurück, sodass seine Hand verschwindet, und drehe mich um.

Sehe mich in der Wohnung um, nur um seinen Blick nicht länger ertragen zu müssen. Er macht das immer und immer wieder. Mit Absicht versucht er mich auf Abstand zu halten, obwohl wir beide wissen, dass wir heute, hier und jetzt, einen Punkt überschritten haben. Mich in sein Leben zu lassen, hat etwas verändert, da uns beiden gefällt und uns doch Angst macht.

»Die Wohnung passt zu dir«, sage ich, anstatt ihm etwas auf seinen Kommentar zu antworten. »Metall, dunkle Farbe und kein einziges Bild. Du tust wirklich alles dafür, dass niemand erkennt, wer hinter deiner Bad-Boy-Fassade steckt.« Es war keine Frage und doch antwortet er mir

»Du liebst es doch, mit den bösen Jungs zu spielen, oder Eva?« Seine Stimme kribbelt in meinem Nacken und ich schließe die Augen. Genau das meine ich. Diese Macht, diese Anziehung. Dieses verfluchte Feuerwerk an Emotionen.

»Du irrst dich«, presse ich hervor und verlagere mein Gewicht. »Ich will die bösen Jungs zerstören und sie für das bezahlen lassen, was sie im Verborgenen tun.« Ruckartig dreht er mich zu sich um und presst mich gegen die Wand neben uns. Ich keuche auf, doch der Laut wird von seinen Lippen verschluckt. Gabes Kuss ist hungrig und voller Lust. Er scheint wütend zu sein und ich liebe es. Genieße, wie er meine Hände über meinen Kopf führt und sie dort fest pinnt.

»Willst du sie brennen sehen, Eva?«, fragt er und lässt dafür kurz von meinen Lippen ab. Es dauert eine Sekunde lang, bis seine Frage zu mir durchdringt. Dieser kurze, verdammt intensive Kuss hat meinen Verstand vollkommen benebelt.

»Antworte mir, Prinzessin.«

»Ja«, flüstere ich an seine Lippen und bin mir nicht sicher, ob er es überhaupt gehört hat.

»Fuck, das bringt alles durcheinander, Prinzessin.« Die Bedeutung seiner Worte verliert sich auf seinen Lippen. Seiner Zunge und seinen Händen, die sich einen Weg über meinen Körper suchen. Ich vergesse alles. Es rückt in den Hintergrund und ich lasse mich in seiner Gegenwart fallen. Weiß, dass er mich nicht auffangen wird, eher wird Gabe der sein, der mich schubst, damit ich am Boden zerschelle. Doch es ist egal. Alles ist sowas von egal, wenn ich dafür nur noch einmal diese Küsse erleben kann. Das Klingeln seines Telefons durchbricht die Stille, in der wir uns befinden. Gabe löst sich von mir, vollkommen außer Atem, und schüttelt leicht den Kopf. Das Klingen verstummt, nur um Sekunden später wieder zu beginnen.

»Da muss ich rangehen, Eva.« Ich nicke und schwanke leicht, als er von mir ablässt. Meine Beine zittern und ich fühle mich wie betrunken. Betrunken von dem Gefühl, das in meinen Adern pulsiert.

»Hinter der rechten Tür ist mein Zimmer.« Er will allein sein. In Ruhe telefonieren und ich nehme es als kurze Auszeit.

Für mich.

Für ihn.

Für uns. Für dieses Gefühl, dass nach so kurzer Zeit, so verflucht viel zwischen uns verändert hat.

Ehe ich die Tür hinter mir schließe, höre ich ihn das Gespräch annehmen. Eine Mischung aus >Ja<, Stille und >Nein< ist alles, was er sagt, ehe seine Stimme verstummt und ich allein in seinem Schlafzimmer stehe. Ich taste neben der Tür nach dem Schalter und eine Lampe taucht den Raum in ein angenehmes Licht. Es ist nicht groß, doch passt alles rein, was man auf den ersten Blick so braucht. In der Mitte vor dem Fenster steht ein Bett, das aus Paletten und einer Matratze besteht. Die Laken sind zerwühlt und ich würde mich gern darin einwickeln.

Die Vorstellung, dass Gabe sich Nacht für Nacht darin wälzt oder auch andere Dinge tut, sorgt dafür, dass meine Mitte erneut zu kribbelt. Doch bevor meine Gedanken weiterwandern können, lasse ich den Blick weiter durch den Raum gleiten. Neben der Tür stehen ein paar alte Holzkisten, die aufeinandergestapelt sind. Darin liegen Bücher, die alt und abgegriffen aussehen. Wie magisch angezogen, gehe ich zu ihnen und greife nach einem kleinen, blauen Buch, das mich an etwas erinnert.

Als ich den Umschlag sehe, lächele ich und eine Erinnerung holt mich ein, von der ich nicht gedacht hätte, dass ich sie noch habe.

»Evangelina, wie oft soll ich dir noch sagen, dass du nicht immer träumend durch die Gegend laufen sollst?« Mein Vater steht vor mir. Den Finger tadelnd gehoben und das Gesicht rot vor Wut. Ich lasse den Kopf sinken und drücke mir das Buch fester gegen die Brust.

»Aber Daddy, ich will doch nur noch ein bisschen länger lesen.« Egal, wie sehr ich ihn bitte, er wird Nein sagen. Ich weiß es, bevor ich die Worte überhaupt ausgesprochen habe. Es ist Winter und die Stimmen aus unserem Esszimmer dringen zu mir durch. Ausgelassenes Lachen, Witze und fröhliche Stimmen lassen mich zusammenzucken. Mein Vater hebt mein Kinn grob an, zwingt mich, ihn anzusehen und ich blinzle gegen die Tränen an, die sich in meinen Augen sammeln.

»Du bist eine Foring, wir haben keine Zeit, uns in den Worten zu verlieren, die irgendein psychisch labiler Mann geschrieben hat. Leg das Buch weg und zieh dir etwas Anständiges an, damit du mich nicht blamierst!« Mit etwas Anständigem meint er ein Kleid, ohne einen Schmetterling als Aufdruck. Etwas, das meinem Ruf, als Prinzessin gerecht wird. Niemanden interessiert, ob ich das Kleid anhabe, weil Schmetterlinge meine Lieblingstiere sind. Niemanden interessiert, ob das Märchen vom Schmetterling mein Lieb-

lingsbuch ist. Sie alle wollen nur das, was ihnen am besten erscheint. Das, was auf die anderen Leute einen guten Eindruck hinterlässt.

»Gib mir das Buch, Eva«, verlangt er und wartet erst gar nicht, dass ich es ihm gebe, sondern nimmt es mir weg. Geht damit zurück ins Esszimmer zu den anderen und schick mich mit einem letzten strengen Blick nach oben. »Geh. Oder willst du, dass dein Buch im Kamin landet?« Schnell renne ich zurück in mein Zimmer. Die Wege in dieser Wohnung sind endlos und ich bete, dass ich flink genug bin, um mein Buch zu retten. Insgeheim weiß ich, dass ich es nicht sein werde. Wie auch? Ich bin gerade einmal zehn Jahre als. Doch das interessiert meinen Vater nicht. Nichts von dem, was ich gern habe, ist für ihn von Bedeutung.

Kopfschüttelnd reiße ich mich aus der Erinnerung los. Bilde mir ein, den Rauch zu riechen, den das Feuer um mein geliebtes Märchenbuch gebildet und es verschlungen hat. Natürlich hat er es verbrannt und mir die Schuld gegeben.

Hätte ich mich etwas mehr beeilt, wäre das niemals passiert, hatte er gesagt, und doch hatte er es getan. Ich habe nicht geweint, wollte diese Schwäche nicht vor ihm teilen. Erst, als das Essen vorbei war, war ich zurück in mein Zimmer gegangen und hatte mich auf mein Bett geworfen. Den Tränen freien Lauf gelassen und mir meine liebste Stelle auf einen einfachen Block aufgeschrieben.

»Doch „Leben ist nicht genug!“, sprach er. „Sonnenschein, Freiheit und ein kleines Blümchen muss man haben!“ Und er flog gegen die Fensterscheibe, wurde gesehen, bewundert, auf eine Nadel gesteckt und in dem Raritätenkasten ausgestellt; mehr konnte man nicht für ihn tun.«

Etwas an diesen Worten erinnert mich noch heute an mein Leben. Manchmal habe ich mich eben genauso gefühlt, wie eine Rarität, die auf eine Nadel gesteckt und allen vorgeführt wird.

Das Märchen vom Schmetterling beschreibt das für mich ziemlich treffend. Meine Hand streicht über das sanftblaue Cover und die zarte Schrift. *Wie kann es sein, dass Gabe genau dieses Buch hat?* Zufall? Glaube ich daran oder hat er es selbst als Kind gern gelesen? Mir bleibt wenig Zeit darüber nachzudenken, denn die Tür öffnet sich leise und selbst wenn ich nicht wüsste, dass es er ist, würde ich ihn spüren.

Gabriel

Kapitel 32

Sie allein in meinem Zimmer zu lassen hat sich seltsam richtig angefühlt. Zumindest bis jetzt. Bis ich sie mit *diesem* Buch in der Hand sehe und es ihr am liebsten sofort aus der Hand reißen würde.

»Sorry, ich wollte nicht schnüffeln«, versucht sie sich zu erklären und stellt es zurück an seinen Platz. Mühsam zwinge ich mir ein Lächeln auf die Lippen und schließe die Tür. Versuche, mir nicht anmerken zu lassen, was für einen Sturm sie gerade in mir verursacht hat - mit einer so simplen Handlung. »Hast du wenigstens etwas gefunden?«, frage ich sie und mache einen Schritt auf sie zu. Sicher blickt sie von mir zu dem kleinen blauen Buch zurück und nickt.

»Nichts, was das Rätsel um deine Person in irgendeiner Weise lösen würde.«

»Vielleicht ist das Rätsel selbst ja die Lösung, Prinzessin.«

»Vielleicht ist es aber auch viel einfacher.«

»Vielleicht.« Mit jedem Wort komme ich ihr einen Schritt näher. Zwinge sie dabei zurück, bis Eva mit den Beinen an meinem Bett ankommt.

»Und was, wenn ich dir sage, dass das, was ich gefunden habe, mir Angst macht, weil es mich an mich selbst erinnert?« Ihre Worte ergeben keinen Sinn und doch tun sie es irgendwie. Nur wie soll ich das verstehen? Wie soll ich ihr Rätsel lösen, wenn ich nicht will, dass all das tiefer gehen könnte, als es sollte?

»Als würde dir etwas Angst machen«, versuche ich mich an einer einfachen Antwort und lege meine Hände an ihre Hüfte. Weiß, dass es keinen schlechteren Zeitpunkt geben könnte ihr nah zu sein. Es zu wollen. Sie zu wollen.

»Mir macht nur ein einziges Detail Angst.«

»Was? Sag es mir, Prinzessin.« Ich beuge mich vor, küsse mich an ihrem Hals entlang und spüre, wie sie schluckt.

»Dass es sich anfühlt, als wärst du der einzige Mensch, der mich auch nur annähernd kennt, und das, obwohl du mir vollkommen fremd bist.« Eva trifft mit ihren Worten exakt den Punkt. Mir geht es ähnlich, nur dass sie mir nicht vollkommen fremd ist. Denn ich beobachte sie schon seit Monaten. Hole jede noch so kleine

Information über sie ein, die ich bekommen kann, sauge sie auf wie ein Schwamm und nutze sie zu meinem Vorteil. Aus allem, was ich über sie gesammelt habe, habe ich mir meinen Plan zusammengestellt. Nur habe ich dabei vielleicht ein paar einfache Details übersehen. Es gibt im Leben Faktoren, die selbst ich nicht kommen sehe. Überraschungen, mit denen ich nicht rechne und die mich aus dem Konzept bringen.

Evangelina ist so eine Überraschung.

Statt der Prinzessin, die ich aufgrund all meiner Recherchen erwartet hätte, ist sie eine taffe, junge Frau, die sich gegen ihre Familie stellt. Die Beweise gegen ihren Vater unter ihrem Bett versteckt und die mit ihrem Jurastudium einen Weg aus dieser Gesellschaft sucht. Alles an ihr fasziniert mich und das ist ein verficktes Problem. Denn die andere Seite ist die, dass sie noch immer die Tochter des Mannes ist, der für das größte Leid meines Lebens verantwortlich ist.

Der immer weiter seine korrupte Scheiße abzieht und damit immer irgendwie durchkommt. Und obwohl ich mir all der Konsequenzen bewusst bin, kann ich nicht aufhören meine Lippen, an ihrem Hals zu vergraben. Viel zu gut passt sie sich meinen Bewegungen an.

Kommt mir entgegen. Legt den Kopf zur Seite und lässt sich schließlich nach hinten fallen. Eva fällt rückwärts auf meine Matratze und räkelt sich aufreizend unter meinem Blick.

Sie direkt vor mir liegen zu sehen, mit den dunkelblonden Haaren, die ihr Gesicht einrahmen und sie wirken lassen wie einen Engel, macht mich verrückt. Dieses Bild zerrt an meiner Beherrschung und ich spüre, wie mein Schwanz in meiner Hose zuckt. Je weiter mein Blick an ihr entlang wandert, desto weniger erkenne ich den Engel in ihr. Ihre Brust hebt und senkt sich stetig unter ihrem transparenten Oberteil.

Drückt ihre Nippel gegen den Stoff. Die Shorts spannen sich um ihre zarten Schenkel und ich lecke mir unweigerlich über die Lippen. Weiß, dass sie ihre Wirkung auf mich nur allzu gut kennt.

Ich erwische mich bei dem Gedanken ihr jedes Kleidungsstück langsam und sachte vom Körper zu reißen. An jedem freigelegten Zentimeter ihrer Haut mit der Zunge entlangzustreichen und sie dann so lange zu ficken, bis mein Kopf aufhört, mir deshalb Vorwürfe zu machen.

Stattdessen gehe ich ums Bett herum und öffne langsam meine Hose. Ihre Augen verfolgen mich bei jeder noch so kleinen Bewegung und ich liebe das Verlangen, das sich ihn ihnen widerspiegelt. Allerdings ist es nicht nur Verlangen, mit dem sie mich ansieht. Eva wartet ab, was ich als Nächstes tun werde, und ich zögere nicht lange und schiebe mir meine Hose mitsamt Shorts über den Hintern. Sofort federt ihr mein Schwanz entgegen und sie leckt sich über ihre vollen Lippen. Sie richtet sich auf, kniet nun vor mir auf dem Bett und meine Hand findet an ihre Wange.

»Wenn wir das tun, gibt es kein Zurück mehr, Prinzessin«, sage ich rau und hoffe, dass sie versteht, was ich ihr damit sagen will. Kurz sucht sie meinen Blick und das Wissen, das darin zum Vorschein kommt, reißt mir fast die Füße Weg.

»Was ist, wenn ich nicht will, dass wir wieder zurückkönnen?«, flüstert sie und mir entkommt ein leises Knurren, als ich ihre Hand an meinem Schwanz spüre.

»Fuck!« Eva streicht sanft an meiner Erektion auf und ab. Hält meinem Blick stand und beugt sich mit einem verschlagenen Lächeln nach vorn. Ihre Zunge schnellt hervor und sie leckt den Lusttropfen, der sich auf meiner Spitze gebildet hat, ab. Meine Hand krallt sich in ihre Haare, doch ich lasse ihr die Entscheidung, wie weit sie das hier treiben will.

Evangelina

Kapitel 33

Ich bin verloren.

Sowas von verloren. Gabes Hand in meinen Haaren und sein Schwanz direkt vor meinem Gesicht sind gerade alles, was ich will. Er gibt mir die Kontrolle darüber, was als Nächstes passiert und das Wissen darüber lässt mich alles vergessen. Ich weiß nur noch, dass ich ihn will. In mir. Auf mir. Neben mir. Ohne meine Augen von seinen zu lassen, schließe ich meine Lippen um seinen Schwanz, sauge an ihm und necke ihn mit meiner Zunge. Die Intensität in seinem Blick bringt mich fast um den Verstand.

»Fuck, Eva«, stöhnt er in die Stille hinein und ich spüre meine Mitte immer stärker pochen. Weiß, dass ich nur wegen ihm unendlich feucht bin. Langsam und stetig bewege ich meinen Kopf zurück und lasse ihn dabei beinahe vollkommen aus meinem Mund gleichen, nur um ihn anschließend noch tiefer in mich aufzunehmen. Ich genieße es, ihn zu schmecken, und die Kontrolle über seine Lust zu haben, und lege die

Hände an seine Schenkel. Ziehe ihn näher an mich, bis meine Nase an seinen Bauch drückt. Meinen Würgereflex habe ich unter Kontrolle, weiß, dass ich durch die Nase ein- und ausatmen muss, und doch fühlt es sich mit Gabe anders an.

Da ist absolut keine Hektik zwischen uns. Nichts, das nach einer schnellen Nummer schreit und nichts, das die Anonymität von uns fordert, die es bisher gegeben hatte. Ich hatte ihm Dinge erzählt, die ich niemandem sonst anvertrauen würde. Sachen, die er augenblicklich gegen mich verwenden könnte. Aber ich habe nicht das Gefühl, dass er irgendetwas dergleichen tun würde.

»Komm her.« Seine Stimme ist rau, als er mit den Händen mein Gesicht zu sich zieht. Ich lasse seinen Schwanz aus meinem Mund gleiten. Er streicht mir über die feuchten Lippen, lächelt mich an und ich kann nicht anders, als es zu erwidern. Ich ziehe ihn zu mir aufs Bett, streife irgendwie meine Schuhe und Shorts ab und genieße es, Gabes Haut an meiner zu spüren.

»Lass mich dir helfen«, raunt er mir zu, und zieht mir langsam mein Oberteil aus. Der BH folgt und er streicht zart über meine Nippelpiercings. Stöh-

nend lege ich den Kopf auf das Kissen und lasse jeder seine Berührungen auf mich wirken.
Er nimmt sich Zeit. Streicht meine Rundungen nach und fährt sanft über meine Mitte.

»Ich muss dich endlich spüren«, haucht er an meinem Ohr und ich nicke. Würde am liebsten schreien und doch lasse ich es. Öffne nur die Augen und drehe meinen Kopf, um ihn anzusehen.

»Dann lass mich nicht darum betteln.« Als wäre das, alles, was er braucht, legt er sich auf mich. Sein Schwanz pocht heiß an meiner Mitte und ich stehe kurz vor dem Explodieren. Und das, obwohl er noch fast nichts getan hat. Gabe stützt sich mit den Händen neben meinem Kopf ab, nimmt sein Gewicht damit etwas von mir, doch es ist mir egal. Ich will ihn spüren, mit allem, was er hat. Ungeduldig wackle ich mit den Hüften, bitte ihn damit stumm um mehr und will meine Hand schon zwischen uns gleiten lassen.

»Nicht so ungeduldig«, tadelt er mich und bewegt im nächsten Moment sein Becken. Ein kleiner Schrei entkommt mir, als ich seinen Schwanz an meinem Eingang spüre und er sich langsam in mich schiebt. Meine Augen fallen zu, da es einfach zu viel ist. Diese Emotionen, das

Gefühl in endlich in mir zu spüren. Gabe hält kurz inne, als würde er die kurze Pause eben so sehr brauchen wie ich, ehe er sich zurückzieht und erneut in mich stößt. Unser Keuchen und Stöhnen erfüllen sein Zimmer. Hitze steigt in mir auf, und ich fühle mich, als ob ich in Flammen stünde. Es ist zu viel. Seine konstanten tiefen Stöße. Seine Nähe. Und einfach er und doch ist es nicht genug.

»Mach die Augen auf, Prinzessin.« Seine Stimme klingt gepresst und als ob er Mühe hätte, etwas zu sagen. Ich komme seiner Bitte nach und treffe auf seinen Blick. Er sieht mich mit einer Mischung aus Bewunderung und Verlangen an. Trifft mich damit völlig unvorbereitet, da sein Blick tiefer geht. Ich fühle mich nackt, und das nicht, weil ich es tatsächlich bin. Nein, es fühlt sich an, als würde Gabe mich zum ersten Mal richtig sehen.

In keiner Sekunde unterbricht er seine Bewegung. Hält seinen Rhythmus und legt zusätzlich noch seine Hand an meine Perle. Alles an mir kribbelt unerträglich. Mir ist heiß, kalt und schwindelig, obwohl ich liege. Meine Pussy zuckt, zieht sich immer stärker um seinen Schwanz zusammen und er fickt mich weiter.

Die zusätzliche Stimulation meiner Klit lässt mich kurz Sterne sehen, ehe ich weiß, dass es gleich vorbei sein wird.

»Lass los, Eva.« Und das tue ich. Ich lasse mich fallen. Lande in seinen Armen. Explodiere und spüre nur noch dieses Gefühl von Glück und Zufriedenheit. Stöhne meine Lust heraus, lasse jeden hören, was dieser Mann mit mir macht und merke, wie er kurz nach mir kommt. Sein Schwanz pulsiert in mir, seine Hand krallt sich in meine Hüfte und ich bin mir sicher, morgen seine Spuren auf meiner Haut zu sehen. Aber all das ist egal. Wenn ich an das Gefühl denke, das ich jetzt spüre. Ich fühle mich leicht und unbeschwert. Verstanden und angekommen. Und ich frage mich, wann wir von dem, was wir waren, zu dem, was wir nun sind, geworden sind.

Meine Gedanken wecken mich. Machen mir bewusst, dass ich das, was passiert ist, unmöglich einfach ignorieren kann. Gabes Arm liegt über mir und die Decke ist wild um unsere Körper geschlungen. Die ersten Sonnenstrahlen suchen sich einen Weg aus der Wolkenmasse und blenden mich leicht im Gesicht. Trotz der Verwirrung, die in meinem Kopf herrscht, habe ich geschlafen wie ein Baby. Und das an der Seite eines Mannes, den ich fast nicht kenne. Denn das ist leider Fakt. Ich weiß absolut nichts über ihn.

Okay, ich liege in seinem Bett, aber das war es auch schon. Sein Job auf der Gala ist definitiv nicht das, was er immer macht und das mit dem Housesitting war gelogen. *Und doch bin ich hier.*

Okay, ich brauche Kaffee und das schnell, bevor meine Gedanken dazu führen, dass ich an meiner geistigen Gesundheit zweifle. Vorsichtig schäle ich mich aus Gabes Arm. Bewege mich langsam, um ihn nicht zu wecken, und nehme mir sein Shirt, das er gestern getragen hat. Kurz lausche ich, ob er aufwacht, doch nichts. Er schläft einfach weiter, dreht sich auf den Bauch und alles, was ich höre, ist ein leises Atmen. Langsam öffne ich die Tür und trete in das Wohnzimmer. Schließe sie hinter mir und gehe zur Küche. Die Wohnung wirkt aufgeräumt und ordentlich. Nichts deutet darauf hin, dass Gabe ein Drogenabhängiger oder noch Schlimmeres ist. Die dunklen Möbel sind sauber und auch die einzelne Topfpflanze auf dem Fensterbrett wirkt gepflegt. Auf der Arbeitsfläche der Küche stehen ein Wasserkocher und ein Toaster, doch eine Kaffeemaschine suche ich vergeblich. Vielleicht ist ja in den Schränken eine, oder aber ich finde Instantpulver zum Aufgießen. Mir bleibt nichts anderes übrig, als einen nach dem anderen zu öffnen.

Dadurch das die Schränke wohl eher für Menschen in Gabes Größe gebaut wurden, muss ich mich ziemlich nach oben stecken, um an die oberen zu kommen. Dabei rutscht das Shirt ungewollt nach oben und ich fluche, da ich dennoch nicht an das oberste Fach komme.

»Verdammter Mist«, fluche ich leise vor mich hin und schließe den Schrank wieder. Zucke jedoch augenblicklich zusammen, da plötzlich ein Mann neben mir steht. »Fuck«, sage ich etwas zu laut und fasse mir an die Brust. Spüre mein Herz darunter schlagen und versuche, langsam ein und auszuatmen.

»Guten Morgen, Little Princess«, begrüßt mich der Unbekannte und lächelt mich seltsam an. Verwirrt über den Spitznamen und darüber, dass er überhaupt vor mir steht, mache ich einen Schritt von ihm weg. Bringe den nötigen Abstand zwischen uns, da ich seinen Atem nicht auf meiner Haut spüren möchte.

»Guten Morgen«, erwidere ich dennoch höflich.

»Suchst du irgendwas?«, fragt er, als würden wir uns schon ewig kennen, und legt den Kopf forschend schief. Sein Blick gefällt mir nicht. Irgendetwas daran lässt mich vorsichtig sein. Er lässt seine braunen Augen keine Sekunde von mir. Gleitet mit seinem Blick an mir auf und ab und hat immer wieder dieses provozierende Lächeln im Gesicht. Doch anders als bei Gabe finde ich es nicht anziehend. Es erinnert mich an John und sein Lächeln, als er mit meinem Vater über die Verlobung geredet hat.

Eine, die es nie geben wird.

»Gibt es hier Kaffee?«, besinne ich mich wieder auf die Frage meines Gegenübers und verschränke die Arme vor der Brust.

»Klar gibt es Kaffee, Little Princess. Setzt dich, ich mach uns einen.« Es gefällt mir nicht, wie er diesen Spitznamen ausspricht. Beinahe abfällig.

Ich mache ihm Platz, schaue dabei zu, wie er aus den oberen Schränken drei Tassen heraus nimmt und das Kaffeepulver in ihnen verteilt. Er füllt Wasser in den Kocher und stellt ihn an.

Keine zwei Minuten später erfüllt der Geruch nach Kaffee die kleine Wohnung. Immer wieder wirft der Fremde mir seltsame Blicke von der Seite zu, ehe er mir eine der Tassen in die Hand drückt.

»Wer bist du eigentlich?«, frage ich und nehme einen Schluck.

»Devon«, antwortet er und zwinkert mir zu. »Und du?«

»Eva.«

»Ah, ich habe schon viel von dir gehört, Little Princess.« Wie auch immer er das meint, ich habe das Gefühl, dass seine Worte nichts Gutes bedeuten.

Gabriel

Kapitel 34

Als ich aufwache, spüre ich, dass Eva nicht mehr neben mir liegt. Die kurz aufflackernde Wut darüber, dass sie einfach, ohne ein Wort zu sagen, gegangen sein könnte, verwirrt mich und macht mich verrückt.

Sei doch froh, dann sparst du dir das peinliche Danach. Wenn es doch nur so einfach wäre. Denn den kleinen Stich, den ihr Verschwinden in mir hervorruft, kann ich leider nicht einfach ignorieren. Ich setze mich auf und reibe mir über das Gesicht. Ihr Duft schwebt noch immer im Raum und ich bin mir sicher, auch mein Bett riecht nach ihr. Mit dem Vorsatz zu lüften und sie schnellstmöglich aus meinen Gedanken zu löschen, stehe ich auf. Doch stolpere ich sofort über Schuhe. Schuhe, die nach dem genaueren Hinsehen nicht mir gehören. Jetzt erkenne ich auch die Klamotten, die wild verstreut auf dem Fußboden liegen. *Sie ist nicht gegangen.*

Dieser kleine Satz lässt mich viel zu viel fühlen. Viel zu viel, als dass ich es vor mir selbst zugebe.

Als ich die Tür öffne, höre ich zwei Stimmen. Eine davon ist Evas und die zweite die von Devon. *Fuck, was macht er schon hier?* Das ist nicht gut, gar nicht gut. Ich finde die beiden in der Küche und höre gerade noch, wie Devon zu ihr sagt, dass er schon viel von ihr gehört habe.

»Guten Morgen«, sage ich etwas zu laut und Evas Kopf dreht sich in meine Richtung. Ihr Blick verrät mir absolut nichts darüber, wie sie zu gestern Nacht steht. Eher liegt eine gewisse Vorsicht darin. Sie trägt mein Shirt von gestern und es reicht ihr gerade einmal bis zur Mitte der Oberschenkel. Devon lehnt an der Küchenzeile, hält eine Tasse Kaffee in der Hand und lächelt mich an. Doch es ist ein falsches Lächeln, eines, das bei ihm nie etwas Gutes zu bedeuten hat.

»Ah, da ist er ja, unser Märchenprinz.« Mir gefällt nicht, wie er das Wort Märchen betont, und ich trete an ihn heran.

»Was soll das?«, zische ich ihm leise zu und nehme eine der Tassen von ihm entgegen. Schulterzuckend sieht er mich an und schüttelt den Kopf.

»Ich habe Eva erzählt, dass ich schon viel von ihr gehört habe. Du hättest mir ruhig sagen können, dass sie über Nacht hier ist.«

»Was hast du denn von mir gehört?«, mischt sich die Prinzessin ein und steht auf. Fuck, das Shirt ist definitiv viel zu kurz, um sie hier damit herumlaufen zu lassen. »Mich würde brennend interessieren, was Gabe so alles über mich erzählt hat.« Ihr Blick liegt auf mir und ich setze mich an den kleinen Tisch.

»Puh, wo soll ich nur anfangen?« Devon tippt sich mit dem Finger gegen die Stirn und tut so, als müsste er überlegen. Doch er weiß genau, was er sagen will. Ich weiß es ebenso und fuck, ich hasse es, dass sie gleich wissen wird, was ich ihm alles erzählt habe. »Ah, euer erstes Treffen war, wie sagt man in deinen Kreisen? Unkonventionell?« Selbst wenn Eva kurz bei seinem Kommentar zusammenzuckt, lässt sie es sich nicht anmerken. Stattdessen lehnt sie sich mit dem Hintern gegen die Tischplatte und neigt den Kopf zur Seite. Ihre nackten Beine genau neben mir. Die zarte Haut, die nach mir ruft.

»Unkonventionell klingt gut, ja, das war es. Aber eigentlich hast du das Beste daran vergessen. Kennst du diesen Moment, wenn man weiß, dass man beobachtet wird und dadurch nur noch geiler wird? Wenn man vor Lust beinahe zerspringt und nur noch diesem Gefühl hinterherjagt, endlich Erlösung zu finden?« Ihr Tonfall lässt mich diese Begegnung erneut durchleben und ich spüre, wie mein Schwanz in meiner Hose zuckt.

»Ja, das muss schon verboten gut sein, kleine Prinzessin. Aber weißt du nicht, dass solche Sehnsüchte gefährlich sein können?«

»Oh, glaub mir, es gibt schlimmere Gefahren, die um uns herum lauern, als geheime Sehnsüchte. Außerdem, wer sagt, dass niemand davon weiß?« Eva nimmt einen Schluck Kaffee und sieht Devon über den Rand der Tasse an. Wartet auf seinen nächsten Kommentar, doch er schluckt. Überlegt und geht einen Schritt auf sie zu. Mein Körper spannt sich an, bereit aufzuspringen und mich vor sie zu stellen, obwohl sie nicht gerettet werden muss. Die Art Prinzessin ist sie nicht, das wird mir von Tag zu Tag bewusster.

»Vielleicht wusste Gabe ja schon, bevor du ihn getroffen hast, alles über dich. Deine Lust, deine Sehnsucht, deine tiefsten Geheimnisse? Was meinst du, Princess, macht dich das immer noch so sehr an, wie du behauptest, oder solltest du lieber Angst haben und zurück zu Daddy rennen?« Eva richtet sich auf, stellt sich ihm entgegen und lächelt ihn an. Doch es ist nicht ihr wahres Lächeln, es ist das, welches sie als Maske trägt, ich kenne den Unterschied und hasse es.

»Bevor ich zu *Daddy* renne, lasse ich mich lieber von einem Monster fangen und auffressen. Das wäre ein angenehmeres Gefühl. Aber danke für deinen qualifizierten Rat, Devon.« Sie drückt ihm ihre leere Tasse in die Hand und drängt sich an ihm vorbei. Meine Tür schlägt zu und ich klammere mich an der Tischkante fest.

Ich will ihr hinterhergehen, Erklärungen liefern, die ich eigentlich gar nicht habe. Devon verschwindet mit einem Brummen in seinem Zimmer, die Tür fällt hinter ihm zu und der Knall lässt mich aus meiner Starre hochfahren, ehe ich Eva folge.

»Was sollte diese Nummer?«, frage ich meinen angeblich besten Freund und mache einen Schritt auf ihn zu. Eva ist gegangen. Da war erneut diese

Distanz zwischen uns, die ich verfluche und bis zu einem gewissen Grad, willkommen heiße. Sie macht es mir leichter das Gefühl, in mir zu verdrängen, das ich leider nur zu deutlich spüre, wenn sie bei mir ist.

»Welche Nummer denn?« Natürlich stellt er sich auf dumm.

»Hör auf mit dieser Psychoscheiße«, raune ich und würde ihm gerade am liebsten eine verpassen. Er bettelt geradezu darum, dass meine Faust in seiner Fresse landet.

»Ich soll aufhören? Ich? Wer hängt mir denn seit Wochen in den Ohren, dass er die Kleine nicht ficken wird, um an Informationen zu kommen, hm? Ach ja, du! Aber ihr habt die Nacht bestimmt nichts Unanständiges gemacht, oder? Hat sie dir erzählt, wie Daddy das Geld, das für kranke Kinder gespendet wird, anderweitig verpulvert? Hat sie dir eine Einladung in die erste Reihe gegeben, wenn einer Familie mitgeteilt wird, dass die nötige Rettung nicht mehr verfügbar ist? Hat sie dir erzählt, wie geil James fucking Foring es gefunden hat, deiner kleinen Schwester, das Leben...«

»Es reicht!« Meine Stimme ist gefährlich ruhig und meine Hand ballt sich zur Faust.

»Nein, ich glaube, es reicht noch lange nicht. Du hast dich für diesen Weg entschieden, dann zieh die Scheiße auch durch und lass dich nicht durch die kleine Wunderpussy der Prinzessin ablenken.« Meine Faust landet schneller in seinem Gesicht, als dass ich oder Devon es hätten verhindern können. Ich spüre das Knacken seiner Nase und kurz darauf läuft das Blut. Kopfschüttelnd sieht er mich an und wischt sich das Blut mit dem Arm weg. Pure Verachtung schlägt mir entgegen, als seine Worte mich treffen. »Was würde Lilly von all dem halten, Gabe? Davon, das du deinem besten Freund eine reinhaust und dass nur wegen einer Pussy? Denkst du, ihr würde gefallen, was du für Eva bereit bist aufzugeben?«

»Es spielt keine Rolle, was Lilly denken würde, denn sie kann es, verdammt nochmal nicht mehr!«

»Und wer ist daran schuld?«, speit er mir entgegen und ich schaffe es endlich, mich von ihm zu lösen. Trete einen Schritt zurück, um den benötigten Abstand zwischen uns zu bringen. Ich bin so verfickt kurz davor, ihm erneut eine rein zuhauen. »Du weißt es, Gabe. Weißt, wer für diese ganze Scheiße verantwortlich ist und trotzdem nimmst du sie noch dafür in Schutz.« Er muss ihren Namen nicht aussprechen, ich weiß auch so, dass er von Eva spricht. Es kostet mich einiges an Beherrschung, von der ich nicht dachte, sie heute noch zu besitzen, und trotzdem schaffe ich es, meinem besten Freund zu antworten.

»Was mit Lilly passiert ist, hat nichts mit Eva zu tun!«

»Belüg dich nur selbst, aber komm nicht bei mir an, wenn sie dich ebenso zerstört wie ihr Vater es mit *ihr* getan hat.« Mehr sagt er nicht. Das Nächste, was ich höre, sind seine Schritte und die zuschlagende Tür. Ich weiß, ich bin allein. Vollkommen allein mit meinen Gedanken und den Schuldgefühlen, die mich auffressen.

Keine Sekunde länger als nötig hatte ich es in der Wohnung ausgehalten. Nachdem ich geduscht und mir den mittlerweile kalten Kaffee rein gekippt habe, habe ich nur ein Ziel.

Eins, das jedes Mal wieder aufs Neue die Übelkeit in mir nach oben steigen lässt. Ich gehe die Straße entlang. Vorbei an den mehrstöckigen Häusern. Es ist eine Tortur, diesen Weg zu gehen. Ihn immer und immer wieder zurückzulegen, obwohl ich mein Ziel so genau kenne. Es ist das Ziel, das mich jederzeit langsamer werden lässt. Das mir die Kehle zuschnürt und mir alles vor Augen führt, vor dem ich insgeheim Angst habe.

Die bekannten grauen Steinmauern beginnen. Umrunden die vielen Steine, sperren sie ein, und ich zwinge mich, tief Luft zu holen. Der Schweiß steht mir auf der Stirn und das, obwohl der Wind heute recht kalt ist. Es sind nicht viele Menschen um diese Uhrzeit unterwegs. Keiner will sich noch vor Mittag die Laune derart verderben. Niemand außer mir. Vielleicht liegt es daran, dass vor zwölf Uhr niemand hier sein darf, und doch gehe ich weiter auf das schmiedeeiserne Tor zu, das anmutig in der Mitte des grauen Betons hervorsticht.

Kahle Äste ranken sich am Metall entlang und lassen all den Schmerz, der hier wartet, beinahe schön erscheinen. Aber eben nur beinahe. Ich spüre mein Herz in meiner Brust pochen. Immer stärker schlägt es und kurz bilde ich mir ein, dass es einen Schlag aussetzt. Meine Hände legen sich um die kalten Metallstäbe des Tors, als ich mich daran hochziehe. Die vereinzelten Menschen ignorieren mich. Sind zu sehr mit sich selbst beschäftigt. Niemand achtet darauf, wie ich mich über den Zaun schwinge. Auf der anderen Seite springe ich zu Boden und schließe für einen winzigen Moment meine Augen. Lasse die Atmosphäre auf mich wirken. Versuche, meine Gefühle nicht an die Oberfläche kommen zu lassen. Nicht hier. Nicht jetzt. Niemals.

Langsam gehe ich den geschotterten Weg vom Eingang entlang. Rechts und links ragen die Steine, mit verschiedenen Namen und Daten aus der Erde. Ich kenne jeden der Namen, die auf dem Weg zu *ihr* sind. Jeder von ihnen war alt gewesen, hatte sicher ein erfülltes Leben. Hatte jede Sekunde gelebt - oder eben nicht. So gut kenne ich die Geschichten nicht. Nur das, was ich aufgeschnappt habe, als ich hier war. Und doch weiß ich, niemand war derart jung, als sie hier her kamen. Bei einer Engelsstatur nehme ich den Weg nach links und es dauert keine vier Meter mehr, bis ich angekommen bin. In wenigen Schritten bin ich bei *ihr,* kann kurz meine Verletzlichkeit zulassen und einfach wieder der sein, der ich davor war. Mit jedem Schritt erkenne ich den hellen Stein deutlicher. Es ist der Einzige, der kleiner ist als die anderen.

Etwas Besonderes, weil es *ihrer* ist.

Davor sinke ich auf die Knie. Spüre die Kälte nicht mehr, die sich durch meine Hose frisst. Höre keins der Geräusche mehr, die von der Straße an meine Ohren dringen. Nur noch ein leises Rauschen nehme ich wahr. Ich lege meine Hände auf die Platte, die auf der Erde liegt. Fahre die Buchstaben nach, die darin eingraviert sind. Buchstaben, die mir immer alles bedeuten werden.

Lilly Pierce

**1998-08-05*

+2008-06-02

Meine Sicht verschwimmt, als ich die kleinen Schmetterlinge sehe, die neben ihrem Namen eingraviert sind. Schmetterlinge, die ihr alles bedeutet haben. Es waren ihre absoluten Lieblingstiere. Wesen, die eine Anziehung auf Lilly ausgeübt hatten, die ich bis heute nicht erklären kann. Und trotzdem habe ich die Bedeutung, die hinter diesem kleinen Wesen steckt, bis heute nicht vergessen.

»Gabe, komm schon, ich hab Hunger.« Lillys Stimme schallt durch unsere kleine Wohnung und ich lächle vor mich hin.

»Du hast immer Hunger. Wie eine Raupe.« Das hat sie wirklich. Sie könnte den ganzen Tag essen und doch sieht sie noch immer aus, als wäre sie zerbrechlich.

»Ich bin doch keine Raupe.« Sie kommt in unsere Küche gerannt und stellt sich neben mich. »Oder vielleicht doch. Aber nur dann, wenn ich eine bin, die gerade so viel isst, um sich dann verpuppen zu können.« Sie klaut sich eine der Tomaten, die ich gerade halbiere, und steckt sie sich in den Mund. Lächelnd schüttle ich den Kopf, als sie sich die andere Hälfte auch nimmt.

»Du bist definitiv eine Raupe, und ich weiß, aus dir wird einmal der schönste Schmetterling von allen.«

»Das musst du sagen, du bist mein Bruder. Aber weißt du, was ich noch viel besser an Schmetterlingen finde?« Erwartungsvoll sehe ich sie an und lege das Messer zur Seite. »Sie werden wiedergeboren und das in einer anderen Art als die Vorherige. Und sie fliegen, weil sie so leicht und schwerelos sind, dass man sie nicht einmal hört.« Ihr Lächeln verschwindet innerhalb von wenigen Sekunden von ihrem Gesicht. Sie wird blass und schwankt gefährlich nach hinten. Schnell umfasse ich ihren Arm, der viel zu zerbrechlich in meiner Hand wirkt. Ihre Augen verdrehen sich seltsam nach hinten und ich kriege Panik.

»Lilly«, hauche ich in die Stille und spüre ihren Körper, der immer schwerer wird, in meinen Armen. Gemeinsam gehen wir zu Boden. Ich halte sie fest. Und doch weiß ich, dass das hier nichts Gutes zu bedeuten hat.

Die Erinnerung an diesen Moment lässt mich zittern, nimmt mir die Luft zum Atmen und schickt gleichzeitig einen Stromschlag durch meinen Körper. Der Gedanke an diese Hilflosigkeit und daran, ihr Gesicht zu sehen, als sie immer schwächer wurde, reißt Wunden auf, von denen ich dachte, sie ignorieren zu können. Wie von selbst legt sich meine Hand auf meine Seite und ich weiß, dass ich sie dadurch immer bei mir trage.

Meine kleine Schwester.

Das Tattoo, über das sich Eva beinahe lustig gemacht hat, steht für *sie*. Lilly. Kopfschüttelnd schnaube ich, da ich jetzt und hier keinen Gedanken an die Prinzessin zulassen kann. Sie hat hier nichts zu suchen. Gehört hier nicht hin. Ebenso wenig wie sie in die WG gehört. Oder aber, und dieser Gedanke ist beinahe noch abwegiger, an meine Seite. Devon hat recht, ich muss mich wieder darauf besinnen, was ursprünglich geplant war. Mich an das halten, was ich gut kann und nicht in Gefühlen versinken, die es nicht gibt.

Evangelina

Kapitel 35

Drei Tage ist es nun her, seit ich Gabe das letzte Mal gesehen habe. Jede Sekunde bilde ich mir ein, seine Berührungen noch auf meiner Haut zu spüren. Es war anders zwischen uns. Inniger, intensiver, vertrauter. Fast so, als würden wir mit diesen Gesten und Küssen etwas erzählen wollen, das wir beide mit Worten nicht ausdrücken könnten. Und trotz all dieser Gefühle, die ich und sicher auch er gespürt haben, hatte er sich, seitdem ich aus der Wohnung verschwunden war, nicht mehr gemeldet. Meine Nummer hatte ich ihm auf einem kleinen Zettel in seinem Zimmer hinterlassen und ich vermute, dass er ihn gefunden hatte. Nur was bringt ihn dazu, sich so zu verhalten?

Vielleicht hat er dich einfach nur zu gut getäuscht. Wollt nur eine schnelle Nummer oder aber ihm war all das, was in meiner Welt passiert, zu viel.

Egal, wie viele Punkte ich mir überlege, keiner davon würde auch nur annähernd zu dem Mann passen, den ich in den letzten Wochen kennengelernt habe. Denn das Gefühl, ihn mittlerweile zu kennen, habe ich wirklich. Es klingt naiv und viel zu übereilt, doch wenn ich in seine Augen schaue, sehe ich zwei Seiten eines Mannes, der mir viel zu sehr unter die Haut geht. Der eine ist ein Aufreißer, jemand, der mit Sarkasmus um sich schlägt, wenn ihm jemand zu nahe kommt.

Die andere Seite ist gebrochen. So voller Schmerz und Leid, dass ich es fast spüre. Mir ist der Blick, den er mir zugeworfen hatte, als ich das kleine Märchenbuch in der Hand hatte, nicht entgangen. Er musste sich sichtlich zurückhalten, es mir nicht aus der Hand zu reißen, und doch hat er so getan, als wäre nichts.

Vielleicht wären diese kleinen Details auch niemanden aufgefallen, aber ich kenne sie von mir selbst nur gut genug. Ein kleines Zucken des Lids. Eine geballte Faust, die sich zu schnell wieder lockert und dann das unechte Lächeln. Genauso geht es mir gerade, als ich neben meinen Eltern in das Restaurant gehe, in dem sie für heute einen Tisch reserviert haben. Natürlich wurde ich nicht gefragt, ob ich Zeit und Lust hätte, sie zu begleiten. Es wurde einfach so bestimmt. Natürlich habe ich abgewogen, ob es sich lohnen würde, wie ein bockiges Kind zu Hause zu bleiben, aber ich bin alt genug, um zu wissen, dass der Aufwand und die Diskussionen hätten sich nicht gelohnt. Sobald der Hauptgang durch ist, werde ich mich jedoch verabschieden.

»Eva«, ist es nun mein Vater, der mich am Arm zurückhält, ehe wir unseren Tisch erreichen. »Ich erwarte, dass du dich heute tadellos benimmst. Eine solche Farce wie auf der Gala werde ich nicht dulden. Sei höflich, lächle nett und antworte nur, wenn du etwas gefragt wirst.« Und schon ist der Moment gekommen, in dem ich bereue, nicht wie ein bockiges Kind gehandelt zu haben. »Hast du mich gehört?«, fragt er erneut und ich nicke mit zusammengepressten Lippen. Weiß, wenn ich den Mund öffnen würde, könnte ich mich nicht mehr zurückhalten.

»Gut, dann komm.«

Wir folgen dem Kellner zu unserem Tisch und setzen uns. Ich bestelle mir ein Glas Wein, ernte deshalb einen schiefen Blick meiner Mutter, ignoriere ihn aber. Wenn ich das hier schon ertragen muss, dann bitte mit etwas Spaß. Dass ich lieber die ganze Flasche behalten hätte, wird mir erst klar, als sich ein mir viel zu bekanntes Gesicht auf uns zu bewegt. Dieses bekannte Gesicht ist niemand anderes als John Thomson. Hinter ihm sein Vater und seine Mutter und ich ahne, auf was dieses kleine Theater hier hinausläuft.

»Meine Antwort ist Nein«, sage ich bestimmt zu meinem Vater, der mich aber nicht einmal mehr beachtet. Schnell kippe ich das Glas auf ex hinunter und will von meinem Stuhl aufstehen. Doch meiner Mutter stellt sich mir in den Weg.

»Mach jetzt keine verdammte Szene, Evangelina. Das hier ist unvermeidlich!« Am liebsten würde ich sie anschreien, schütteln und ihr sagen, dass es sehr wohl vermieden werden könnte, doch ich tue es nicht. Ich starre von ihrer Hand, die auf meinem Arm liegt, zurück in ihr Gesicht. Schüttle den Kopf und lächle sie falsch an.

»Doch, das wäre es, und ich habe es schon etliche Male gesagt, aber ihr wollte es wirklich auf die unangenehme Art. Bitte, ich hoffe, ihr genießt den Platz in der ersten Reihe, Mutter.« Es bleibt ihr keine Zeit mehr, etwas zu erwidern, denn unsere drei Gäste treten zu uns an den Tisch.

»Eva, es freut mich so, dich wiederzusehen.« Johns Mutter Helena kommt mit ausgebreiteten Armen auf mich zu und zieht mich in eine enge Umarmung. Ihr viel zu dominantes Parfüm kriecht mir in die Nase und ich schiebe sie etwas von mir. Nur um auf ihren kritischen Blick zu treffen, der mein Outfit beäugt. Ich trage eine schwarze Marlenehose, ein weißes Shirt und dezenten goldenen Schmuck, meine Haare liegen mir offen auf dem Rücken. Ich weiß genau, was sie daran stört. Es ist zu schlicht, zu einfach und beinhaltet zu wenig Rosa. Ihr Mann Joseph nickt mir nur zu und ich bin beinahe froh darüber, seiner Umarmung entgehen zu können. Doch an seiner Stelle kommt nun John zu mir, legt seiner Mutter die Hand auf ihre Schulter und flüstert ihr etwas zu.

»Aber natürlich, mein Schatz, ihr habt euch schließlich so lange nicht gesehen. Eva ist ja so eingespannt mit ihrem Studium.« Mir entgeht ihr anklagender Tonfall nicht. Sie hasst es, dass ich mir eine eigene Karriere aufbauen möchte. Nicht die langweilige Upper-Class-Ehefrau bin, die sie und meine Mutter aus mir machen wollen.

»Lina, ich habe dich vermisst.« Johns Lippen liegen schneller auf meinen, als ich den Kopf drehen kann. Meine Hand zuckt und ich bin kurz davor, ihm eine Ohrfeige zu verpassen, doch als würde er es spüren, umfasst er sie und drückt leicht zu. »Wir wollen doch keine Szene machen, oder?«, flüstert er mir zu und nimmt endlich seinen Mund von meinem. Alles an dieser Situation ist falsch. Sein Mund, seine Lippen, sein Duft, seine Stimme. Und doch lächle ich ihn an und schüttle seine Hand ab.

»Du glaubst nicht, wie gern ich diese Szene jetzt hätte.«

»Du hattest genug davon, so langsam wird es Zeit, wieder zum Normalzustand zurückzukehren.«

»Oder auch nicht. Darüber lässt sich streiten.« Mit der Hand an der Brust drücke ich ihn von mir und kann endlich wieder tief einatmen, da sein Duft nicht mehr vor meiner Nase schwebt. John hat keine Ahnung, was für eine Szene er heute noch bekommen wird, wenn sie mich nicht einfach mit meiner Entscheidung leben lassen.

Gabriel

Kapitel 36

Dass es eine schlechte Idee war, hierherzukommen, war mir klar. Aber dass ich mich so zusammenreißen muss, um nicht in den verfickten Laden zu stürmen und diesem verfluchten Wichser die Hand zu brechen, kostet mich viel zu viel Beherrschung. Doch zu sehen, wie Eva ihn von sich aus abwehrt, beruhigt mich minimal. Auch wenn seine Lippen nicht auf ihre gehören.

Aber deine, oder was?

Nein, die schon gar nicht. An meiner Entscheidung hat sich nichts geändert und doch habe ich eine kleine Veränderung eingefügt. Devons Plan, gegen den ich mich so sehr gesträubt hatte, kommt mir gar nicht mehr so schlimm vor. Vielleicht schaffe ich es so, ihr Vertrauen vollständig zu gewinnen, und kann mich in ihren Kopf schleichen. Gefickt habe ich sie eh schon, was macht es also für einen Unterschied, es weiterhin zu tun? Nur eben mir einem kleinen Zusatz?

Eben, keinen. *Doch den macht es!* Ich zwinge meine innere Stimme zur Ruhe und bleibe weiterhin an der Wand gelehnt stehen. Habe den perfekten Blick auf das Restaurant, in dem James Foring vor wenigen Stunden einen Tisch reserviert hatte und genieße es ein klein wenig zu sehr, Eva wiederzusehen. Sie sieht verflucht heiß aus in dieser Hose. Selbst das schlichte Shirt regt meine Fantasie nur noch mehr an, denn ich weiß, was sich darunter versteckt.

Nachdem ich vor drei Tagen zurück in die WG gegangen war, hatte ich den kleinen Zettel mit ihrer Nummer gefunden. Erst wollte ich ihn verbrennen und nie mehr auch nur einen Gedanken an sie verschwenden, dann habe ich sie doch behalten. Meine Lippen verziehen sich zu einem hinterhältigen Lächeln, als mir eine Idee kommt. Erneut blicke ich zu ihr, nur um festzustellen, dass sie in meine Richtung schaut. Als würde sie wissen, dass ich hier stehe und sie beobachte, legt sie den Kopf schief. Ihren Ausdruck kann ich nicht erkennen, dazu ist sie zu weit weg, doch ich stelle ihn mir vor.

Ja, Prinzessin, du weißt genau, dass ich hier bin. Fühlst es, spürst meine Anwesenheit, meinen Blick und wünschst dir, dass ich komme, um dich zu retten.

Du weißt, dass eben das nicht passieren wird. Denn wenn ich dich vor jemandem retten müsste, dann vor mir selbst.

Ich zwinge mich dazu, meinen Blick zu senken, und drehe mich um. Ziehe mein Handy aus der Jackentasche und öffne ihren Kontakt.

Ich: Wie oft hast du in den letzten Tagen an mich gedacht, Prinzessin?

Eva: Sorry, ich habe keine Ahnung, wer du bist ...

Ich: Nicht lügen, Eva. Das gehört sich nicht.

Eva: Was weißt du schon davon?

Ich: Genug. Also gleiche Frage wie am Anfang. Wie oft hast du an mich gedacht.

Eva: Gegenfrage, wie oft hast du von mir geträumt? Von mir unter dir, davon wie du in mir warst ...

Ich: Erst heute Morgen unter der Dusche.

Eva: Was, wenn ich sage, dass ich jetzt gerade daran denke?

Ich: Erzähl mir mehr.

Eva: Klischee. Werde selbst kreativ.

Ich: ....

Eva: Hat es dir die Sprache verschlagen? DU hast dieses Spiel angefangen. Und ich werde es beenden.

Ich: Steh auf, sag, du musst dich frisch machen und dann geh durch die Tür neben den Toiletten.

Eva: Warum sollte ich das tun?

Ich: Weil du es willst. Ich warte nicht lange, Prinzessin. Drei Minuten. Deine Zeit läuft.

Die Tür, die ich ihr beschrieben habe, führt in den Hinterhof des Restaurants. Dort werde ich auf sie warten. Ich weiß, dass sie kommen wird, auch, wenn sie mich bis zur letzten Sekunde warten lassen wird. Deshalb laufe ich langsam in die Gasse neben dem Restaurant und komme in dem kaum beleuchteten Hof an. Man kann im Schein des Lichts gerade genug erkennen, um nicht gegen die Paletten und das Gerümpel zu rennen, das hier steht. Es ist wie bei jedem dieser Restaurants. Vorn Luxus, nur das Beste vom Besten, und dahinter sieht man das wahre Gesicht. Das, welches sie immer verbergen möchten und niemandem freiwillig zeigen.

Um den perfekten Blick auf die Prinzessin zu haben, warte ich im Schatten neben der Tür auf sie. Es wird ihr unmöglich sein, mich zu sehen, da ich nicht im Lichtschein stehe, den die Tür in den Hof wirft, wenn sie sie öffnet. Eva wird kurz verunsichert sein, es nie zugeben und sich dann erleichtert darüber freuen, dass ich sie nicht auf eine falsche Spur gelockt habe. Mein Verlangen nach ihr pocht noch immer in meinen Adern. Es wird mit jeder Minute stärker, dominanter, verrückter. Ich weiß, dass sie mir nie auf diese Weise gehören wird, doch ihr Körper und ihre Lust sind mein.

Niemand wird jemals auf diese Art zu ihr durchdringen. Egal, wie ich es drehe und wende, Evangelina Foring gehört mir, auch wenn mir das nicht gefällt. Einen letzten Blick auf mein Handy werfend, beginne ich zu lächeln. Sie reizt meine Zeitvorgabe bis zur letzten Sekunde aus, genau so, wie ich es geahnt hatte. Kaum habe ich diesen Gedanken zu Ende geführt, öffnet sich die Tür neben mir leise und das Licht aus dem Inneren fällt in den Hof. Ihre Absätze klackern auf dem Betonboden und das Zuschlagen der Tür lässt sie für kurze Zeit absolut nichts sehen. Ihre Augen können sich nicht so schnell an den Unterschied gewöhnen und ich nutze meine Chance.

Evangelina

Kapitel 37

»Na, hast du mich vermisst, Prinzessin?« Seine raue Stimme an meinem Ohr beschert mir eine Gänsehaut. Ich wusste, dass er hier auf mich warten wird, und doch hatte ich einen kurzen Moment die Befürchtung, dass er sich nicht zeigen würde.

Die Intensität, die seine Nähe auf mich ausübt, ist beängstigend und doch genieße ich seine Nähe. Spüre seinen Atem in meinem Nacken und das Kribbeln, das durch meinen Körper geht. Mit einem wissenden Lächeln auf den Lippen lehne ich mich ein Stück an ihn und bewege meinen Hintern direkt an seiner Mitte.

»Dein Schwanz hat mich definitiv vermisst, habe ich recht?« Eine Mischung aus Stöhnen und Brummen ist alles, was ich als Antwort bekomme, ehe er mich am Arm packt und schwungvoll herumwirbelt. Mein Rücken prallt gegen die raue Steinfassade und mir bleibt kurz die Luft weg.

»Nur deine Pussy, mehr nicht, Prinzessin. Bilde dir nichts ein, immerhin hast du gerade eben beim Abendessen mit deinem Zukünftigen und euren Familien an meinen Schwanz gedacht. Verrat es mir, wie habe ich dich gefickt?« Seine Finger umfassen meine Handgelenke und er drückt sie über meinem Kopf an die Wand. Mit der anderen Hand gleitet Gabe mein Bein nach oben und stoppt kurz vor meiner Mitte. Ich bin sauer wegen seiner Worte, würde ihn am liebsten von mir stoßen und ihn zur Hölle schicken, doch dann wären wir wieder am selben Punkt wie eben. Gleichzeitig erwische ich mich bei dem Gedanken daran, wie er jetzt und hier meine Hose öffnet, sie mir von den Beinen streift und mich mit seinem Mund zum Höhepunkt bringt.

»Habe ich dich mit meinen Fingern gefickt, bis ich sie fast alle in dir hatte? Oder habe ich dir langsam die Hose ausgezogen und meine Zunge in dich geschoben, bis dir schwarz vor Augen wurde?«

Ich hasse es, dass er diese verfluchte Wirkung auf mich hat und genau weiß, was mir gefällt. Dass er mich allein mit wenigen derbe Worten an den Rand des Wahnsinns treiben kann und das weiß. Gabe denkt, dass er in diesem Spiel einen

Vorteil hat, doch ich bin mir ebenso meiner Wirkung auf ihn allzu gut bewusst.

»Du hast vor mir gekniet, unter dem Tisch, hast mir meine Hose nur so weit ausgezogen, damit du den perfekten Zugang zu meiner Pussy hast. Als du gesehen hast, dass ich kein Höschen anhabe, konntest du dich nicht mehr zurückhalten und hast deinen Mund so gierig auf meine Mitte gepresst, dass ich innerhalb weniger Sekunden gekommen bin. Du hast meinen Saft getrunken, als wäre er das Beste, was du jemals gekostet hast, Gabriel. Und ich habe währenddessen einfach weiter so getan, als wäre nichts passiert.« Noch nie habe ich meine Gedanken ihm gegenüber so direkt ausgesprochen.

Die kurze Stille, die auf meine Worte folgt, ist beängstigend. Ich spüre, wie sein Körper vor Anspannung zittert, wie er versucht, sich zusammenzureißen, und sich zwingt, meine Worte unkommentiert zu lassen.

Er lässt meine Hände so schnell los, dass sie einfach an meinem Körper nach unten fallen und das Blut zurück in meine Finger kriecht. Doch es ist egal, denn seine Hände öffnen innerhalb weniger Sekunden meine Hose. Die kühle Luft, die auf meine nackte Haut trifft, lässt mich erschaudern und ich spüre, wie er den Stoff ganz nach unten schiebt.

»Zieh sie aus.« Gabes Stimme ist dunkel und gefährlich ruhig. Ich habe gerade nicht das Bedürfnis, ihm zu widersprechen, da ich weiß, er wird keinen Protest dulden. Darum hebe ich meine Füße und er hilft mir dabei, die weite Hose loszuwerden. »Ich hatte für dich gehofft, dass das mit dem Höschen nur ein Witz war, Eva. Für wen hast du darauf verzichtet, hm? Dachtest du, dass John es schaffen würde, dich auch nur annähernd so gut zu ficken, wie ich es tue? Wolltest du heute noch einen fremden Mann in dein Bett lassen, Prinzessin?«

»Nein, aber ich hätte noch immer meine eigenen Finger, um es mir zu besorgen, oder hast du vergessen, wie gut ich weiß, was ich will?« Statt eine Antwort zu geben, lässt er Taten sprechen. Schiebt zwei seiner Finger so schnell in mich, dass mir kurz die Luft wegbleibt.

»Du bist so nass, Eva. Hörst du das?« Ja, verfickt, ich höre das unanständige Schmatzen, das seine Finger bei jeder Bewegung mit sich bringen, und es facht mein Verlangen nur noch stärker an. »Ich werde deine Vorstellung erfüllen, nur mit einer kleinen Änderung. Du wirst, sobald du wieder am Tisch sitzt, deine Hand in deine Hose schieben und dich selbst zum Höhepunkt bringen. Ich werde es sehen, werde dich bei allem, was du tust, beobachten und glaub mir, ich sehe, wenn du mich verarschen willst, Prinzessin.« Gabes Finger verschwinden und er geht vor mir in die Knie. Mir bleibt keine Zeit ihm zu antworten, da er seinen Mund auf meine Pussy presst und mich an den Rand des Wahnsinns treibt. Er leckt meine Perle, knabbert daran und schiebt seine Zunge anstelle seiner Finger in mich. Doch er gibt mir nicht alles, hält sich zurück und ich spüre das Grinsen auf seinem Gesicht, als ich ihm mein Becken entgegen drücke.

Er leckt ein letztes Mal über meine Perle und lässt dann genau so schnell von mir ab, wie er begonnen hat. Mir ist schwindelig und ich bin kurz davor, ihn wirklich anzubetteln, das, was er begonnen hat, zu Ende zu bringen. Doch genau das ist es, was er will. Ich erinnere mich nur allzu genau an seine Worte.

Du wirst mich anbetteln, Prinzessin und ich werde es genießen, wenn du es tust.

Er hat mich tatsächlich einfach stehen lassen. Halb nackt und unbefriedigt. In einer stockdunklen Gasse. Und doch weiß ich, dass ich genau das, was er verlangt hat, tun werde. Es ist der Reiz, der mich neugierig macht. Das Wissen, dass er mich dabei erneut beobachten wird. Wir waren nicht einmal zehn Minuten in diesem Hinterhof, niemand wird fragen, warum ich so lange weg war - und falls doch, wird mir schon eine Ausrede einfallen. Mit zittrigen Beinen steige ich wieder in meine Hose, schließe sie und gehe noch einmal in den Waschraum. Ein Blick in den Spiegel verrät mir, dass meine Haare etwas wirr sind, doch das ist schnell gerichtet.

Meinen glasigen Blick und die roten Wangen werde ich hinnehmen müssen. Wie in allen Restaurants, die in dieser Preisklasse mitspielen, ist auch hier im Gastraum das Licht leicht gedimmt. Das könnte mir in die Karten spielen. Mit festen Schritten gehe ich zurück an unseren Tisch und ernte einen kritischen Blick von meinem Vater, den ich einfach ignoriere.

»Wir haben bereits bestellt, Eva«, sagt meine Mutter anklagend und ich nicke, da es mir tatsächlich egal ist, was sie bestellt haben. In meinem Kopf ist nur Platz dafür, dass Gabe mich in diesem Moment beobachtet. Das er darauf wartet, dass meine Hand in meiner Hose verschwindet und ich es mir direkt am Tisch selbst mache. Es werden seine Finger sein, die mich berühren, zumindest in meiner Vorstellung.

»Lina, Baby, ist alles okay, du siehst etwas mitgenommen aus?« Johns Stimme lässt mich aufsehen. Er schüttelt leicht mit dem Kopf, doch meine Aufmerksamkeit, fällt auf die Glasfront hinter ihm. In der Dunkelheit erkenne ich ein kurzes Aufglimmen. *Er ist wirklich da.* Ich ignoriere Johns Frage und wende meinen Blick ab.

Unsere Eltern stecken mitten im Gespräch über neue Projekte, die sie planen, und auch mein Ex mischt sich nur allzu gern darin ein. Mit einem Ohr höre ich zu, nicht, da es mich interessiert, sondern, damit ich nichts verpasse, was mir weiterhelfen könnte. Das Essen, welches keine zehn Minuten später serviert wird, unterbricht die Gespräche. Mein Blick huscht wieder nach draußen und das Glühen der Zigarette ist weg. Doch er ist da, noch immer und ich lächle wissend.

Durch die lange weiße Tischdecke fällt niemandem auf, dass ich meine linke Hand unter den Tisch schiebe. Meine Hose öffne die Finger und auf meine noch immer nasse Pussy lege. Es kostet mich einiges an Mühe, nicht bei der ersten Berührung laut aufzustöhnen, doch ich beiße mir auf die Zunge. Schiebe die Hand tiefer, bis ich es schaffe, einen Finger in mich zu schieben.

Das Kribbeln in meiner Mitte ist Fluch und Segen zugleich und die Tatsache, dass ich weiß, dass Gabe da draußen steht und mich beobachtet, macht es mir noch leichter. Ich reibe mit dem Daumen über meine Klit, während ich meinen Mittelfinger in mich stoße. Es ist nur eine kleine Berührung, die aber dennoch genügt. Nach wenigen Sekunden spüre ich, wie meine Mitte sich um meinen Finger verkrampft, wie meine Klit immer stärker unter dem Druck zuckt und ich bewege mein Becken sanft auf meine Finger zu.

Niemand bemerkt etwas, niemand außer Gabe. Er weiß, was ich hier mache. Weiß, dass ich kurz davor bin, zu kommen und dass ich das hier viel zu sehr genieße. Die Grenze zwischen Lust und der Gefahr, erwischt zu werden, verschwimmt. Macht das hier zu etwas Verbotenem, was ich nicht mehr kontrollieren kann.

Mit einem letzten Blick nach draußen und einem anzüglichen Lächeln auf den Lippen lasse ich los und komme. Still, leise und doch so intensiv, dass ich meine Beine zusammenpresse, um es noch etwas mehr zu genießen. Und das mitten in einem verfluchten Sterne Restaurant, mit der Upper Class von New York am Tisch.

Gabriel

Kapitel 38

Die Prinzessin hat es wirklich getan. Sie hat sich mitten im Restaurant mit diesen verfluchten Wichsern am Tisch einen Orgasmus verschafft. Noch jetzt sehe ich ihr Lächeln vor mir. Ich hätte sie in diesem Hof einfach ficken sollen, doch ich konnte nicht. Wusste, wenn ich diese Grenze erneut überschreite, wird es immer schwieriger, sie wieder hochzuziehen. Ich kippe das vierte Bier in mich hinein und versuche, die schlechte Musik im Hintergrund zu ignorieren. Nachdem Eva mit diesem seligen Blick auf den Lippen gekommen ist, bin ich gegangen. Ich hätte nach Hause gehen sollen, stattdessen bin ich in der nächstbesten Bar gelandet, die auf meinem Weg lag.

Der Geruch nach billigem Alkohol und Zigaretten hat meinen Verstand betäubt. Selbst das Bier tut so langsam das, was es soll. Mit den Armen auf dem Tresen denke ich darüber nach, wie ich aus dieser Nummer wieder rauskomme.

Wie schaffe ich es, die Prinzessin endgültig aus meinem Verstand zu streichen und einfach wieder zu dem Zustand davor zurückzukehren? Es hätte alles so leicht sein können, wäre sie nicht an den Tagen, an denen ihre Eltern weg waren, zuhause gewesen.

Ich hätte sie niemals persönlich angetroffen, hätte sie nicht kennengelernt und wäre ihr nie dermaßen nah gekommen. Wir wären nicht im Bett gelandet und ich hätte nicht diese verfickten Ansprüche auf sie erhoben, die ich in meinem kranken Kopf habe.

»Na, mein Schöner? Warum bist du so allein hier?« Eine Frauenstimme reißt mich aus meinen verworrenen Gedanken und ich nehme den Blick von meinem leeren Bier. Drehe den Kopf nur minimal und sehe die dunkelhaarige Schönheit neben mir. Ihre grünen Augen funkeln gefährlich und die Brüste fallen fast aus ihrem viel zu kurzen Kleid. In wenigen Sekunden lasse ich meinen Blick über ihren Körper gleiten und kann nicht leugnen, dass mir gefällt, was ich sehe. Ihr Lächeln ist einnehmend und zeigt, was sie von dieser Nacht erwartet. Sie kommt einen Schritt näher, als ich mich ihr zuwende, und legt ihre Hand auf mein Bein.

»Vielleicht, weil ich keine Lust auf Gesellschaft habe«, beantworte ich endlich ihre Frage. Ihre Hand fährt weiter an meinem Bein entlang und ich stoppe sie kurz vor meinem Schwanz, indem ich meine auf ihre lege.

»Das fühlt sich aber nicht danach an. Ich bin eine gute keine Gesellschaft und ich glaube, du hast deine Entscheidung schon getroffen.«

Ich pinne ihre Hände über ihrem Kopf an die Wand und genieße das Stöhnen, das ihr aus der Kehle steigt. *Es ist trotzdem das falsche.*

Der Flur ist dunkel und ich erkenne fast meine eigene Hand vor Augen nicht, doch es ist mir egal. Die fremde Schönheit drückt mir ihre Brüste entgegen und keucht, als ich mit der freien Hand unter ihr Kleid gleite. Ihre Haut ist weich. *Nicht so weich, wie die der Prinzessin.* Ich schiebe, ohne lange zu fackeln, ihren Tanga zur Seite. Meine Finger treffen auf ihre Pussy und werden von ihrer Nässe benetzt. Sie stöhnt erneut und will ihre Lippen auf meine legen, doch ich drehe den Kopf zur Seite.

»Lass deine Hände oben und versuch nicht noch einmal mich zu küssen, sonst ist das hier schneller vorbei, als dir lieb ist«, raune ich ihr zu und warte auf ihre Zustimmung. Ich lasse ihre Hände los und hole ein Kondom aus meiner Hosentasche. In wenigen Sekunden habe ich meine Hose geöffnet und mir das Gummi übergezogen.

»Dreh dich um«, sage ich und helfe nach. Ziehe ihren Arsch zu mir und warte darauf, dass sie sich an der Wand abstützt. Ihr Kleid schiebe ich nur so weit nach oben, dass ich leichteren Zugang habe und bin in wenigen Sekunden in ihr. Es fühlt sich falsch an, so verflucht falsch und doch ficke ich sie weiter. Lege den Kopf in den Nacken und bin froh, dass sie wenigstens den Mund hält. Nur ab und an entkommt ihr ein Stöhnen, welches das falsche ist. Alles daran ist falsch und doch kann ich nicht aufhören. Wäre ich nicht hier und würde mich in der Unbekannten versenken, hätte ich einen Fehler gemacht.

Ich wäre zu ihr gefahren. Zu Eva. Und ich hätte sie in ihrem Bett gefickt. Es wäre mir egal gewesen, ob ihre Eltern zu Hause wären, ob sie uns hören würden oder ob ihr Vater uns erwischt hätte - und genau das ist das verfluchte Problem.

Immer schneller stoße ich in die Pussy der Frau vor mir und kralle mich in ihre Hüfte. Ein sehnsüchtiges Wimmern entkommt ihrem Mund, und ich stelle mir vor, dass es Eva ist. Dass es ihre Stimme ist, ihr Stöhnen und ihr Wimmern. Höre ihre Worte in meinem Kopf, dass sie mich niemals anbetteln würde, und fuck, sie würde es tatsächlich niemals tun. Sie hätte mich nur fragen müssen und ich hätte sie noch in dieser dunklen Gasse gefickt und doch hat sie es nicht. Ich wusste, sie hätte es gewollt, mehr als alles andere, ebenso wie ich, und doch hat sie es nicht getan. Die Prinzessin steht zu ihrem Wort, immer. So gut kenne ich sie mittlerweile und mir gefällt jedes kleine Detail an ihr immer mehr.

Meine Gedanken verschwimmen und es ist keine Fremde mehr, die ich von hinten ficke, sondern Eva. Es ist ihr Körper, ihr Hintern, der sich mir entgegenreckt, und ihr Stöhnen, das durch den dunklen Flur hallt.

Mein Schwanz stößt unaufhaltsam in sie, füllt sie vollkommen aus und trifft immer wieder den einen Punkt in ihr, der sie verrückt werden lässt. Sie räkelt sich vor mir, gibt mir stumm zu verstehen, dass sie mehr will, und meine Hand findet ihre Perle. Ich reibe sie zu meinen Stößen und spüre, wie sie sich immer weiter um mich zusammenzieht. Das gibt mir den Rest und ich kann mich nicht länger zurückhalten. Ergieße mich in ihr und spüre, wie sie mir folgt. Doch das laute Stöhnen reißt mich in die Realität zurück. Macht mir schmerzhaft bewusst, dass es nicht Eva ist, die hier bei mir ist, sondern eine x-beliebige Frau, die einfach nur ein billiger Ersatz war. Schnell ziehe ich mich aus ihr zurück, streife das Kondom ab und werfe es auf den Boden. Dann drehe ich mich um und schließe, während ich gehe, meine Hose.

Fuck.

Das war wohl die dümmste Idee, die ich je hatte. Ich bin am Arsch. Sowas von am Arsch!

Evangelina

Kapitel 39

Zum Glück war der Abend doch relativ schnell vorbei. Doch dass John und seine Eltern noch mit ins Townhouse gehen, war nicht ausgemacht.

Gut, wer fragt mich auch schon. Richtig, niemand. Jetzt sitzen meine und seine Eltern bei uns im Wohnzimmer auf eben der Versace-Couch, auf der ich schon so manche unanständigen Dinge angestellt habe, und beginnen wirklich, übers Geschäft zu sprechen. Ich höre nur Worte wie, schnellstmöglich, diskret und günstig und mir wird schon davon schlecht, was ich mir daraus zusammenreimen kann.

Natürlich wurde ich nicht dazu eingeladen, an diesem Gespräch teilzunehmen, und doch stehe ich am Geländer der Treppe und lausche wie ein kleines Kind. John ist noch in der Küche und ich höre die Kaffeemaschine mahlen, was mich leider nichts mehr von den Gesprächen hören lässt. *Dieser miese Wichser ... Das war sein Plan dahinter.* Er trinkt keinen Kaffee, das wissen wir beide. Er will nur nicht, dass ich Dinge höre, die mich angeblich nichts angehen.

»Lina, du weißt doch, dass man nicht lauschen soll, oder?« *Fuck,* ich war so abgelenkt, dass ich ihn nicht kommen gehört habe. Schwungvoll drehe ich mich zu ihm um und schüttle den Kopf.

»Man soll auch keine Lügen erzählen und anderen Menschen kein Leid zufügen und doch geht es in dem Gespräch genau darum.«

»Du bist schon immer zu schlau gewesen, Eva, aber das ist okay, wir kriegen das schon hin, dass du weniger Fragen stellst.« Sein überhebliches Lächeln gefällt mir nicht. Er hat etwas, das ihn in Sicherheit wiegt und das ist verflucht noch mal nicht gut.

»Was willst du, John?«, frage ich und verschränke die Arme vor der Brust. Vergesse das Gespräch, welches im Wohnzimmer geführt wird.

»So eine gute Frage, Kleines. Eigentlich ist es ganz einfach. Du musst einfach nur zustimmen, mich zu heiraten. Es gibt keine Möglichkeit, abzulehnen, Lina. Aber es würde einiges vereinfachen, wenn du es aus freien Stücken tun würdest.«

»Niemals!«

»Überleg es dir gut, *Prinzessin.* Ich weiß, dass du nicht die brave kleine Upper-East-Prinzessin bist, für die dich alle halten. Glaubst du, ich bin dumm und kann keine Informationen einholen? Es gibt immer Leute, die Geld brauchen, Eva. Menschen, die korrupt sind und denen es egal ist, ob sie dafür mit dir ins Bett gehen sollen. Vielleicht solltest du deine Recherchefähigkeiten auch mal dafür benutzen.« Er zwinkert mir zu und streicht mir über die Wange, ehe er sich abwendet, zurück ins Wohnzimmer geht und mich sprachlos zurücklässt.

Die Tür meines Schlafzimmers schlägt hinter mir zu und ich lehne mich gegen das Holz. Schalte kein Licht ein und lasse mich langsam auf den Boden sinken. Johns Worte liegen mir noch immer in den Ohren, wiederholen sich in Dauerschleife in meinem Kopf und egal, wie oft ich sie durchgehe, es kommt immer ein und dasselbe Ergebnis dabei raus. Er spricht von Gabe. Nicht nur, dass er seinen Spitznamen für mich verwendet hat, nein, denn auch die Tatsache, dass ich seit Wochen mit keinem anderen Mann etwas hatte, lässt mich nicht los.

»Menschen, denen es egal ist, ob sie dafür mit dir ins Bett gehen sollen.«

Kann es sein, dass ich mich derart in Gabe getäuscht habe? Dass er es geschafft hatte, mir etwas vorzuspielen, das er nur für Geld getan hat? Ich habe keine verfluchte Ahnung. Weiß nicht mehr, was richtig und was falsch ist. Vielleicht will John mich auch nur verunsichern, mich damit zu meiner Zustimmung zwingen, die sie ja so oder so nicht brauchen würden. Doch sie werden sie niemals bekommen.

Nicht in hundert Jahren werde ich Evangelina Thomson sein, niemals - dafür werde ich sorgen. Egal, ob ich von dem einzigen Menschen, dem ich in den letzten Jahren begonnen habe, zu vertrauen, verarscht wurde.

Es zählt nur eins: Dass die Machenschaften meines Vaters endlich ein Ende haben.

Die halbe Nacht habe ich kein Auge zugemacht. Bin immer wieder von seltsamen Träumen wachgeworden und hab nicht einmal meine Klamotten ausgezogen. Ich fühle mich, als hätte ich tagelang nicht geduscht, da der Schweiß an meinem Rücken klebt. Ein Blick auf mein Handy verrät mir, dass es erst halb sieben ist, und ich beschließe, direkt aufzustehen. Noch auf dem Weg ins Badezimmer werde ich meine Klamotten los und steige unter die Dusche. Das kalte Wasser hilft, meinen Kopf wach zu bekommen, und ich fasse einen Entschluss.

Sollte es stimmen, was ich erfahren habe, wird er bereuen, so mit mir gespielt zu haben. Er wird sich wünschen, mich niemals kennengelernt zu haben. Wird wissen, was es bedeutet, zu betteln. Doch diesmal wird Gabriel es sein, der vor mir auf die Knie geht und mich um Vergebung anfleht.

Mit einem hatte er Recht: Ich bin nicht mehr die kleine Prinzessin, sondern die verfluchte Königin der Upper East Side.

Nach meiner Dusche habe ich mich angezogen und auf den Weg zur Uni gemacht. Ich muss Beweise dafür finden, dass John mit seinen Worten recht hatte. Natürlich habe ich Gabe gegoogelt, nachdem ich seinen Nachnamen auf dem Klingelschild gesehen hatte, doch es gab absolut keine Ergebnisse zu ihm. Nichts, noch nicht einmal eine verfluchte Social-Media-Seite oder einen Hinweis darauf, wo er zu Schule gegangen war. Ich dachte mir nichts dabei, hatte angenommen, dass er sich vielleicht einfach aus dem Internet fernhält, und doch wusste ich tief in meinem Inneren, dass etwas falsch ist.

Den Namen seines Kumpels habe ich nicht vergessen. Wie könnte ich nach dieser Begegnung auch? Devon Ross. Einfach und doch nicht mehr aus dem Kopf zu bekommen. An der NYU angekommen, gehe ich direkt in die Bibliothek und nehme meinen Laptop aus der Tasche. Ich öffne den Browser und tippe den Namen ein.

Zuerst bekomme ich ein paar unbedeutende Einträge. Über einen Rentner, der ebenfalls diesen Namen trägt und vor zwei Jahren ein Schachturnier in Maryland gewonnen hatte. Dann über einen Kerl, der in seinem Garten den größten Apfel geerntet hatte und seitdem irgendeinen Rekord damit hält. Anschließend komme ich zu den interessanten Einträgen.

Devon Ross – Schüler im Abschlussjahrgang - lässt eine ganze Schule in Angst und Schrecken zurück. Ich klicke auf den Link und komme zur Website, einer Zeitung. Schnell überfliege ich den Artikel und bleibe bei den Worten Messer und Ball hängen. Er hatte wohl an seinem Abschlussball ein Mädchen seiner Stufe mit einem Messer bedroht, weil es sich über ihn lustig gemacht hatte. Gut, ich glaube nicht grundsätzlich alles, was in Zeitungen steht, doch wenn ich an Devons Blick denke und an seine seltsamen Kommentare, könnte etwas dran sein. Ich scrolle weiter durch den Artikel und finde ein Bild, das eine Schulklasse zeigt. Die Namen der Schüler stehen darunter und ich suche einen bestimmten.

Die Möglichkeit, dass Gabe und Devon in derselben Klasse waren, ist hoch, immerhin wohnen sie zusammen. Doch egal wie oft ich die Namen der Reihe durch gehe, Gabriel ist nicht darunter. Auch die Gesichter der Schüler bringen mir kein Ergebnis. Keiner davon sieht Gabe auch nur annähernd ähnlich.

Fuck, das kann doch nicht wahr sein. Mit etwas zu viel Schwung klappe ich meinen Laptop zu und schrecke hoch, als ich Megans Stimme hinter mir höre.

»Scheiße, was hat dein Laptop dir getan?«, fragt sie mit einem Lächeln in der Stimme.

»Alles. Nichts. Keine Ahnung.« Sie setzt sich neben mich und ich habe keine Ahnung, wie ich mich ihr gegenüber verhalten soll.

»Das mit neulich. Können wir einfach vergessen, was ich dir alles erzählt habe?«, frage ich und hoffe, dass sie nicht eine der Frauen ist, die die Schwäche der anderen ausnutzt. Ich suche ihren Blick und erkenne das kleine Lächeln darin.

»Klar. Kann mich eh fast nicht mehr daran erinnern.« Sie zuckt mit den Schultern und lässt sich in ihrem Stuhl zurückfallen.

»Danke.« Erleichtert atme ich durch. »Übrigens, sorry, dass ich dich einfach hab stehen lassen.«

»Ach, alles gut. Bist du mit dem Kerl noch nach Hause gegangen?«

»Ja.« Und gerade im Moment bereue ich es.

»Okay, das klingt nicht sehr überzeugend. Und ich dachte immer, die Geschichten, die man sich über ihn erzählt sind wahr.«

»Geschichten?«

»Na ja, du weißt schon. Düsterer Typ, der wenig redet, dafür umso besser im Bett ist. Harte Vergangenheit und sowas eben.«

»Woher weißt du das alles?«, frage ich und stütze mich mit den Armen auf dem Tisch ab.

»Okay, Eva. Man merkt, dass du selten aus deiner Welt herauskommst. Gabriel ist eine Legende im Village. Ich kenne keine Frau, die nicht gern eine Nacht mit ihm verbringen würde. Ausgenommen von mir. Ich stehe nicht so auf diese Art Mann, aber egal.«

»Megan, was weißt du noch so über ihn?«

»Nicht wirklich viel mehr. Er macht wohl ein ziemliches Geheimnis daraus, wer er ist und woher er kommt. Es ist, als wäre er vor fünf Jahren einfach so auf der Bildfläche aufgetaucht. Niemand weiß, woher er kommt.«

»Aber jeder kommt doch irgendwo her.«

»Nicht jeder, Eva. Manchmal ist es besser, nicht alles über einen Menschen zu wissen.«

Gabriel

Kapitel 40

Mitten am Tag liege ich im Bett und starre an die Decke. Wow, das ist ein neuer Tiefpunkt. Nachdem ich diese Fremde in der Bar gefickt und dabei an Eva gedacht habe, musste ich mir eingestehen, dass ich ein verfluchtes Problem habe. Und genau diesem gehe ich ab sofort aus dem Weg. Den Rachefeldzug gegen ihren Vater kann und werde ich niemals aufgeben, doch Eva wird in meinem Plan keinen Platz mehr haben. Es ist einfacher so. Besser, für sie und für mich.

Devon habe ich seit Tagen nicht gesehen und ich bin echt froh, dass er mir nicht mit seinen verfluchten Sprüchen auf die Nerven geht. Er steigert sich in diese Sache rein, als wäre Lilly seine Schwester gewesen. Als wäre diese Rache alles, was ihm etwas bedeutet. Oder übersehe ich da etwas? Aber was?

Neben mir beginnt mein Handy zu vibrieren. Genervt stöhne ich auf und nehme das Gespräch, ohne auf das Display zu schauen, an.

»Was gibt's?«, frage ich in den Lautsprecher und lege meinen Arm über die Augen.

»Wow, begrüßt du alle Menschen so nett am Telefon?« Schnell setze ich mich auf und nehme das Handy vom Ohr. Ihr Name leuchtet mir entgegen und ich verfluchte mich dafür, einfach drangegangen zu sein. »Hat es dir jetzt die Sprache verschlagen?«

»Nein, ich dachte nur, du wärst jemand anderes.«

»Überraschung, bin ich nicht. Aber hey, wenn wir schon beim Thema sind, wo ist dein Mitbewohner gerade?«

»Keine Ahnung, was willst du von ihm, Prinzessin?«

»Von ihm nichts, aber dann kannst du mir ja die Tür aufmachen.«

»Wie meinst du das?«

»So wie ich es sage, Fremder.«

Ich springe von meinem Bett auf und gehe zur Tür. Kann ihr Parfüm bereits riechen, obwohl uns noch immer das Holz trennt.

»Was machst du hier, Eva?«, frage ich, als ich die Tür öffne - und bereue es augenblicklich. Sie sieht wütend aus. Wütend, heiß und verdammt angepisst. Trotzdem schenkt sie mir ein Lächeln, das mich sofort umbringen könnte.

»Ich mag es, dass du direkt auf den Punkt kommst, Gabriel. Oder ist das überhaupt dein Name?« Schnell packe ich sie am Arm und ziehe sie in die Wohnung. Schlage die Tür zu und presse sie gegen das Holz.

»Willst du mich verarschen, Prinzessin?«, knurre ich ihr entgegen, doch sie zeigt keinerlei Angst. Reckt mir nur ihr Kinn entgegen und schüttelt den Kopf.

»Das könnte ich dich fragen, immerhin weißt du genau, wer ich bin.« Wenn ich ihr sage, dass sie es ebenfalls weiß, komme ich in die Hölle. Ja, das komme ich definitiv, aber warum nicht vorher noch etwas Spaß haben? Sie ist selbst schuld. Hat sich ausgesucht, in meine Wohnung zu kommen und mich zu provozieren. Meine Geduld auf die Probe zu stellen und mich damit zu reizen, was sie glaubt zu wissen.

»Weiß ich das, ja? Woher soll ich wissen, dass diese Eva nicht nur eine Version ist, die du den Leuten gern von dir zeigst? Eine Rolle, die du perfekt spielst, um nicht die kleine brave Prinzessin zu sein, die Daddy erwartet?« Ihre Hand trifft schnell und intensiv auf meine Wange und ich blecke die Zähne.

»Halt deinen Mund!«, zischt sie mir entgegen und ich spüre ihren Körper vor Anspannung an meinem vibrieren.

»Oder was, hm? Was passiert, wenn ich das nicht tue? Schickst du mir dann Daddy, der mich umbringen soll, wie er es mit hunderten Menschen schon getan hat? Oder muss dein beschissener Wichser von Ex kommen, um die Prinzessin vor dem bösen König zu retten?« Mein Gesicht kommt ihrem immer näher. Ich spüre ihren Atem auf einer Haut und kann den Blick nicht von ihren Augen lassen.

»Schön, dass du direkt auf John zu sprechen kommst. Wer hat sich denn von ihm bezahlen lassen, um mich zu ficken und auszuhorchen, hm? War es das wenigstens wert? Hat es sich gelohnt oder soll ich dir auch noch einen Scheck ausstellen für die extra Bemühungen?« Was redet sie denn da für einen Scheiß?

»Eva, du machst mich verfickt sauer mit dem, was du da erzählst!« Sie schnaubt und schüttelt erneut den Kopf.

»Ich mache DICH sauer? ICH? Hörst du dir eigentlich zu, was du da sag...« Mir reicht es und ich kann kein weiteres Wort mehr aus ihrem Mund ertragen. Ob es eine bewusste Handlung oder einfach ein Kurzschluss ist, weiß ich nicht, es ist mir aber auch herzlich egal, da ich einfach nur ihre Lippen auf meinen spüren will.

Ich küsse sie mit einer Leidenschaft, die mich selbst fast in die Knie zwingt und spüre ihre Zähne an meiner Lippe. Dieses kleine Biest. Aber wenn sie das braucht, soll sie mich beißen, kratzen oder schlagen, Hauptsache, sie hält endlich den Mund.

Mein Körper presst sich noch enger an ihren und ich genieße die Wärme, die von ihr ausgeht. Spüre, wie sie sich noch dagegen wehrt, ihre Gefühle für das hier zuzulassen, und liebe es, wie sie den Kampf gegen sich selbst verliert. Mit jedem Kuss, den ich ihr stehle, sinkt sie weiter gegen mich und lässt zu, dass ich sie in Besitz nehme. Eva schlingt ihre Beine in dem Moment um meine Hüfte, in dem ich sie hochhebe, und klammert sich an mir fest. Gemeinsam stolpern wir irgendwie in mein Zimmer und lassen uns aufs Bett fallen.

Nicht eine Sekunde lang lasse ich sie los. Gebe sie nicht frei. Will alles von ihr haben, auch wenn es das Letzte ist, was ich mir von ihr holen werde. Ich will, dass sie mir vertraut, weil sie es kann, nicht weil ich sie dazu zwinge. Unser Kuss endet nicht, wird nur noch wilder, roher, intensiver.

Es ist ein Kampf, den sie mit sich und mir ausficht und ich weiß, dass sie am Ende kurz davor sein wird auseinanderzubrechen. Ich schaffe es, uns umzudrehen, sie auf mich zu ziehen und ihr damit die Kontrolle zu geben. Versuche, es ihr leichter zu machen, doch stattdessen stoppt sie den Kuss. Atemlos starrt sie auf mich hinunter, die dunkelblonden Haare hängen ihr wild ins Gesicht.

Ihre Lippen sind geschwollen und in ihren Augen spiegelt sich das Verlangen wider, welches ich zwischen uns greifen kann. Immer. Es wird aufhören. Wir sind wie Feuer und Wasser. Ein Sturm, der ohne den Regen nichts weiter ist, als ein Wind der außer Kontrolle geraten ist.

»Ich kann das nicht«, flüstert sie nach wenigen Sekunden und schüttelt den Kopf.

»Was kannst du nicht?«, frage ich und lege meine Hände an ihre Schenkel. Halte sie sanft fest, da ich nicht will, dass sie geht.

»Das fragst du noch?«, ungläubig schnaubt sie und will sich von mir lösen, doch ich kann nicht.

Ich kann sie verfickt nochmal, nicht gehen lassen. Will es nicht! »Lass mich gehen, Gabe«, bittet sie ich und ich höre, dass ihre Stimme kurz davor ist zu brechen.

»Ich kann nicht.«

»Dann sag mir, dass du mich nicht benutzt hast.« Ich schweige. Denn ich kann sie nicht weiter anlügen. Kann nicht dabei zusehen, wie ich es bin, der sie zerbricht. Lieber nehme ich in Kauf, dass sie mit diesem Durcheinander im Kopf geht und mich nie mehr sehen will, als ihr zu sagen, dass sie von Anfang an auf meinem Plan stand. »Siehst du, du kannst es nicht. Es ist okay, ich bin es nicht anders gewohnt, aber ich habe wirklich kurz gedacht, es könnte einmal anders sein.« Erneut versucht sie aufzustehen und diesmal halte ich sie nicht fest.

Lasse meine Hände sinken und sehe zu, wie sie geht.

Evangelina

Kapitel 41

Der Regen prasselt auf meine Haut, tut mir den Gefallen, meine Tränen wegzuspülen. Ich könnte so tun, als wäre nichts passiert. Könnte versuchen, den Schmerz, der durch Gabes Verrat in mir nach oben steigt, zu ignorieren, und doch laufe ich durch New York und heule wie ein kleines Kind.

Sein Schweigen war schlimmer, schmerzhafter, als alle Worte, die er mir hätte an den Kopf werfen können. Worte hätte ich vergessen können. Sein Nichtssagen hat sich jedoch in meinen Verstand eingebrannt und macht mich verrückt. Schneller als ich will und vollkommen durchnässt, komme ich vor unserem Haus auf der Madison Avenue an und bleibe kurz, vor der massiven Steintreppe, die zum Eingang führt, stehen.

Ist das mein Leben? Muss ich mich auf ewig fragen, wer mich nur benutzt und wer ohne Hintergedanken

Interesse an mir hat? Ist das der Fluch der modernen Prinzessin?
Stufe um Stufe steige ich nach oben, tippe den Zahlencode in das Feld an der Tür ein und öffne diese. Meine tropfenden Schritte hallen im Flur wider und ich hänge meine Jacke an die Garderobe. Innerhalb weniger Sekunden hat sich eine Pfütze auf dem Marmorboden gebildet und ich schnaube, wenn ich daran denke, was meine Mutter dazu sagen würde.

Anstatt sich um mich zu kümmern, würde sie Panik bekommen, dass ein Fleck auf dem makellosen Boden zurückbleiben könnte.

Die Leute, die uns besuchen kommen, könnten das sehen und denken, wir hätten finanzielle Probleme. Um die Farce, die sich mein Leben nennt, noch zu vervollständigen, höre ich aus dem Wohnzimmer meinen Vater, Joseph und John und würde am liebsten direkt wieder verschwinden.

Doch diesmal habe ich den Vorteil, dass sie nicht wissen, dass ich hier bin. Hätten sie mich gehört, wäre John schon lange hier und würde seine Show abziehen. Er würde mich vor den Augen unserer Eltern küssen und ich würde ihm vor die Füße kotzen.

Das wäre tatsächlich das Highlight meines Tages. Leise, zumindest so leise, wie es mir klatschnass möglich ist, schleiche ich mich näher an die halb geschlossene Tür und höre ihnen zu.

»Du weißt, dass unsere Vereinbarung ohne deine Tochter nicht zustande kommen wird, James.« Es ist Joseph, der das Wort ergreift, und ich würde ihn am liebsten fragen, wann ich zu einem verfickten Gegenstand geworden war.

»Evangelina wird schon zur Vernunft kommen, wenn nicht, habe ich meine Mittel und Wege sie umzustimmen, glaub mir.«

»Die habe ich auch«, mischt sich jetzt auch John ein. »Doch ich glaube nicht, dass diese dir als ihr Vater gefallen würden. Es könnte ein schlechtes Licht auf eure Familie werfen, wenn ich mit den alten Kamellen ankomme, James.« Diese Überheblichkeit in seiner Stimme macht mich wahnsinnig.

»John, ich glaube nicht, dass du in der Position bist, mir zu drohen.« Das glaube ich auch nicht.

»James, lass meinen Sohn ausreden. Wir wissen beide, welche Vorteile es hätte, wenn wir unsere Familien endlich zusammenbringen würden. Stell dir nur vor, wie einfach alles sein könnte.«

Einfach? Ich glaube, ich kotze gleich. »Wie wäre es, wenn wir das vertraglich festhalten?«

»Das klingt nach einem Punkt, der genau nach meinem Geschmack ist.« Mein Vater macht mich wirklich zu einem verfickten Punkt in einem Vertrag? Ich weiß, zu was er fähig ist, doch das?

Wie kann ich aber auch erwarten, dass er bei seiner eigenen Familie halt machen würde? Ihm sind seine Geschäfte schon immer wichtiger gewesen als alles andere. Macht, Reichtum, Gier. Das sind die Worte, die James Foring am besten beschreiben und ich bin nur der Kollateralschaden, den es zu opfern gibt.

Ich habe genug gehört, genug, um es ihm endlich heimzuzahlen. Ohne darauf zu achten, ob ich leise bin oder nicht, gehe ich die Treppe nach oben und direkt in mein Zimmer. Verschließe die Tür hinter mir und entledige mich meiner nassen Sachen. Zuerst brauche ich eine heiße Dusche, damit mein Verstand wieder an etwas anderes denken kann, als daran, warum ich vollkommen durchnässt hier ankam.

Dann einen Ort, an dem mich keiner sucht, und schließlich werde ich meinen Plan endlich in die Tat umsetzen und meinen Vater endlich zu Fall bringen.

Eine halbe Stunde später bin ich wieder ein Mensch. Bin wieder Evangelina Foring und stehe mit gestrecktem Kopf vor dem Spiegel. Meine Haare stecken in einem hohen Dutt, aus dem sich ein paar Strähnen lösen. Eine enge schwarze Hose, ein Body und ein ebenso schwarzer Blazer vervollständigen mein Bad-Ass-Outfit.

Fehlen nur noch die Stilettos und ich bin bereit, meinen Rachefeldzug gegen meinen Vater zu beginnen. Ein kleiner Teil in mir hatte bis heute die Hoffnung, dass er vielleicht doch irgendwann zu einem guten Menschen werden könnte, mich als Tochter ansehen wird, auf die er stolz ist. Doch für ihn war ich immer nur die kleine Prinzessin, die niemand ernst nimmt. Stecken wir Eva doch an die NYU, lassen sie Jura studieren und schauen mal, was sie uns nutzen kann.

Das habe sie jetzt davon.

Mit meinem Laptop in der Hand komme ich im *Penrose* an. Megan steht zum Glück hinter der Bar und stellt mir direkt ein Glas Wein hin.

»Danke«, sage ich noch, bevor ich sie begrüße und nicke.

»Gern, du siehst heiß aus, aber auch so, als bräuchtest du etwas zu trinken.« Sie hat die Situation perfekt erfasst.

»Das trifft es, aber wenn ich gleich fertig bin, hoffe ich, ich bekomme einen Drink, um meinen Sieg zu feiern.« Megan runzelt die Stirn, ehe die nickt und mit den Schultern zuckt.

»Du bekommst alles, was du willst, meine Liebe.«

Mit meinem Glas gehe ich zu einer kleinen Zweiersitzgruppe hinüber, in der ich auf meine Gesellschaft warte. Ich weiß, dass sie kommen wird, da sie meine Familie seit Jahren auf der Abschussliste hat.

Jennifer West, Reporterin bei einer renommierten Zeitung hier in New York, wartet schon seit Jahren darauf, meinen Vater und seine Machenschaften auffliegen zu lassen - und ich liefere ihr gleich alles, was sie dafür braucht. Sie lässt sich Zeit, was ich mit einem Blick auf mein Handy feststelle, und ich öffne den Laptop. Öffne den Ordner, in dem ich alles gespeichert habe, und schließe ihn wieder.

»Eva, da wartet jemand auf dich.« Megan kommt an den kleinen Tisch und sieht kritisch von mir zur Tür. Ich hebe den Blick und nicke.

»Ja, ich bin mit ihr verabredet.«

»Du weißt aber schon, wer das ist, oder?«

»Das weiß ich und genau deshalb habe ich sie angerufen. Ich erklär dir alles, wenn wir fertig sind, okay?«

»Okay.« Megan verschwindet und keine zehn Sekunden später steht Jennifer vor mir. Natürlich ganz die Upper-Class-Elite stehe ich auf und reiche ihr meine Hand.

»Miss Foring, mit Ihnen hätte ich nicht gerechnet.« Ihre Augen funkeln, da sie die Titelstory jetzt schon riechen kann. Doch die, die sie sich wünscht, wird es nicht sein.

»Miss West, setzen Sie sich doch.«

»Also, was haben Sie für mich? Wieso wollen Sie ihren Vater und damit auch sich selbst bloßstellen?«

»Okay, ich werde Ihnen erst einmal die Regeln erklären. Ich habe mit den Geschäften meines Vaters nichts zu tun, deshalb wird mein Name auch nicht in ihrem Artikel erscheinen. Nicht als Quelle, nicht als Tochter. Wenn Sie dem zustimmen, rede ich weiter.« Kurz scheint sie zu überlegen, was sie tun soll, doch wenn wir beide ehrlich sind, hat sie keine andere Wahl, als zuzustimmen. Das hier, was ich ihr liefere, könnte die Story ihrer Karriere werden.

»Gut, ich halte Sie aus allem raus.«

»Sehr gut. Das, was ich Ihnen geben kann, sind Daten, die zu gewissen Teilen noch zusammengefügt werden müssen. Ich habe Bausteine, die noch kein Puzzle ergeben, aber ich glaube, Sie haben Lust auf ein kleines Spiel, oder Jennifer?«

»Erzählen Sie mir mehr, Evangelina.« Und das tue ich. Den halben Abend erkläre ich ihr, was ich gefunden habe. Kläre sie über die Zusammenhänge auf und gebe ihr einen Mitschnitt von dem, was auf der Gala passiert ist. Sie unterbricht mich kein einziges Mal. Hört sich alles bis zum Ende an und nickt an den richtigen Stellen.

»Haben Sie noch Fragen?«, gebe ich ihr die letzte Chance, noch etwas aus mir herauszubekommen.

»Tatsächlich habe ich nur eine einzige Frage: Warum tun Sie das?«
Ich muss nicht lange überlegen, um ihr darauf eine Antwort zu geben.

»Weil ich kein Spielball mehr in dem Leben meines Vaters sein möchte, Jennifer. Es ist an der

Zeit, dass er versteht, nicht mit allem durchzukommen.«

»Ich verstehe. Danke für die Zusammenarbeit, Evangelina.« Wir stehen auf, verabschieden uns und ich hoffe, ich sehe sie nie wieder. Es dauert keine Minute, ehe Megan zu mir kommt und mich fragend ansieht. Sie platzt fast vor Neugier und doch erkenne ich in ihren Augen einen Hauch Angst.

Davor, einen Fehler gemacht habe. Einen, der alles verändert und das Leben, wie ich es kenne, endgültig vernichtet. Doch genau das wollte ich damit erreichen.

Megan hat mir angeboten, mit zu sich zu kommen. Alles war besser, als wieder nach Hause zu gehen und darauf warten zu müssen, was mit dem Artikel passiert. Es wird die Hölle ausbrechen und ich muss nicht unbedingt im Feuer stehen, wenn das passiert. Wir sitzen zusammen auf ihrer kleinen Couch, die gerade so Platz für uns zwei bietet. Jeder mit einer Flasche Bier in der Hand und hänge unseren

Gedanken nach. Tatsächlich ist das hier das erste Mal, dass ich das Gefühl habe, eine Freundin zu haben. Jemanden in meinem Leben zu wissen, den ich alles fragen kann und von dem ich auch eine ehrliche Antwort bekomme, ohne verurteilt zu werden.

»Glaubst du, ich habe einen Fehler gemacht?« Sie weiß, was ich meine.

»Andere Frage: Willst du dich in zehn Jahren, wenn du unglücklich und verbittert in einem dieser Häuser sitzt, wirklich fragen, was gewesen wäre, wenn du dich gewehrt hättest? Oder willst du mit Stolz auf das, was heute passiert ist, zurückblicken?« Wir wissen beide, wie meine Antwort darauf ausfallen wird und doch lächle ich und stelle die nächste Frage:

»Meinst du, ich habe damit alles noch schlimmer gemacht?« Das Etikett meiner Flasche beruhigt mich, während ich es an einer Ecke ablöse.

»Du meinst schlimmer, als unglücklich zu sein, dich in meiner Wohnung zu verstecken und von einem Kerl zu träumen, von dem du weißt, dass er dir bisher nie sein wahres Gesicht gezeigt hat?« Natürlich kommt sie jetzt mit ihm an.

»Warum habe ich dir nur von Gabe erzählt?«

»Weil du bereust, dass du ihn nicht erklären lassen hast, wer er ist. Du hast ihm einfach keinen Vorschuss an Vertrauen gewährt.«

»Was, wenn er es nicht verdient hat?«

»Jeder hat eine Chance verdient, Eva. Sieh uns an. Hättest du erwartet, dass wir hier zusammen sitzen werde? Also ich nicht.«

»Willst du nicht darüber nachdenken, den Studiengang zu wechseln?«, frage ich und versuche damit das Thema zu wechseln.

»Würde passen, oder? Aber lenk nicht vom Thema ab, Kleine. Du bereust es, dass du gegangen bist, oder?« Ich antworte ihr nicht, trinke stattdessen einen weiteren Schluck aus meiner Flasche und schreie im Stillen. Denn ja, ich bereue es, ihn zurückgelassen zu haben, ihm keine Chance gegeben zu haben, sich zu erklären.

»Wir bereuen meistens die Dinge, die wir getan haben, Eva. Aber immerhin hast du die Möglichkeit, sie doch noch zu ändern.«

Gabriel

Kapitel 42

Eva hat nichts mehr von sich hören lassen und das stört mich mehr, als es sollte. Ich habe sie gehen lassen, ihr die Wahl gelassen und definitiv verloren. Zumindest was sie und ihr Vertrauen angeht, muss ich mir eingestehen, dass ich am Ende bin. Was die Sache mit ihrem Vater angeht, habe ich trotz allem eine neue Spur gefunden, die mich dem was passiert ist, näherbringt.

Anders als man denken könnte, bin ich nicht untätig. All das, was Eva über ihren Vater gefunden hat, war die Vervollständigung dessen, was ich hatte. Es hat sich gezeigt, dass die Liste mit Namen, das ist, was mir gefehlt hat, um ihn endlich dranzukriegen. Mit leuchtenden Augen sitze ich vor meinem Laptop und kann nicht begreifen, dass es tatsächlich so einfach ist.

James Foring lädt zu einer Eröffnungsfeier ein, die sein neustes Projekt promoten soll. Auf dem Post, den ich im Internet gefunden habe, steht er grinsend vor dem neu sanierten Gebäude, das nicht einmal vier Straßen von unserer Wohnung entfernt ist. Ab und an habe ich es nachts geschafft, mich dort hineinzuschleichen, und kann nicht anders, als über den Slogan zu lachen.

»GEMEINSAM FÜR GLÜCKLICHE KINDER«

Dass ich nicht lache.
Okay, doch, ich tue es und kann dabei nur den Kopf schütteln. Nicht, dass dieser Spruch ausreichen würde, nein, um dem Ganzen die Krone aufzusetzen, stehen neben ihm drei Kinder im Alter von vielleicht zehn Jahren und man sieht ihnen an, dass sie auf dieses Theater keine Lust haben. Auf den ersten Blick hat er mit diesem Projekt vielleicht wirklich etwas Gutes bewirkt, doch was dafür nötig war, um das umzusetzen, danach fragt natürlich niemand. In dem Haus, welches er für viel Spendengeld und mit billigen Arbeitern umgebaut hat, haben bis vor Kurzem Familien gewohnt, die sich gerade so die Miete leisten konnten.

Diese Familien wurden nach und nach auf die Straße gesetzt und mit nichts zurückgelassen. Danach fragt natürlich niemand. Keinen interes-

siert es und wenn doch, wird dieser Jemand schnell mit vielen Scheinen mundtot gemacht.
Es ist beinahe lächerlich und doch weiß ich, dass es genau so ist. Eine der Familien hat lange darum gekämpft, ihre Wohnung nicht räumen zu müssen, und wie aus dem Nichts kamen nachts irgendwelche Gangster aus dem letzten Loch und haben sie bedroht. Niemand würde das zu James Foring zurückverfolgen können und doch wissen alle, dass er dafür verantwortlich ist.

Sein Name ist nie gefallen. Wie immer. Er schafft es, sich wie eine verfickte Schlange aus allem herauszuwinden. Doch ein Ass habe ich noch. In meiner Nacht- und Nebelaktion hatte ich mich in die Baustelle geschlichen und dort Dinge gesehen, die nicht für meine Augen bestimmt gewesen waren. Die Sicherheitsleute an den Eingängen hatten mich skeptisch werden lassen. Ich meine, wer zur Hölle lässt eine Baustelle bewachen? Als ich drin gewesen war, hatte sich diese Ahnung erst einmal nicht bestätigt. Es hatte keinen Sinn ergeben, bis ich in den zweiten Stock gegangen bin. Dort war es weniger baufällig als unten. Das Treppenhaus war bereits frisch renoviert und auch die leise Musik, die mich auf meinem Weg begleitet hatte, hatte mich skeptisch gemacht.

Siegessicher öffne ich mein Handy und schicke die Bilder, die ich gemacht habe, an meinen Laptop. Bilder, auf denen James und andere seiner Geschäftspartner an schönen Tischen, illegale Pokerabende veranstalten. Um das aber noch besser zu machen, habe sich die Wichser von halb nackten Frauen, die dafür definitiv zu jung waren, bedienen lassen. Die Mädchen waren vielleicht gerade fünfzehn Jahre alt gewesen. Über das Geld, was in dieser Nacht geflossen war, will ich gar nicht reden. Dass es nicht sauber war, liegt ja wohl auf der Hand. Ich schiebe alles in den Ordner, in dem ich die von Eva gesammelten Beweise abgespeichert habe, und bleibe bei einem Dokument hängen. Es ist die Liste, auf der auch Lillys Name steht. Eine Liste, mit Menschen, die wegen der Geschäfte von James sterben mussten.

Lilly Pierce - ihren Namen zu lesen, macht mich jedes Mal aufs Neue wütend. Es ist auch mein Nachname und doch hat mich seit Jahren niemand mehr so genannt. Nur deshalb schaffe ich es bisher immer, unter dem Radar zu laufen.

Niemand weiß, wer Gabriel Smith ist und nach Gabriel Pierce hat niemand gefragt.

Ich nehme mein Handy in die Hand und wähle eine Nummer, die mir bisher immer helfen konnte. Ty gehört zu meinen ältesten *Freunden*. Wir haben uns damals bei einem echt beschissenen Job kennengelernt und hatten irgendwie exakt denselben Humor. In all den Jahren, die wir uns jetzt kennen, konnte ich mich immer auf ihn verlassen. Egal, um was es ging. Seine Verbindungen und Kontakte sind weit vernetzt und ja, auch wenn vieles von dem, was er und seine Kumpels tun, an der Grenze der Legalität schwankt, kann ich ihm vertrauen. Gerade, wenn es um einen Job geht, der sich verdammt nützlich erweist. Es dauert nicht lange, bis er abnimmt.

»Was willst du?« Oh, super, er hat gute Laune.

»Danke, Ty. Mir geht es gut und selbst?«

»Hör auf mit dem Mist, ich hab keine Zeit.«

»Ich muss auf die Eröffnungsfeier im Village Center kommen. Wie, ist egal, von mir aus als Kellner oder so.« Im Hintergrund höre ich, wie eine Tür zuschlägt, gefolgt von seinem genervten Seufzen.

»Gib mir ein paar Stunden, ich muss telefonieren und ein paar Gefallen einfordern, aber ich besorg dir den Job, Gabe.«

»Danke.«

»Kein Problem, aber pass diesmal auf, dass sie nicht anfangen, nach dir zu suchen. Ich hab keine Lust mehr auf den ganze Stress.«

»Mach ich.« Nicht. Das tue ich nie.

Er beendet das Gespräch und ich stelle den Laptop weg. Lasse mich auf mein Bett fallen und schließe kurz die Augen. Wenn ich hier liege, bilde ich mir ein, Eva riechen zu können. Ihr Parfüm hängt in den Laken fest. Fliegt noch immer durch mein Zimmer, obwohl das nahezu unmöglich ist.

Die halbe Nacht habe ich nicht geschlafen. Mich von einer auf die andere Seite gewälzt, nur um immer wieder von ihr zu träumen. Eva ist ein verdammter Fluch, der sich in meinem Kopf festgesetzt hat. Stöhnend reibe ich mir über die Augen, als ich aus dem Wohnzimmer einen dumpfen Knall höre. Schnell steige ich aus dem Bett und öffne die Tür. Devon steht schnaubend in der Küche und schlägt immer wieder mit der flachen Hand auf die Arbeitsfläche.

»Bist du vollkommen durchgedreht?«, frage ich und gehe zu ihm. Seit Eva hier war, ist die Anspannung zwischen uns gewachsen und es fühlt sich andauernd an, wie ein verschissener Balanceakt, ihn nicht an die Decke gehen zu lassen.

»Das fragst du mich? MICH?« Er betont das letzte Wort so laut, dass es vermutlich die Nachbarn im ersten Stock gehört haben. »Sie dir an, was deine kleine Fickprinzessin, angestellt hat.« Er dreht sich zu mir um und schmeißt mir die neuste Zeitung vor die Füße. Ich bücke mich, hebe das Papier auf und lese die Titelseite. Immer wieder versuche ich, die Worte in meinen Kopf zu lassen, bis ich irgendwann einfach anfange zu lachen.

Fuck, Prinzessin, das hast du nicht gemacht? Ein Funken Stolz setzt sich in mir fest und ich schüttle lächelnd den Kopf.

»Ach, findest du das witzig?«, holt mich Devons Stimme aus meinen Gedanken und ich treffe auf seinen wütenden Blick.

»Witzig nicht, aber es ist perfekt.«

»Perfekt? Ist das dein Ernst? Hat sie dir dein Hirn rausgefickt oder was?« So langsam werde ich wütend.

»Was ist dein Problem?«, frage ich ihn und verdunkle meine Stimme.

»Mein Problem ist, dass sie damit alles kaputtgemacht hat. Diese kleine verzogene Schlampe hat alles, was wir seit Jahren planen, einfach so veröffentlicht. Alles, was wir gegen ihn in der Hand hatten. Meinst du, Foring ist dumm? Er wird das zu seinem verfickten Vorteil nutzen und dadurch noch größere Aufmerksamkeit auf die Eröffnung lenken.« Wenn er Eva noch einmal eine Schlampe nennt, schwöre ich, werde ich mich nicht mehr beherrschen können. Devon hat definitiv ein Problem mit ihr, aber dass er damit meinen - unseren Plan - gefährdet, kann ich nicht zulassen.

»Pass auf, wie du über sie sprichst«, knurre ich ihm entgegen und mache einen Schritt auf ihn zu.

»Ach, hat sie dich jetzt schon so gut im Griff, dass du sie verteidigst und dich gegen mich und Lilly stellst?« Meine Faust landet schneller in seinem Gesicht, als dass ich es hätte, kommen sehen. Doch wenn er so redet, ist er selbst schuld.

»Lass meine Schwester da raus!« Mein Ton ist deutlich und lässt keinen Raum für eine Erwiderung. »Eva wird ihre Gründe gehabt haben, damit an die Presse zu gehen. Ich nehme mir nicht das Recht heraus, darüber zu bestimmen. Es geht uns nichts an, was in dieser Familie falsch läuft. Das Einzige, was zählt, ist, dass ich mich für den Tod an meiner Schwester rächen kann. Ich will, dass James fucking Foring auf dem Boden liegt. Ob ich persönlich dafür verantwortlich bin, ist mir egal. Selbst wenn ich nur danebenstehe und ihm dreckig ins Gesicht lächeln kann, bin ich damit mehr als zufrieden.«

»Siehst du«, beginnt Devon dennoch eine weitere Diskussion. »Genau das ist das Problem. Vor der kleinen Fotze, hättest du der sein wollen, der ihn zu Fall bringt. Dir wäre es nie genug gewesen, ihm dabei zuzusehen. Du, Gabriel, hättest ihm den Boden eigenhändig unter den Füßen wegziehen wollen. Vielleicht hättest du Eva härter ficken müssen, um sie unter Kontrolle zu kriegen, aber hey, dafür hast du ja mich, denn - anders als du - habe ich unseren Plan nicht vergessen.«

Evangelina

Kapitel 43

Mein Handy klingelt ununterbrochen und schafft es so, mich aus meinem Schlaf zu reisen. Stöhnend taste ich mit geschlossenen Augen nach dem kleinen Gerät. Es liegt auf dem Fußboden neben der Couch und als ich danach greife, falle ich fast runter.

Gut, immerhin bin ich jetzt wach. Sobald ich es in der Hand habe, beginnt es erneut zu vibrieren und ich blinzle gegen die Helligkeit des Displays an. Es ist mein Vater und wie sich herausstellt, ist es nicht sein erster Anruf. Das Klingeln verstummt, und ich sehe, dass er bereits fünfzehn Mal angerufen hat. Neben ihm meine Mutter und auch John. *Ja, aber sicher nicht.* Ich muss kein Genie sein, um zu wissen, was das bedeutet. Der Artikel ist online.

Dass es so schnell geht, hätte ich nicht gedacht, aber ich kann es fast nicht erwarten, ihn selbst zu lesen. Die entgangenen Anrufe ignoriere ich und öffne die Nachrichtenseite. Kurz dauert es, bis sie sich aktualisiert hat, ehe mir auch schon ein Bild meines Vaters ins Auge springt. Darunter die Caption, die mich fast sprachlos macht.

- Der Teufel hat ein neues Gesicht – und trägt Hermées -

Den Rest der Zeilen überfliege ich schnell. Nehme hier und da ein paar Dinge auf, die definitiv von mir stammen und doch bin ich überrascht, wie viel Jennifer bereits ohne meine Hilfe gegen ihn in der Hand hatte. Obwohl ich über einige der Dinge im Bild war, überraschen sie mich. Die Tragweite, die Verstrickungen. Alles, einfach alles. Doch vor allem macht es mich wütend. Die Kommentare unter dem Ausschnitt häufen sich. Greifen meinen Vater an und auch über meine Mutter und mich werden ein paar kranke Dinge geschrieben. Mir war bewusst, dass ich dafür ebenso für das den Kopf hinhalten muss, wie es meine Eltern müssen, doch manche Kommentare sind einfach nur gestört.

»Guten Morgen.« Megans Stimme lenkt mich von meinem Handy ab und ich versuche, sie anzulächeln.

»Guten Morgen.«

»Wie schlimm ist es?«, fragt sie mit einem Nicken zu meinem Handy, das ich noch immer festhalte. Kurz überlege ich, alles herunter zu spielen und ihr zu sagen, dass es okay ist. Bis ich mich daran erinnere, wer vor mir steht.
»Es könnte schlimmer sein, aber immerhin kennen jetzt alle die Wahrheit.«

Leider kann ich mich nicht ewig bei Megan verstecken. Doch nach Hause will ich auch nicht. Die Anrufe meiner Eltern habe ich bis jetzt ignoriert und ich bin überrascht, dass noch keine Spezialeinheit nach mir sucht. Trotzdem weiß ich, dass ich ihnen nicht ewig aus dem Weg gehen kann. Gerade als ich die Madison Avenue entlanggehe und kurz vor unserem Haus bin, klingelt mein Handy. Ich ziehe es aus meiner Jackentasche und bleibe stehen. Mein Herz schlägt sofort schneller und ich öffne die Nachricht.

Gabriel: Ich bin stolz auf dich, Prinzessin.

Sechs kleine Worte, die mich nach Luft schnappen lassen. Er weiß es. Gabe weiß, dass ich das war. Und obwohl ich jetzt alles bestreiten sollte, und versuchen müsste, ihn davon zu überzeugen, dass ich nichts damit zu tun habe, kann ich nicht anders, als zu lächeln. Ohne ihm zu antworten, stecke ich mein Handy wieder in meine Tasche und gehe die Steintreppe nach oben. Ich bin noch immer enttäuscht von ihm. Er hat mir von Beginn an etwas verheimlicht. Klar, bis zu einem gewissen Punkt war genau das der Reiz. Unwissenheit. Der Nervenkitzel. Doch Johns Worte gehen mir einfach nicht aus dem Kopf. *Was, wenn sie genau dafür da waren?* Nur darauf abzielen sollten, mich zu verunsichern? Mein Verschwinden aus Gabes Wohnung war nicht richtig, ich weiß das, er weiß das und doch hat sich in diesem Moment nichts besser angefühlt, als Abstand zwischen uns zu bringen.

Mit zittrigen Fingern tippe ich den Zugangscode in das Feld ein und die Tür springt auf. Das, was mich dahinter erwartet, gleicht einem verdammten Wespennest. Etliche Menschen wuseln umher. Telefonieren und reden miteinander und tippen nebenbei etwas auf ihre Tablets ein. Es ist ein wilder Haufen Chaos.

Einer, für den ich verantwortlich bin. Noch bevor ich die Chance bekomme, nach oben zu verschwinden und mich in mein Zimmer zu flüchten, dringt die wütende Stimme meines Vaters durch die Eingangshalle.

»In mein Büro! Sofort!« Er wartet gar nicht erst, bis ich zu ihm schaue, sondern geht direkt an mir vorbei nach oben. Noch nie hat er mich in sein geliebtes Büro bestellt. Immer wurden die kleinen Angelegenheiten hier unten geklärt. *Vielleicht weiß er es?* Die Möglichkeit besteht, keine Frage und doch macht sie mir keine Angst. Ich folge ihm die Stufen nach oben und weiter in den privaten Bereich meiner Eltern. Die Tür fällt laut hinter uns zu und bis jetzt hat er kein weiteres Wort gesagt. Erst als wir in seinem Büro ankommen und ich die Tür hinter mir geschlossen habe, hebt er die Stimme.

»Was glaubst du, was du hier machst?«

»Mit dir reden?!«

»Verkauf mich nicht für dumm, Eva. Du weißt genau, was ich meine. Die Hölle bricht los und mein gottverdammtes Kind ist wie vom Erdboden verschwunden. Weißt du eigentlich, wie viele Menschen nach dir gesucht haben?« Natürlich haben alle nach mir gesucht außer meine

Eltern, aber das war ja klar. Immerhin sind beide viel zu sehr damit beschäftigt, ihren eigenen Kopf aus dieser verfluchten Schlinge zu ziehen.

»Jetzt bin ich ja hier«, versuche ich mich an einer ruhigen Tonlage und doch höre ich den bissigen Unterton. »Wenn wir schon dabei sind, *Vater*. Wie fühlt es sich an, wenn einem die Maske vom Gesicht gerissen wird? Einfach so, ohne dass man es hat kommen sehen?« Ich verschränke die Arme vor der Brust und suche seinen Blick. Verdränge die Erinnerung an Gabe und mich, als wir zusammen hier gewesen waren, und konzentriere mich ausschließlich auf meinen Vater. Sein wütender Blick spießt mich auf. Forscht nach weiteren Worten und beginnt dann höhnisch zu lachen. Das Geräusch klingt hohl und hallt beinahe im Raum nach.

»Evangelina, glaubst du wirklich, dass mich diese kleine Farce zu Fall bringen wird?« Er kommt um den Tisch herum und setzt sich auf die vordere Kante. Sein Hemd spannt sich dabei um seine Brust, und die Fliege muss ihm beinahe die Luft abschnüren. Und doch wirkt er gefasst, ruhig und selbstsicher. »Es gibt schlimmere Dinge, die über mich ans Licht geholt werden könnten. Entweder derjenige, der diese Details verraten hat, hat seinen Job nicht richtig gemacht, oder aber er wusste nicht, was er tut. Beides sind Varianten, die mir nur zugutekommen.« Ich behalte meinen neutralen Gesichtsausdruck bei, auch wenn ich innerlich vor Wut koche. Er wiegt sich wirklich noch immer in Sicherheit?

»Wie kann dir dieser ganze Tumult denn bitte zugute kommen?«, frage ich und ignoriere die anderen Anspielungen darauf, dass er eine Ahnung hat, wem er diesen Aufruhr zu verdanken hat.

»Indem du endlich deine Rolle als brave Prinzessin einnimmst.« Sein Lächeln ist siegessicher und ich glaube, meins fällt gerade in diesem Moment auf den Boden. Das war es dann also mit meiner Maske.

»Was soll das heißen?« Meine Stimme klingt dünn und mir wird unangenehm warm. Hitze kriecht mir die Wirbelsäule hinauf und steigt mir zu Kopf. Mein Körper warnt mich vor dem, was gleich kommen wird. Er gibt mir zu verstehen, dass ich laufen sollte. Am besten weit weg und so schnell, wie ich kann, und doch bleibe ich wie versteinert stehen. Blicke in Augen, die mich kalt ansehen, versuche, die Worte zu verstehen, die er mir entgegenschleudert.

»Morgen wird ein Artikel erscheinen, in dem Johns und deine Verlobung offiziell gemacht wird. Ein Termin für die Hochzeit steht ebenfalls fest und es wird niemanden mehr interessieren, was heute in der Zeitung stand, Eva. Ihr werdet zusammen auf der Eröffnung des *Village Centers* mit mir erscheinen und ich erwarte von dir, dass du all das mit machst.«

»Was, wenn ich mich weigere?«

»Versuch es und lebe mit den Konsequenzen. Du kennst mich, ich scherze nicht, Tochter.«

Gabriel

Kapitel 44

Ty hat es tatsächlich geschafft und mir einen Job auf der Eröffnung beschafft. Der USB-Stick mit den Bildern, die ich vom Pokerabend gemacht habe, ist bereit und ich gehe sie ein letztes Mal durch. Es ist mitten in der Nacht und ich sollte schlafen, doch gerade als ich den Laptop schließen will, bekomme ich eine Nachricht, mit der ich nicht gerechnet habe.

Eva: Bist du allein?

Ich: Ja, warum?

Vor wenigen Tagen kamen ähnliche Worte von ihr und sie stand keine zwei Minuten später vor meiner Tür.

Eva: Mach bitte die Tür auf.

Schnell stehe ich vom Bett auf und gehe zur Tür. Ich öffne sie und die Prinzessin steht tatsächlich vor mir. Ihr Blick ist undurchsichtig und lässt mich keinen klaren Gedanken fassen, als sie sich wortlos an mir vorbei schiebt.

Eva geht direkt in mein Zimmer und die Selbstverständlichkeit, mit der sie das tut, gefällt mir viel zu sehr.

»Wie komme ich zu der Ehre, Prinzessin?«, frage ich sie um unser Schweigen zu brechen, und lehne mich in den Rahmen der Tür. Sie bleibt mit dem Rücken zu mir stehen und spannt die Schultern an. Sie trägt einfach nur einen verdammten Hoodie und eine einfache Jeans und sieht dennoch verboten heiß darin aus. Ihre Haare schwingen in dem hohen Zopf mit, als sie den Kopf dreht und mich ansieht. Endlich erkenne ich eine Emotion in ihren Augen. Eine flackernde Wut, die ich so noch nie in ihnen gesehen habe.

»Ich frage dich das nur einmal. Egal, wie schmerzhaft die Antwort für mich ausfällt, ich will verdammt noch mal, dass du ehrlich bist!«

»Frag.«

»Hat John dich dafür bezahlt, dass du mich fickst?« Ungläubig starre ich sie an. Tue aber das, was sie verlangt hat.

»Nein.«

»Nächste Frage. Ist dein Name Gabriel Smith?«

»Nein.«

»Hat mein Vater etwas damit zu tun, dass du in mein Leben getreten bist?« Tränen stehen in ihren Augen, stehen so sehr im Kontrast zu ihrer Haltung, dass ich am liebsten auf sie zugehen will. Diese Zweifel vertreiben und sie einfach nur im Arm halten möchte. Doch ich tue genau das Gegenteil davon. Bleibe weiterhin mit verschränkten Armen im Rahmen der Tür stehen und beiße mir von innen auf die Wange.

»Ja.« Es sind nur zwei Buchstaben und doch wiegen sie so schwer. Sie hallen zwischen uns wider und lassen Eva nicken. Eine Erkenntnis legt sich über ihr Gesicht, wie eine Maske. Wie die, die sie immer trägt, wenn es von ihr verlangt wird.

»Also war alles zwischen uns nur eine Lüge? Ein Traum? Ein Märchen? Etwas, das nie wirklich existiert hat?« Ihre Stimme bricht und meine Zurückhaltung ebenso. Ich weiß, dass ich sie gehen lassen sollte, auch, wenn es das ist, was ich am wenigsten möchte. Doch wenn es um Eva geht, bin ich egoistisch. Denke nur daran, was wäre, wenn ich sie nach dem hier nie mehr sehen würde? Der Gedanke allein treibt mich in ihre Richtung. Ich gehe zu ihr, überbrücke die lächerliche Distanz und spüre ihren Atem auf meinem Gesicht. Fixiere ihren Blick. Sie weicht nicht zurück, funkelt mich wütend und enttäuscht an, als ich meine Hand an ihre Wange lege.

»Ich wünschte, es wäre so einfach, Prinzessin.« Leise verlassen die Worte meinen Mund. Einfach wäre es, wenn ich nie dieses tiefere Gefühl empfunden hätte, das sich in meiner Brust festsetzt, wann immer ich an sie denke. Einfach wäre es, wenn ich sie anlügen könnte und danach nie mehr an uns und diese Zeit denken müsste. Einfach wäre es, wenn ich ihren Vater für das, was er getan hat, hassen und loslassen könnte. Doch einfach ist nicht der Weg, der mir geebnet wurde.

»Ich verstehe«, entkommt es ihr leise und ein freudloses Lächeln liegt ihr auf den Lippen.

»Dann weiß ich ja alles, was ich wissen muss.« Sie entzieht mir ihr Gesicht und will sich an mir vorbei schieben, doch meine Hand schnellt vor und packt ihren Arm. Diesmal lasse ich sie nicht gehen. Kann es nicht!

»Ihr Name war Lilly«, sage ich wie aus dem Nichts und atme tief ein. »Ihre Lieblingstiere waren Schmetterlinge, deshalb mein Tattoo. Sie war meine kleine Schwester, krank, und hätte Hilfe gebraucht.« Die Stille wiegt so verdammt schwer, dass ich keine Luft mehr bekomme. Noch nie habe ich mit einem anderen Menschen als Devon über sie gesprochen. Es fühlt sich falsch und gleichzeitig so verflucht richtig an, Eva meine Geschichte zu erzählen. Nicht nur, damit sie bleibt. Nein, denn sie hat es, verfickt nochmal, verdient, die Wahrheit zu erfahren. Ich schließe die Augen und lasse ihren Arm los.

Doch anstatt einfach zu gehen, bleibt sie.

»Was ist passiert?« Diesmal bin ich es, der freudlos auflacht, ehe ich die Augen öffne und auf ihren durchdringenden Blick treffe.

»Alles.« Sie ist gestorben. »Nichts.« Niemand hat ihr geholfen. »Und von allem zu viel und gleichzeitig zu wenig.« Mit einem Seufzen drehe ich mich um und setze ich mich an die Kante meines Betts. Nicke neben mich und biete ihr an, sich meine und Lillys, Geschichte anzuhören.

»Lilly war ein glückliches kleines Mädchen. Wir sind in den falschen Kreisen groß geworden. Unsere *Mutter*«, spucke ich das Wort aus, welches einfach nicht zu der Frau passt. »hat sich durch die Wohnungen der Nachbarn gevögelt.

Es war okay, Lilly hatte mich und ich hatte sie. Wir wurden zu einem unbesiegbaren Team. Haben nur uns gebraucht und ich habe sie beschützt. Genau wie sie mich. Glaub mir, Prinzessin, ich hatte oft an dem Punkt gestanden, an dem ich mich an Drogen oder Untergrundkämpfe hätte verkaufen können, nur um damit Lilly endlich das kaufen zu können, was sie sich gewünscht hat. Irgendwann, als sie jeden Tag so unglaublich müde war, habe ich sie gepackt und mit zu einem Arzt genommen, der sie gegen Barzahlung untersucht hat. Frag mich nicht, wie ich an dieses Geld gekommen bin, aber ich hätte alles für meine kleine Schwester getan. Alles.« Kurz pausiere ich meine Erzählung und lasse die Erinnerung in meinen Verstand. Lasse zu, dass mich derselbe Schmerz trifft wie früher. Doch heute ist etwas anders als damals.

Diesmal ist Eva hier und legt ihre Hand auf meinen Oberschenkel. Ich starre auf ihre Hand, will meine so gern darüber legen und doch verbiete ich es mir. »Der Arzt hat ihr Blut abgenommen und sie durchgecheckt. Meinte, sie hat bestimmt nur eine Erkältung oder so, bis er mich zwei Tage danach angerufen hat. Seine Worte gehen mir bis heute nicht aus dem Kopf. Es trifft nur vier Prozent der Menschen im Alter unter fünfzehn Jahren, Lilly gehörte dazu. Leukämie. Blutkrebs. Meine kleine Schwester könnte sterben.« Zum ersten Mal spreche ich die Worte aus, vor denen ich mich früher so gefürchtet habe. Sage das, was ich mich nie getraut hatte, zu sagen. Und es schmerzt, noch immer.

»Das ist grausam.« Sie beteuert nicht, dass es ihr leidtut. Spricht keine der typischen Floskeln aus, die man ansonsten hört, wenn man so eine Diagnose bekommt und genau das lässt mich meine Hand auf ihre legen. Kurz drücke ich sie, um ihr zu zeigen, dass ich es weiß. Ich weiß, dass es ihr leidtut, und doch könnte keins der Worte etwas daran ändern, was passiert ist.

»Ja, aber es wird noch besser.« Wir wissen beide, wie es weitergehen wird. Eva, weil sie nicht dumm ist. Und ich, weil ich es aus der ersten Reihe mitbekommen habe. »Wir sind sofort ins Krankenhaus gegangen. Natürlich haben sie Lilly aufgenommen, sie untersucht und begonnen, sie zu behandeln. Um das zu bezahlen, habe ich Jobs angenommen. Habe die Schule, in die ich eh nur sporadisch gegangen bin, komplett geschmissen. Was soll ich sagen, Prinzessin, ich bin nicht stolz auf die Dinge, die ich getan habe, und doch würde ich nichts ändern. Hätte es etwas gebracht, wäre ich freiwillig gestorben, um ihr Leben zu retten.« Evas zittriges Einatmen lässt mich zu ihr schauen und ich erkenne die Tränen in ihren Augen. Streiche sie weg und schüttle den Kopf. »Sie wäre der bessere Mensch gewesen. Lilly hätte ein Leben verdient, das sie genießen könnte, und ich hätte nie daran gezweifelt, dass sie diesen Platz auf der Welt mehr verdient hätte.«

»Hör auf, du bist genauso ein guter Mensch und hast es verdient zu leben, Gabriel.«

»Sorry, aber das ist die Wahrheit. Doch das wirklich Gute kommt erst noch, Evangelina. Bei einem der Jobs habe ich einen Kerl kennengelernt, der mir von einer Stiftung erzählt hat, die sich um kranke Kinder kümmert, die keine finanziellen Mittel haben, um je wieder gesund zu werden. Der Name wird dir bekannt vorkommen, Prinzessin, denn es ist der deiner Familie.«

Evangelina

Kapitel 45

Dass Gabe nicht weiter auf Lilly eingehen möchte, ist okay und ich akzeptiere es. Der Schmerz in seiner Stimme und seinen Augen hat mir gereicht. Ich wusste, worauf diese Geschichte hinausläuft, und doch habe ich bis zum letzten Moment gehofft, dass sie nicht mit diesem Satz enden würde. Zu hören, dass meine Familie, mein Vater, einen Menschen auf dem Gewissen hat, presst mir die Luft aus den Lungen. Ich kann nicht atmen, spüre die Enge in meiner Brust und stehe auf. Kann nicht eine Sekunde länger neben Gabe auf dem Bett sitzen, mit dem Gedanken daran, dass er mich benutzt hat. Dass keins von seinen Worten ehrlich war.

»Soll ich mehr erzählen?«, höre ich seine Stimme dicht hinter mir und spüre im nächsten Moment seine Hand an meinem Bauch. Er drückt mich gegen sich und ich spanne mich an, kurz, nur kurz, ehe ich mich an ihn sinken lasse. Das Gefühl von Verrat wiegt weniger, als das, welches mich genießen lässt, dass er bei mir ist. Sein Duft vernebelt mir die Sinne. Seine Stimme ist wie ein Alarm und doch laufe ich in seine Arme. *Metaphorisch.* Stürze mich in die Gefühle, die ich nicht länger vor mir selbst verbergen kann.

»Lass mich raten, was dann passiert ist«, beginne ich, um meine Gedanken von dem zu lösen, was in meinem Herzen passiert. »James hat das Geld, was für Lillys Behandlung gespendet wurde, anderweitig verwendet. Er hat Spenden gesammelt, die Kinder vorgeschoben und dann etwas damit gemacht, wovon nur er profitiert?!« Mir genügt sein Schweigen als Zustimmung und ich schnaube. »Das waren also all die Namen auf der Liste«, spreche ich meine Gedanken aus und lege meine Hand über seine. Spüre ihr Gewicht, das mich fest an seine Brust drückt, und schließe die Augen. Mein Herz rast und ich glaube, noch immer zu wenig Luft zu bekommen.

»Schau mich an«, raunt er mir zu und dreht mich sanft um. Wartet nicht darauf, dass ich seinem Wunsch nachkomme, obwohl ich es kaum ertrage, ihm in die Augen zu sehen. Augen, die gerade so voller Leid und Schmerz sind, dass es mir fast den Boden unter den Füßen wegreißt. Stumm schüttle ich den Kopf. Will seinem Blick ausweichen, aber er hält mein Kinn zwischen Daumen und Zeigefinger gefangen.

»Kannst du mit dem leben, was dein Vater getan hat?«

»Nein, wie könnte ich das jemals?«

»Gut, denn ich werde ihn damit nicht davonkommen lassen. Ich will, dass er alles verliert. Er muss leiden, erst dann werde ich mit meiner Vergeltung aufhören. Erst hatte ich den Plan, ihm dich wegzunehmen, du warst ein Punkt auf meiner Liste gegen ihn, Eva. Doch das war, bevor ich dich kennengelernt habe. Gesehen habe, richtig gesehen habe. Du bist genau so von der Vorstellung besessen, ihn fallen zu sehen wie ich.« Seine brutale Ehrlichkeit versetzt mir einen schmerzhaften Stich. Zu hören, dass ich einfach nur ein Punkt auf seinem Rachefeldzug gegen meinen Vater war, ist niederschmetternd.

»Was hat dich dazu gebracht, deine Meinung über mich zu ändern?«, frage ich und drücke meine Hände gegen seine Brust. Er lächelt mich an, überwindet den von mir geschaffenen Abstand mühelos und drängt mich gegen die Wand in meinem Rücken.

»Erstens, dein Kampfgeist.« Seinen Worten folgt der warme Atem, der über mein Gesicht gleitet. »Du bist in das Büro deines Vaters eingebrochen und hast etwas gesucht.« Sein Bein drängt sich zwischen meine Schenkel und drückt zart gegen meine Mitte. »Und dann waren da all die Beweise, die du gegen ihn hattest.« Er hat sie also wirklich gefunden, meine kleine Kiste unter dem Bett.

»Du warst also in meinem Schlafzimmer«, bringe ich atemlos über die Lippen, vergesse, dass ich das hier nicht so sehr genießen sollte, und dennoch tue ich es. Sein grollendes Lachen vibriert an meiner Brust, so nah ist er mir. Stützt die Hände rechts und links von mir an der Wand ab und hält mich gefangen.

»Tu nicht so, als würde dich das stören. Es hat dir gefallen, oder? Diese kleine Gefahr, dass ein vollkommen Fremder mit dir in diesem verfickten Haus ist. Wie oft hast du dir vorgestellt, dass ich nachts in dein Zimmer komme und du mit meinem Schwanz in dir aufwachst, Prinzessin?«

Er lässt eine Hand an meinem Arm nach unten gleiten. Fährt zart über meine Haut und beschert mir damit eine Gänsehaut. Vehement schüttle ich den Kopf und lächle ihm entgegen.

»Jede Nacht, aber du hast es nie getan. Warum?« Ich beschieße, sein Spiel mitzuspielen und dränge meinen Körper gegen seinen. Stelle mit Vergnügen fest, dass sein Schwanz bereits vollkommen steif ist, und reibe mich an seinem Bein. »Hattest du Angst, dass meine Pussy sich zu gut anfühlt und du dich mit dem Feind zusammentust?« Mein provokanter Unterton beschert ihm ein gefährliches Lächeln und ehe ich begreife, was passiert, hebt er mich auf seine Hüften.
»Ich habe beschlossen, dass ich dich fallen sehen will, Prinzessin. Aber das wirst du mit mir an deiner Seite tun.«

»Wer sagt, dass ich nicht die sein werde, die für deinen Absturz verantwortlich sein wird?«

»Weil nur ich dir dieses Gefühl geben kann, Eva.« Zur Verdeutlichung bahnt sich seine Hand einen Weg unter mein Shirt. Streicht meinen Bauch entlang und legt sich um meine Brust. Ein leichtes Ziehen am Metall in meinem Nippel lässt mich keuchend den Kopf in den Nacken legen.

»Was, wenn ich dir sage, dass all das falsch ist? Alles, was du dir gerade zusammenträumst. Denn du hast das, was wir hatten, verraten. Es mit Füßen getreten und mich belogen.« Gabes

Hand knetet meine Brust und ich spüre, wie meine Mitte pulsiert. Seine Lippen an meinem Ohr verziehen sich zu einem Lächeln, als seine Zunge hervorschnellt und darüber leckt.

»Habe ich das denn je getan? Oder habe ich dir nur die Wahrheit aufgezeigt? Und trotzdem bereust du keine Sekunde davon, Eva. Lüg mich nicht an, denn ich weiß es. Kenne deine Sehnsüchte besser, als du denkst. Ich kenne dich besser, als du es dir jemals ausmalen kannst.«

Mit Schwung landen wir auf seiner Matratze. Ich unter ihm, mit seinem Gewicht auf mir, das mich gefangen hält. Und er hat recht, ich genieße es viel mehr, als ich sollte, nachdem er mir die harte Wahrheit über sich offenbart hat.

Gabriel

Kapitel 46

Evas Blick und ihr Körper, der sich an mich presst, ist alles, an das ich gerade denken kann. Sie benebelt meine Sinne, lässt mich alles um mich herum vergessen und mich dennoch innerlich in Flammen aufgehen. In wenigen Sekunden schaffen wir, es uns mit Blicken und Worten zu verschlingen. Unsere Lippen prallen aufeinander, lassen keinen Raum für Atem und doch gibt es nichts, das sich besser anfühlen könnte, als mit ihrem Mund auf meinem zu ersticken.

Wir fallen.

Gemeinsam.

Hart und unnachgiebig. Fahrig ziehe ich sie aus, bis sie nur noch im Slip vor mir liegt. Ihre Brust hebt und senkt sich stetig und sie windet sich unter meinen durchdringenden Blicken. Meine Augen gleiten an ihrem Körper entlang und mir läuft das Wasser im Mund zusammen, als ich an ihren Nippeln ankomme. Das glänzende Metall darin steht im krassen Gegensatz zu ihrem so perfekten Körper. Zeigt, dass sie niemals die Prinzessin sein wollte, in die sie alle verwandeln wollten.

»Gefällt dir, was du siehst?«, fragt sie und wackelt mit der Hüfte. Mein Schwanz ruht zwischen uns. Pocht und zuckt, als sie beginnt, ihre Hand über ihre Brust nach unten gleiten zu lassen. Ich beobachte sie, warte darauf, wie weit sie gehen wird und knurre leise, als ihr ein Stöhnen entkommt. Sie reibt sich selbst über dem viel zu dünnen Stoff. Ihr Mund öffnet sich, als sie ihre Perle berührt, und doch tue ich nichts mehr, als sie zu beobachten. Selbst als sie die Hand unter den Stoff schiebt und ihre Hüfte den Fingern entgegen drückt, bleibe ich ruhig. Zumindest äußerlich.

Das Keuchen, welches ihr entkommt, als sie einen Finger in sich gleiten lässt, erfüllt den Raum und ich kann mich nicht mehr zurückhalten. Ich stoppe ihre Hand in der Bewegung, ziehe sie aus ihrem Slip und führe sie an meine Lippen. Sie glänzen von ihrer Feuchtigkeit und fuck, mein Schwanz pulsiert immer stärker zwischen uns.

»Sieh mich an, Eva«, sage ich und höre den drohenden Unterton meine Stimme. Sie folgt meiner Anweisung sofort und ihr lustvoller Blick trifft auf meinen. Ihre Augen haften an ihren Fingern, die mit ihrer Lust getränkt sind und huschen zu meinen. »Wie sehr sehnst du dich nach meinem Schwanz, Prinzessin?«, frage ich und lasse meine Zunge über ihren Finger schnellen.

Verdammt, ich liebe es, wie sie schmeckt. Ein Stöhnen entkommt mir, als ich ihre Lust auf meiner Zunge spüre. Eva schluckt sichtlich, als ich ihre Finger in den Mund nehme und an ihnen lecke. Meine Zunge spielt mit ihnen, ehe ich sie wieder frei gebe.

»Meine Hand hätte mir genügt«, flüstert sie und schreit im nächsten Moment auf, als ich ihren Slip an den Seiten zerreiße und uns umdrehe. Sie sitzt auf mir, ohne jegliche Barriere zwischen uns, und stützt sich auf meiner Brust ab. Kurz lässt sie ihren Blick über mich gleiten, bleibt an meinem Tattoo hängen und legt sanft die Finger darauf. Fährt die Linien nach und lächelt mich sanft an.

»Fick mich endlich in den verfluchten Himmel, Fremder«, haucht sie in die Stille, die zwischen uns hängt, und nimmt meinen Schwanz in sich auf. Mir bleibt die Luft weg, als ich sie endlich wieder spüre. Wie sich ihre Pussy an mich klammert und ich sie ausfülle.

»Du bist dran, Eva. Nimm dir, was du so sehr begehrst.« Als hätten meine Worte in ihr etwas losgetreten, blickt sie mich an und lächelt verwegen, ehe sie beginnt, ihr Becken anzuheben und sich wieder auf mich sinken lässt. Dieses Gefühl ist unbeschreiblich. Es ist zu viel. Zu wenig und doch alles, was ich will. Ich will ihr nahe sein. In ihr sein und sie nie wieder gehen lassen. Es bringt nichts, diese Gedanken aus meinem Kopf verdrängen zu wollen, denn sie kehren immer wieder zurück.

Eva reitet mich. Bewegt sich auf mir und meine Hände geben ihr den Halt, den sie benötigt. Ich grabe die Finger in ihre Hüfte, presse sie noch härter auf mich und genieße es, wie sich ihre Pussy an meinen Schwanz klammert. Sie zieht sich sehnsüchtig zusammen, als Eva den Kopf in den Nacken fallen lässt. Ihre Hände liegen auf meinen Schenkeln hinter ihr und sie biegt den Rücken durch.

Ich nehme eine meiner Hände von ihrer Hüfte, lege sie an ihre Klit und reibe sie.

»Lass uns fallen, Eva«, raune ich erstickt, und lasse mich von ihrem Orgasmus mitreißen. Er prasselt über uns hinein. Zieht uns nach unten und hält uns genau dort fest. Wie ein Erdbeben zittern wir. Lassen uns nicht los und genießen das Nachbeben, das Zucken unserer Muskeln, ehe sie sich erschöpft auf meine Brust fallen lässt.

Ruhelos und doch glücklich liegt sie in meinem Arm und zeichnet Kreise auf meine Brust. Immer wieder gleitet sie dabei zu meiner Seite und fährt sanft über das Tattoo. Berührt es und versetzt mir dabei immer wieder einen kleinen Stromschlag. Aber ich genieße ihre Berührung viel zu sehr, um sie darum zu bitten, aufzuhören.

»Bist du glücklich, Prinzessin?«, frage ich nach einer Weile in die Stille zwischen uns und spüre, wie sie sich etwas aufrichtet. Sofort wird ihre Nähe durch die Kälte ersetzt, die sie hinterlässt. Eva setzt sich neben mich und ich drehe mich etwas, um sie genauer ansehen zu können. Sie scheint zu überlegen, was sie sagen soll, denn ihr Blick liegt ruhelos auf ihren Händen. Ohne zu zögern, greife ich danach und streiche sanft darüber.

»Jetzt gerade? Ja, verdammt. Endlich kennen alle die Wahrheit.« Sie schüttelt den Kopf und ich spüre, dass da noch mehr ist, als sie mir sagt.

Mehr, das noch größere Probleme an die Oberfläche holt.

»Zu welchem Preis?«, frage ich und starre sie an. Ihr Blick trifft mich. Kalt, gefühllos und verletzt. Sie schüttelt den Kopf und will aufstehen. Erneut verschwinden, doch diesmal bin ich schneller und stehe bei ihr. »Sag es mir, welchen Preis musstest du bezahlen?«

»Du wirst es bald erfahren, so wie die verfickte ganze Stadt.« Sie spricht in Rätseln und ich hasse es. Hasse, dass sie Geheimnisse vor mir hat. Doch wer bin ich, um ihr das vorzuwerfen, wo ich es doch war, der sie von Anfang an belogen hat.

»Ich will es von dir wissen, Evangelina«, raune ich nah an ihrem Ohr, mit dem Wissen, dass sie kurz davor ist, mich erneut stehen zu lassen. Der Zauber der Nacht ist fast vorbei und die Geister, die uns am Tag verfolgen, kehren zurück. Sanft wird ihr Gesicht vom einfallenden Licht beleuchtet, zeigt, dass sie mit sich kämpft.

»Mein Vater gibt später eine Erklärung ab, dass John und ich verlobt sind. Er hat mir keine Wahl gelassen.« Ihre leise Stimme ist schmerzverzerrt und ich ziehe sie an mich. Versuche, das pochende Gefühl in meiner Brust zu verbergen.

Es wird stärker und stärker und ist kurz davor auszubrechen. Und doch ziehe ich Eva an mich, nehme ihr Gesicht in meine Hände und lege meine Stirn an ihre.

»Ich lasse nicht zu, dass irgendwer dich mir wegnimmt!«, schwöre ich ihr.

»Warum? Warum tust du das?« Beinahe flehend hallen ihre Worte zwischen uns und ich bin kurz davor, sie wegzustoßen, damit ich mich ihr nicht erklären muss. Aber damit sind wir fertig. Ein für alle Mal.

»Weil du zu mir gehörst, Evangelina Foring.«

»Und wer bist du?«

»Gabriel Samuel Pierce«, stelle ich mich ihr mit meinem richtigen und vollständigen Namen vor, was ihr ein vorsichtiges Lächeln auf die Lippen zaubert.

»Gleich zwei Engel in einem Namen. Das muss etwas heißen.«

»Das muss es wohl.« Stumm verspreche ich ihr, dass ich alles tun werde, um sie nicht zu verlieren. Wenn ihr jemals jemand wehtun wird, werde das ausschließlich ich sein. Ich und niemand anderes. Evas Tränen werden mir gehören, mir ganz allein und ich werde sie ihr schenken. Ihr den Schmerz geben, den sie ebensosehr braucht wie ich. Seite an Seite werden wir uns rächen.

Für das, was war, und für das, was noch auf uns wartet.

Evangelina

Kapitel 47

Noch bevor die Stadt richtig zum Leben erweckt, bin ich gegangen. Ich konnte nicht länger bleiben. Wusste, wenn ich ihm in die Augen sehe, wenn der Artikel online geht, würde etwas in mir zerbrechen. Etwas, das ich für das, was bevorsteht, noch brauche. Gabe ist eingeschlafen und ich habe mich feige raus geschlichen. Er wusste, dass ich gehen muss, ebenso wie ich, und doch zieht mich mein Gefühl zurück zu ihm. Ich bleibe stark, weiß, dass ich das hier tun muss, auch wenn es schwer wird. Wie gern würde ich mich einfach zu ihm retten. In seinen Armen liegen und ihn spüren. Seinen Atem auf meiner Haut. Seine Finger, die sanft mein Gesicht gefangen nehmen. Sein Gewicht auf mir, welches mich nach Atmen schnappen lässt und doch nie genug sein wird.

Ich bin am Arsch.

Offiziell und vollkommen. Denn den Mann, den ich mit Haut und Haaren will, ist der, der meine Familie fallen sehen will. Doch ich bin die, die ihm dabei helfen wird und wenn es bedeutet, diese gefakte Verlobung ertragen zu müssen, werde ich auch das tun. Gabe hat so viel Schmerz durchlebt, den ich niemals in Worte fassen könnte, da werde ich dieses kleine Opfer wohl bringen können. Ich muss nur für ein paar Stunden so tun, als wäre ich genau die brave kleine Prinzessin, die alle in mir sehen wollen. Dann ist der Spuk vorbei und ich kann wieder die sein, die ich bei Gabe sein kann. Die Evangelina, die ihre Familie verraten hat und jetzt einem Fremden dabei hilft, alles in Flammen aufgehen zu lassen.

Das Uber hält vor unserem Townhouse in der Madison Avenue und noch ehe ich die Tür öffnen kann, stürzen sich die Fotografen auf mich. Mein Name dröhnt aus allen Winkeln und ich bin kurz davor, dem Fahrer zu sagen, dass er mich wieder zurückbringen sollte. Aber ich laufe nicht vor Problemen weg, ich stelle mich ihnen. Kurz atme ich tief ein und aus, ehe ich die Autotür öffne und mich das Blitzlichtgewitter beinahe erschlägt.

»Evangelina, wie kommt es zu der Blitzverlobung?«

»Hat das alles mit dem Skandal, um Ihren Vater zu tun?«

»Hängen Sie in der ganzen Sache mit drin?«

»Wo waren Sie um diese Uhrzeit?«

»Genießen Sie die letzten Tage in Freiheit?«

Kopfschüttelnd und ohne jeglichen Kommentar bahne ich mir einen Weg durch die Menge. Es ist egal, was ich sagen würde. Jeder von ihnen würde sich eine Story zu den Worten aus meinem Mund zurechtlegen, die sich am besten verkauft. Darum schweige ich, lasse meine Mimik unbeeindruckt von allem Wirken und ziehe meinen Pullover enger um mich. Der Weg bis zur Treppe erscheint mir ewig und kurz bevor ich die Tür erreiche, legt sich eine Hand fest um meine Taille. Ich drehe meinen Kopf und sehe Johns dreckiges Grinsen direkt vor mir.

»Spiel mit, Lina«, raunt er an meiner Wange und zieht mich enger an sich. Schirmt mich vor den Paparazzi ab und kommt mir dabei viel zu nahe. Mein Instinkt will ihn wegschubsen, ihm die Meinung sagen und seine Finger von meinem Körper lösen - dennoch lasse ich all das zu. Dulde seine Hand auf mir, lass seine Lippen auf meiner Wange zu und lächle steif.

»John, sagen Sie uns, wie fühlt man sich als gebundener Mann?«

»Wo war Ihre Verlobte schon so früh?«

»Haben Sie keine Angst, dass sich die negativen Anschuldigungen auf Ihren Ruf auswirken?«

Zum Glück ist John so schlau und beantwortet keine der Fragen. Er dreht sich nur mit einem Lächeln auf den Lippen u, und lässt mir dabei endlich etwas Raum zum Atmen.

»Ich verstehe Ihre Fragen, aber geben Sie uns etwas Zeit, unser Glück auszuleben. Sobald wir mehr zu sagen haben, werden wir es Sie wissen lassen.« Die Tür öffnet sich endlich und die Stimmen werden leiser. Verstummen fast gänzlich und ich kann das falsche Lächeln endlich fallen lassen.

»Wo zur Hölle kommst du um diese Zeit her?« John steht vor mir und auch sein Lachen ist verschwunden. Die Wut in seinem Blick ist schon fast wieder witzig.

»Das kann dir egal sein«, antworte ich mit einem Schulterzucken und will an ihm vorbeigehen. Doch seine Hand hält mich auf. Greift nach meinem Arm und packt unnachgiebig zu.

»Ich glaube, du hast die Sachlage nicht ganz verstanden, Lina. Wir sind verlobt. Du bist die Frau an meiner Seite, also geht mich alles etwas an, was du tust.« Sein nach Minze riechender Atem trifft auf mein Gesicht und ich verziehe angewidert den Mund.

»Falsch. All das ist eine Show, John. Nicht mehr und nicht weniger und sie dient nur dazu, das Ansehen meines Vaters wiederherzustellen. Wenn du also glaubst, ich müsse dir Rechenschaft ablegen, liegst du falsch. Und jetzt nimm deine verfluchten Finger von mir.« Er starrt mich an. Forscht in meinem Blick nach etwas, das er niemals finden wird. Wir wissen beide, dass ich genau das ausgesprochen habe, was wahr ist. Immerhin habe ich jedes einzelne der Worte zwischen meinem Vater und ihm gehört. Ohne noch länger darauf zu warten, dass er von mir ablässt, reiße ich mich aus seinem Griff los und gehe an ihm vorbei. Ignoriere die Stimmen meiner Eltern, die mich rufen. Ich gehe die Treppe nach oben und erst als ich in meinem Zimmer ankomme und die Tür hinter mir schließe, lasse ich meine Maske fallen.

Spüre die Tränen, die sich einen Weg suchen, und lasse mich zu Boden gleiten.

Gabriel

Kapitel 48

Ich wusste, dass Eva fort ist, noch bevor ich meine Augen geöffnet habe. Ihre fehlende Präsenz hat mich geweckt und jetzt das leere Bett neben mir zu sehen, versetzt mir einen Stich, den ich so schon lange nicht mehr gekannt habe. Stöhnend reibe ich mir über die Augen und atme dabei unweigerlich ihren Duft ein, der überall an mir klebt.

Fuck, Prinzessin, so war das Ganze nie geplant. Nachdem ich ihr gestern die vollkommene Wahrheit über wirklich alles erzählt habe, habe ich damit gerechnet, dass sie geht. So, wie sie es schon einmal getan hat und doch ist sie geblieben. Eva hat einen unfassbar großen und gutherzigen Charakter, den man ihr auf den ersten Blick nicht zutraut. Sie schaut hinter die Fassade der Menschen und sucht nach den Details, die so vielen Leuten egal sind. Wenn wir schon bei Details sind: Ihre Andeutung geht mir einfach nicht mehr aus dem Kopf. Wie kommt dieser kleine Pisser John nur auf die Idee, dass er mich für Sex mit Eva bezahlt hat? Das ergibt vorne und hinten einfach keinen Sinn. Und schon ist meine Liste, mit Dingen, denen ich auf den Grund gehen muss, um einen Punkt länger. Jetzt brauche ich aber erst mal eine kalte Dusche und Kaffee. Mit dem Wissen, die Prinzessin heute Abend wiederzusehen, schwinge ich mich aus dem Bett und gehe ins Bad.

Sowohl die Dusche als auch der Kaffee haben Wunder gewirkt. Ich fühle mich trotz meines Seelenstrips gut und fit. Es war fast schon erleichternd, endlich mit jemandem über Lilly zu reden. Über ihre Geschichte und das, was passiert ist. Dass dieser Jemand aber ausgerechnet Eva sein wird, damit hätte ich nie gerechnet. Gerade als ich die Badezimmertür hinter mir schließe, fällt die Haustür ins Schloss.

»Was zur Hölle ist das?« Wütend stapft Devon auf mich zu und drückt mir eine Zeitung an die noch nasse Brust. Seine Augen sind dunkel und die Pupillen viel zu groß. Die Schatten, die darunter liegen, zeigen, dass etwas absolut nicht richtig ist.

»Was willst du?«, frage ich abweisend und nehme die Zeitung mit samt seiner Hand von mir.

»Die kleine Schlampe ist verlobt!« Seine Stimme hallt durch unsere Wohnung und ich atme tief ein und aus, um ihm nicht direkt meine Faust ins Gesicht zu rammen.

»Nenn sie nicht so!«, zische ich ihm dunkel entgegen, doch es ist ihm egal.

»Ich nenne sie, wie ich will. Vielleicht solltest du besser mal anfangen, sie an die Leine zu legen. So gut im Griff hast du sie dann anscheinend ja doch nicht.«

»Lass es sein, Devon«, versuche ich es im Guten und stoße ihn von mir. Doch natürlich versteht er es nicht und setzt noch eins drauf. »Das nächste Mal hole ich sie mir in mein Bett. Dann kann ich sie so erziehen, wie ich sie gern gehabt hätte. So, damit sie uns wenigstens etwas nützt. Vielleicht steht sie ja sogar auf dominante Spiele im Bett?« Ich wirble zu ihm herum und presse ihn an die Wand. Meine Hand liegt an seiner Kehle und ich drücke ihm die Luft ab.

»Halt deine verfickte Fresse! Ich sage es dir noch ein einziges Mal. Lass. Eva. In. Ruhe!« Meine Worte bringen ihn tatsächlich zum Lachen und ich kann nichts anderes tun, als mit dem Kopf zu schütteln. »Schau dich an, Devon. Was ist nur aus dir geworden?«

»Das fragst du mich?«, spuckt er mir entgegen und drückt sich stärker gegen meine Hand. »Du bist doch zu einem Weichei geworden, nur weil deine Little Princess eine Pussy aus Gold hat.«

»Du hast doch keine Ahnung, was für ein Mensch Eva ist.«

»Sie ist eine verfickte Foring, Gabe. Das reicht mir, mehr muss ich nicht über sie wissen.«

»Dann tust du mir leid.« Ich lasse von ihm ab und drehe mich um. Kurz bevor ich mein Zimmer erreiche, halte ich inne. »Es ist meine Rache. Ganz allein meine und dich geht nichts davon mehr etwas an. Pack deine Sachen und verpiss dich aus meiner Wohnung. Heute noch!«

Mit dem USB-Stick in der Tasche mache ich mich auf den Weg zu der Eröffnungsfeier. Devon habe ich zum Glück nicht mehr gesehen. Er hat sich wirklich verpisst und ich hoffe, er kommt erst wieder, wenn er seinen Verstand zurückhat. Keine Ahnung was in den letzten Wochen mit ihm los war, aber ich kann ihn als tickende Zeitbombe nicht in meiner Nähe gebrauchen. Alles, was mit dem Plan zutun hat, muss eine Ordnung haben und das, was er vorhatte, war reine, unkontrollierte Rache.

Ty hat mir die Namen, nach denen ich fragen muss, um keine Probleme zu bekommen, als Message geschickt und ich rufe sie erneut auf. Warum wundert es mich nicht, dass er selbst hier seine Finger mit im Spiel hat? Ich schließe die Nachricht und mache einen Fehler.

Bis jetzt habe ich es vermieden, den Artikel über Eva und John durchzulesen. Aber ich kann nicht anders. Es sind nur ein paar Klicks und ich finde die Pressemitteilung.

»MODERNES MÄRCHEN AN DER UPPER EAST SIDE – EVANGELINA UND JOHN – sind sie das neue Traumpaar von New York?«

Mein Puls beschleunigt sich, als ich das Bild der beiden darunter sehe. Es muss zwar schon etwas älter sein, da Evas Haare deutlich kürzer sind als momentan, aber dennoch treibt es mich in den Wahnsinn. Meine Hand ballt sich zur Faust und ich würde am liebsten gegen die nächste Mauer treten. Doch das bringt nichts. Die Eifersucht steigt unaufhörlich in mir nach oben und ich muss mir selbst eingestehen, dass die Prinzessin mein Herz in der Hand hat.

Evangelina

Kapitel 49

Jede Sekunde hier fühlt sich an, als wären es Stunden. Meine Wangen schmerzen schon vom ständigen Lachen und ich möchte kotzen. Ja, kotzen. Johns Finger, die sich andauernd an meinen Rücken oder meine Hüfte legen, machen es nicht besser. Der Stoff, der so dünn ist, dass er keine wirkliche Barriere, schafft auch nicht. Und doch stehe ich hier, genau so wie es verlangt wird, und spiele ihr Spiel mit.

Die Fotografen sammeln sich, schreien nach uns und es fehlt noch, dass sie sich um den besten Platz prügeln. Das wäre wenigstens etwas, das mich kurz wirklich zum Lachen bringen würde.

»Evangelina, es freut mich, dich zu sehen.« Johns Mutter kommt strahlend auf uns zu und ich nutze die Gelegenheit und schüttle Johns Hand ab. *Endlich.*

»Helena, es freut mich auch«, begrüße ich sie überschwänglich und umarme sie zur Show.

»Wo ist Joseph?«, frage ich und blicke mich suchend nach ihrem Mann um.

»Er ist leider verhindert. Die Geschäfte, du weißt ja.« Und wie ich das weiß. *Muss er sich erst um ein paar Spendengelder kümmern, oder reicht es ihm heute, unschuldige Kinder auf die Straße zu setzen?*

»Lina, komm, deine Eltern warten schon.« John nickt seiner Mutter nur kurz zu, ehe seine Hand erneut an meiner Hüfte landet. Ich drehe mich zu ihm und verliere kurz mein Lachen. Sein arroganter Blick sagt mir alles, was ich wissen muss.

Er genießt es, mich hier bloßzustellen. Liebt es, dass ich ihn nicht in die Schranken weisen kann und nutzt es schamlos aus.

»Geh doch schon mal vor. Ich muss mich kurz frisch machen.« Ohne auf seine Antwort zu warten, bahne ich mir einen Weg durch die Menschen. Grüße flüchtig hier und da ein paar Leute, ehe ich die Toiletten erreiche. Selbst hier hat mein Vater es sich nicht nehmen lassen, zu zeigen, wer für diesen Umbau verantwortlich ist.

Dafür, dass es ein Center mitten im Village ist, herrscht hier viel zu viel Protz und Prunk. Die goldenen Wasserhähne, die Marmorwaschtische und die glänzenden Lampen. Alles sieht aus wie bei uns zu Hause und ich frage mich, wie ein Mensch so dumm sein kann. Wie lange wird es wohl dauern, bis die ersten Kleinkriminellen hier einbrechen und sich bedienen? Wobei, wenn ich darüber nachdenke, finde ich den Gedanken gar nicht so schlecht. Mit einem Schmunzeln auf den Lippen stütze ich mich am Waschtisch ab und lasse den Kopf fallen.

»Was ist so witzig, Prinzessin?« Seine Stimme durchfährt mich wie ein Schauer und ich spüre die Gänsehaut, die sich auf meinem Körper ausbreitet. Sein Duft hüllt mich ein und ich hebe den Kopf. Treffe im Spiegel auf Gabes funkelnde grüne Augen und ehe ich antworten kann, presst er sich von hinten an mich. Seine Hände hinterlassen eine Spur aus Feuer und Eis. Dieser intensive Blick verschlingt mich und ich drücke mich ihm stärker entgegen. Lege meinen Kopf an seine Schulter und sauge seine Nähe auf wie ein Schwamm.

»Das hier. Dieser Prunk. Diese Show. Einfach alles«, antworte ich mit leiser Stimme und gleite mit dem Blick an über sein Gesicht. Ein Vibrieren, das aus seiner Brust kommt, dröhnt an meinem Rücken und seine Hände gleiten an meinen Armen entlang.

»Stimmt«, lautet seine kurze Antwort, ehe auch auf seinen Lippen ein kleines Lächeln erscheint. »Ich habe dich vermisst.« Gabes kehlige Stimme direkt an meinem Ohr, gemischt mit seiner Nähe, lässt mich beinahe alles vergessen. In seinen Armen drehe ich mich um. Atme den holzig-rauchigen Duft, der von ihm ausgeht, ein und lege meine Hand an seine Wange. Die kurzen Bartstoppeln kratzen an meiner Hand und er schmiegt sich an mich.

»Ich dich auch.«

»Warum bist du gegangen?« Eine Frage, die wir uns beide, ohne es laut auszusprechen, beantworten könnten, und doch will ich es ihm sagen. Habe aber gleichzeitig Angst davor, es zu formulieren.

»Ich wollte nicht sehen, wie du den Artikel zum ersten Mal liest«, gebe ich zu und wende den Blick ab. Drehe meinen Kopf ein wenig zur Seite, doch Gabe fängt mein Kinn ab und zwingt mich, ihn anzusehen.

»Eva, es ist okay. Wir wussten, dass es verfickt wehtun wird. Okay, nein. Das wusste keiner von uns, als das alles begonnen hat, und trotzdem haben wir uns immer tiefer in die Sache fallen lassen. Es war wie ein Rausch, tiefer, schneller und heftiger zu fallen als vorher - und ganz ehrlich: Ich würde nichts daran ändern, wenn ich könnte.«

»Nichts?«

»Nein. Absolut nichts, Prinzessin. Wir müssen Fehler machen, um daraus zu lernen. Müssen durch Feuer gehen, um festzustellen, dass wenn wir schnell genug rennen, dennoch lebend rauskommen.«

Seine Worte setzen sich in meinem Kopf fest und ich begreife sie. Nach und nach wird mir klar, was er damit sagen will. Ein kleines Lächeln legt sich auf meine Lippen und ich lege den Kopf in seine Hand, die noch immer mein Kinn hält.

»Küss mich«, hauche ich, warte aber nicht darauf, dass er die Distanz überbrückt. Meine Lippen prallen auf seine oder seine auf meine. Keine Ahnung, wer von uns beiden schneller war, doch das ist egal. Nichts bedeutet mehr etwas, als dieses Gefühl durch meinen Körper strömt. Das Gefühl von Freiheit, Macht und Liebe. Es ist verrückt, denn alles, was uns verbunden hatte, waren Lügen, Geheimnisse und Verrat. Doch jetzt haben wir etwas anderes, das uns zueinander zieht. Ein Gefühl, das wir beide nie erwartet hätten. Neben der Rache, nach der wir uns so sehr sehnen, ist es die Liebe, die in uns aufflammt. Stark und doch so zerbrechlich.

Gabriel

Kapitel 50

Evas Kuss verschlingt mich. Raubt mir all meine Sinne und lässt mich vergessen, dass ich hier nicht sein sollte. Doch wie hätte ich ihr nicht folgen können? Allein ihr Anblick in diesem Kleid, das schwarz und mit so viel Spitze besetzt ist, dass man darunter jeden Zentimeter ihrer Haut sehen kann, hat mich verrückt gemacht.

Die Blicke der anderen Männer haben mich auf eine Probe gestellt, der ich nicht gewachsen war. Ihr zu folgen, war ein Impuls und auch jetzt handeln wir nicht mehr mit Verstand.

Unsere Lippen öffnen sich für unsere Zunge. Wir spielen miteinander, obwohl wir genau wissen, was wir wollen. Ich hebe sie hoch, setze sie auf den kalten Stein und lasse von ihren sündigen Lippen ab.

»Was soll das?«, fragt sie und zieht einen Schmollmund, der aber schneller wieder verschwindet, als sie realisiert, was ich vorhabe. Vor ihr sinke ich auf die Knie, schiebe ihr Kleid nach oben und ihren Slip nach unten.

»Was, wenn jemand reinkommt?«, fragt sie mit einem winzigen Protest in der Stimme, der mich aber nicht davon abhält. Ihre Pussy glänzt und ich lecke mir über die Lippen. Wir wissen beide, dass wir nicht aufhören werden.

»Dann solltest du dich besser beeilen und schnell kommen, Prinzessin.« Meine Hände legen sich auf ihre Schenkel und ich positioniere mich dazwischen. Alles an uns strahlt einen Kontrast aus, der mich nur noch mehr reizt. Meine tätowierte Haut auf ihrer hellen, unbefleckten zu sehen, lässt eine Sicherung in mir durchbrennen. Mein Mund findet schnell den Weg zu ihrer Pussy. Ich spiele mit ihrer Klit, nehme sie zwischen die Zähne und lasse von ihr ab. Evas Stöhnen hallt von den gefliesten Wänden wider und ich halte inne.

»Ich liebe es, wenn du für mich schreist, Eva, aber wenn du weiterhin so laut bist, ist das hier schneller vorbei, als dir lieb ist, Prinzessin.« Kaum ist mir das letzte Wort über die Lippen gekommen, senke ich meinen Mund wieder auf ihre Pussy. Evas Geschmack verteilt sich überall auf meiner Zunge und ich liebe es. Mein

Schwanz drückt unangenehm gegen die enge Anzughose, doch ich ignoriere es. Denn jetzt geht es nur um sie. Würde ich mich in ihr versenken, sie vollkommen und ganz spüren, gäbe es kein Zurück mehr. Aber dafür haben wir gerade keine Zeit.

Meine Zungenschläge beschleunigen sich, und ihre Pussy verkrampft sich immer stärker. Statt des Stöhnens entkommt ihr nur noch ein gedämpftes Keuchen und als ich den Blick hebe und auf ihren treffe, sehe ich auch, warum. Eva hält sich die Hand vor den Mund, damit sie niemand hört.

Schlau, Prinzessin, doch das wird allerdings das einzige Mal sein, dass du dein Stöhnen zurückhalten musst, versprochen. Meine Zunge spielt weiter mit ihrer Klit und zusätzlich lasse ich meine Hand an ihrem Schenkel hinab wandern. Das Adrenalin, das durch diese Situation unbändig in meinen Venen pocht, treibt mich an. Die Gefahr, erwischt zu werden ebenfalls. Sollte jemand reinkommen und uns sehen, könnte das kein gutes Ende nehmen, weder für uns, noch für diese Person.

Meine Finger werden von ihr aufgenommen, als wären sie für ihre kleine Pussy geschaffen. Sie hält mich fest umklammert und legt den Kopf zurück. Das unanständige Schmatzen ihrer Pussy macht mich verrückt. Eva ist kurz davor, zu kommen und ich stoße immer wieder rhythmisch mit den Fingern in sie. Krümme einen, um diesen Punkt in ihr zu erreichen, der sie explodieren lässt. Sie wahnsinnig macht. Doch das ist nicht genug.

Die Welle bricht über sie ein, als ich eben das tue. Zusätzlich nehme ich ihre Klit zwischen die Zähne und beiße leicht zu. Ein kurzer Schrei entkommt ihrer Kehle und ich lächle an ihrer Mitte. Weiß, dass gleich jemand kommen wird, um nach ihr zu sehen, und erhebe mich. Lasse ihren Orgasmus auf meiner Hand ausklingen und schüttle den Kopf, als sie sich weiter daran reibt.

»Du bist unersättlich, Prinzessin«, flüstere ich ihr zu und lege meine Lippen auf ihre. Lasse sie sich selbst schmecken und küsse sie. Mir entgehen dabei die Schritte nicht, die sich der Tür nähern und ich helfe ihr den Slip hochzuziehen, ehe ich mich schwerfällig von ihr löse.

»Ich muss gehen«, hauche ich ihr zu und küsse sie ein letztes Mal. Ein stummer Protest liegt ihr auf den Lippen, doch sie nickt und streicht sich ihr Kleid über die Schenkel. Verdeckt ihre Pussy, die von meiner Zunge noch immer glänzt. In der

Sekunde, in der die Tür geöffnet wird, trete ich in eine der Kabinen, in der sich die Toiletten befinden. Durch einen kleinen Spalt zwischen der Tür und der Trennwand beobachte ich die beiden.

»Evangelina, was soll das?« Die Stimme ihrer Mutter schwingt zischend durch den Raum. Ihre Absätze klackern auf dem Fußboden, als sie sich ihrer Tochter nähert. »Warum musst du immer alles ruinieren?«

»Was tue ich denn? Ich wollte mich einfach nur frisch machen, mehr nicht. Wenn das schon ausreicht, euch die Show kaputtzumachen, solltet ihr an euch und eurem Pokerface arbeiten, *Mutter.*«

»Was habe ich nur falsch gemacht? Wieso kann ich nicht die Tochter haben, die ich wollte?«

What the fuck? Das hat sie nicht wirklich gesagt.

»Vielleicht weil ich nicht die Eltern bekommen habe, die ich mir gewünscht hätte. Stattdessen habe ich zwei Menschen bekommen, die über Leichen gehen, nur um ihr Gesicht zu wahren.« Evas Stimme ist schneidend und doch ruhig. Stolz erfüllt meine Brust und ich würde sie gern genau dafür küssen und in meine Arme ziehen.

Egal wie stark sie vor ihrer Mutter tut, ihre Worte haben sie verletzt, doch sie zeigt es nicht.

Versteckt ihre Gefühle hinter einer Maske, die sie schon ihr gesamtes Leben lang trägt.

»Geh zurück. John wartet schon und du lässt ihn in einem schlechten Licht dastehen.«

»Super, dann ist es ja genau das, was alle sehen sollten.« Eva geht an ihrer Mutter vorbei, doch diese hält sie am Arm fest. Ihr Griff ist grob und ich zucke, halte mich aber zurück.

»Pass auf, wie du mit mir sprichst, Evangelina. Wir können noch immer über alles, was du tust, entscheiden, vergiss das nicht.«

»Wie könnte ich das jemals vergessen?« Der Schmerz, welcher in ihrer Stimme liegt, macht mich so verfickt wütend! Am liebsten würde ich ihr hinterhergehen, sie von hier wegbringen und nie mehr zurückblicken lassen, doch noch kann ich das nicht.

Wir müssen erst beide das tun, was wir tun müssen. Danach können wir auf ein Happy End für uns hoffen. Eins, das ohne das >*und sie lebten glücklich, bis ans Ende ihrer Tage*< auskommen muss. Denn Eva und ich sind anders. Wir werden ein Ende bekommen, welches voller Schmerz und Lust sein wird. Voller Rache und Blut und trotzdem werden wir es lieben. Weil es unser Ende sein wird.

Evangelina

Kapitel 51

An der Seite meiner Mutter bahne ich mir einen Weg durch die Menschen. Spüre das, was Gabe eben mit mir gemacht hat noch viel zu sehr und doch rückt es in Anbetracht der Masse hier in den Hintergrund. Verpufft einfach so, als wäre es nie passiert. Es sind so viele Gäste, dass ich den Überblick verliere. Frauen, Männer und Kinder.

Ältere, junge, alles ist vertreten. Man erkennt die Unterschiede, zwischen den Schichten. Die Upper Class benimmt sich wie immer. Hochnäsig und überlege, als könnte ihnen niemand etwas anhaben. Die anderen jedoch, die, die hier im Village zu Hause sind, wirken unsicher und fragen sich, was diese ganze Farce soll.

Das frage ich mich auch, denn es ergibt keinen Sinn, diese Show zu veranstalten. Und mitten drin steht mein Vater. Er unterhält sich mit ein paar älteren Männern und John steh wie ein kleiner Wurm an seiner Seite. Zielstrebig steuert meine Mutter auf die Gruppe zu und packt mich am Arm, als sie merkt, dass ich langsamer werde. Der kalte Blick meines Vaters trifft auf uns und sofort breitet er die Arme gönnerhaft aus.

»Ah, da sind ja meine zwei Lieblinge.« Ich glaube, ich kotze gleich. Er nimmt meine Mutter in den Arm und haucht ihr einen Kuss auf die Wange, ehe ich auch schon in Johns Umarmung gefangen bin. Seine Hand liegt an meiner Taille und ich verkrampfe mich.

»Reiß dich zusammen, Prinzessin«, raunt er mir zu und drückt mich stärker an sich. Bei dem Spitznamen zieht sich alles in mir zusammen und meine Hand landet an seiner Brust, für alle sieht es nach einer liebevollen Geste aus, doch für mich ist es nur ein weiterer Abstandshalter.

»Nenn mich nicht so!«, zische ich ihm entgegen und ernte nur ein verächtliches Lächeln.

»Entschuldige, darf nur dein kleiner Märchenprinz dich so nennen? Hat er es dir wenigstens gut besorgt, damit du so tun kannst, als hättest du Spaß?« Wie zum Teufel? »Ich bin nicht dumm, Eva. Denkst du, niemand hätte dich mit ihm gesehen? Ihr seid nicht gerade unauffällig und nachdem deine Wangen so wundervoll rot sind, gehe ich davon aus, dass es sich wenigstens für dich gelohnt hat.« Gerade als ich etwas darauf erwidern möchte, durchbricht mein Vater unser kleines Gespräch. Er tritt auf die Bühne, die extra für ihn aufgebaut wurde, und beginnt seine Rede. Das Licht wird gedimmt und alle Augen richten sich auf ihn.

»Am Anfang hatte ich nur eine Vision davon, wie all das hier einmal aussehen könnte. Ich wollte jedem einen Ort geben, an dem man sich wohlfühlt, an dem man Zuflucht findet und an dem man etwas Warmes zu Essen bekommt. Nach und nach wurde aus dieser Vision Wirklichkeit. Wir haben Jahre damit zugebracht, all das hier zu planen, zu verwirklichen, und nun stehen wir endlich hier.

Das *Center* ist neben all dem, was ich eben schon aufgezählt habe, unter anderem eine Art zu Hause für mich geworden. So viele Stunden habe ich hier verbracht. Habe zugesehen, wie alles entstanden ist und selbst mit angepackt. Darum heiße ich Sie alle herzlich willkommen, im *FCEV*, dem Foring Center East Village.« Alle klatschen, als mein Vater seine Rede beendet und das Glas mit Champagner in die Höhe hält.

Alle klatschen außer mir. Ich kann nur dastehen und mit dem Kopf schütteln, da er es erneut geschafft hat, sich aus der Schlinge zu ziehen. Er will von der Bühne steigen, als die Lichter im gesamten Raum ausgehen.

Ein Raunen geht durch die Dunkelheit und der Spot wird erneut auf meinen Vater gerichtet. Wie ein Reh im Scheinwerferlicht blinzelt er gegen die Helligkeit an. Verschiedene Stimmen wuseln um mich herum. Mein Vater versucht, die Leute zu beruhigen, ehe eine Leinwand hinter ihm heruntergefahren wird.

»Was ist hier los?«, höre ich Johns Stimme neben mir. Schnell löse ich mich aus seinem Griff und bringe den benötigten Abstand zwischen uns. Meine Hände zittern, jedoch nicht aus Angst, sondern vor Nervosität. *Was passiert hier?*

Langsam gewöhnen sich meine Augen an die Dunkelheit, und ich erkenne einen Schatten hinter der Leinwand, ehe eine Liste mit Namen darauf erscheint. Ich muss sie nicht lesen, um zu wissen, welche Namen darauf stehen und um welche Liste es sich handelt. Das bedeutet nur, dass Gabe dafür verantwortlich ist. Mein Atem beruhigt sich, ebenso wie mein Puls und ich gehe noch ein paar Schritte auf die Bühne zu.

»Lügen, Lügen, Lügen.« Trotz des Stimmenverzerrers erkenne ich seine dunkle Stimme. »Hat

Ihnen denn niemand erzählt, dass alles irgendwann ans Licht kommt, James?« Ein Raunen geht durch die Leute, als Gabe weiterspricht:

»Wissen Sie, man könnte denken, dass man in Ihrer Position vor nichts und niemandem Angst haben müsste. Dass niemand es wagen würde, sich gegen Sie zu stellen, und wissen Sie was? Genau das, ist Ihr größter Fehler. Denn es gibt immer Menschen, die sich für das, was sie lieben, opfern würden. Die einen Weg finden, das zu bekommen, was Sie verdienen - und ich bin einer davon. Es würde nichts nützen, Ihnen meinen Namen zu verraten, denn seien Sie ehrlich mit uns, er würde Ihnen nichts sagen. Doch vielleicht hilft ihnen mein kleiner Film auf die Sprünge. Er entlarvt Sie als eben der Lügner, der Sie sind. Verdeutlicht allen, wofür Sie dieses Center eigentlich gebaut haben.« Auf der Leinwand erscheint tatsächlich ein leicht verschwommenes Bild. Doch man erkennt dennoch deutlich das, was man soll. Ein Pokertisch, nackte junge Frauen, Männer wie mein Vater und Geld. Verdammt viel Geld. Man sieht, wie die Frauen angefasst werden, wie sie auf die Schöße der Männer gezogen werden und man ihnen ungefragt an Stellen fasst, die tabu sein sollten.

In ihren Blicken liegt die pure Angst und auf dem meines Vaters ein kaltes Lächeln.

»Willst du, dass deine Familie morgen noch ein Dach über dem Kopf hat, meine Schöne?«, höre ich die Stimme meines Vaters und mir wird augenblicklich schlecht. »Dann solltest du dich jetzt auf den Tisch setzen und das tun, was ich gesagt habe.« Ein Lachen schallt durch den Raum, das von den anderen Männern auf dem Video erklingt und beschert mir eine Gänsehaut. Dann nickt die Frau und krabbelt auf den Tisch.

Vollkommen nackt setzt sie sich in die Mitte und lässt den Kopf hängen.

»Na, war das so schwer?« Sie schüttelt langsam den Kopf. »Jetzt setzt dich hin und spreiz deine Beine, damit wir deine kleine Fotze mit unserem Geld füttern können.« Ein angewiderter Laut entkommt meiner Kehle und mein Vater brüllt Befehle durch den Raum, auf die niemand achtet.

Um mich herum beginnt sich alles zu drehen. Ich muss hier raus! Blind stürze ich zwischen den Leuten umher, bis mich eine starke, große Hand festhält. Allein das Gefühl, das von ihm ausgeht, hilft mir, mich aufrechtzuhalten.

»Komm, ich bring dich hier weg.« Leise geflüsterte Worte, ehe ich ihm folge und er mich rettet, mich aber gleichzeitig wissend in den Abgrund gestürzt hat.

Gabriel

Kapitel 52

Seit wir das Center durch einen der Hinterausgänge verlassen haben, hat Eva noch kein Wort gesagt. Ich spüre, wie sie zittert, will stehen bleiben und ihr all das erklären, sie gleichzeitig in den Arm nehmen und sagen, dass das gerade nicht passiert ist. Und doch kann ich es nicht. Erst müssen wir hier weg. Weg von all dem Chaos, das ich mit meiner Aktion verursacht habe. Weg von den Menschen, die Eva nicht verdient haben. Weg von meiner Rache, um sie in Sicherheit zu bringen.

Wir kommen vor meiner Wohnung an und ich schiebe sie zur Tür hinein. Laufe hinter ihr die Treppen nach oben und starre einfach gerade aus. Die Stille zwischen uns ist zu viel. Zu angespannt, zu kalt.

War es ein Fehler sie nicht einzuweihen? War es falsch, sie all das mit ansehen zu lassen? Nein. Ja. Vielleicht.

Eva macht mir Platz, damit ich die Tür öffnen kann, und tritt hinter mir ein. Es ist dunkel und nur der Schein der Laternen draußen schafft uns ein wenig Licht. Devon ist weg, genau wie ich es von ihm verlangt habe. Mit der Hand auf dem Lichtschalter halte ich inne, als sie endlich etwas sagt.

»Nicht.« Ein Wort und doch bedeutet es so viel. »Lass es aus. Bitte.« Ich nehme meine Hand vom Schalter und stecke sie in die Tasche meiner Hose. Ertaste den USB-Stick und frage mich, wann das hier, so verfickt kompliziert geworden ist. Wie sind wir von der Prinzessin, die sich auf der Versace-Couch selbst befriedigt, zu einer Art Bonnie und Clyde geworden?

»Eva, ich ...«

»Nein, ich brauche kurz einen Moment.«

Sie geht in die Küche, bewegt sich so selbstverständlich hier, als wäre sie hier zuhause und füllt sich ein Glas mit Wasser. Das Flimmern des Kühlschranks und ihr Schlucken ist alles, was uns vor der Stille bewahrt. »Warum hast du mir nicht gesagt, was mein Vater mit diesen Frauen anstellt?«

»Ich wollte nicht, dass du dich in Gefahr bringst.«

»In Gefahr? Wie zur Hölle meinst du das?«

»Eva, wir wissen beide, dass wenn ich es dir vorher gesagt hätte, du alles daran gesetzt, mehr darüber herauszufinden. Und das hätte dich in Gefahr gebracht. Halte mich für ein Arschloch, aber ich werde nicht zulassen, das dir wegen dieses Wichsers etwas passiert.«

»Das hast du nicht zu entscheiden!« In wenigen Schritten bin ich bei ihr, presse sie gegen die Küchenschränke und lege meine Hände rechts und links neben ihr ab.

»Doch das habe ich. Du gehörst zu mir, Prinzessin und ich achte auf das, was mir wichtig ist.« *Was ich liebe.*

»Wichtig? Ich bin dir wichtig? Verdammt weißt du eigentlich, was du da sagst? Du hast mich von Anfang an nur dafür benutzt, einen Plan durchzuziehen, in dem ich einfach ein Bauernopfer gewesen wäre. Was wäre mit mir passiert, hätten wir nicht gefickt? Wäre ich ebenso untergegangen, wie mein Vater gerade?« Ich werde wütend. Denn nein, niemals hätte ich sie so vorgeführt wie ihre Eltern und das weiß sie genau. Vielleicht wäre Devon zu so etwas fähig gewesen, ich allerdings nicht.

»Halt jetzt besser den Mund, Prinzessin«, warne ich sie und presse mich dichter an sie. Diese verfickte Situation macht mich an.

Ihre Unterstellungen, ihre Stärke und ihr Kampfgeist, lassen das Blut in meinen Adern pulsieren.

»Oder was?« Spottend hebt sie die Augenbraue und fuck, das ist mein Ende. *Sie ist mein Ende.* Meine Antwort bleibt aus, stattdessen wirble ich sie schwungvoll herum. Ihr Rücken drückt sich gegen meine Brust, doch das reicht nicht aus. Sie ist nicht nah genug. Meine Hände fahren über ihre Seiten an ihren Bauch und ich zwänge sie dichter an mich. So dicht, dass ich nichts weiter spüre als sie. Keinen Abstand, keine Entfernung, nichts.

»Oder ich lasse dich nie mehr gehen.« Ein Keuchen kommt aus ihrem Mund und sie schmiegt sich an mich. Genießt unsere Nähe. Ich hätte ihr mit sonst etwas kommen können, aber die Situation ist einfach zu kaputt.

»Und wenn ich gehen will?«

»Dann geh, aber erwarte nicht, dass du wieder kommen kannst, wann es dir passt. Wenn du durch diese Tür gehst, kann ich dich nicht mehr beschützen. Und jetzt komm mir nicht damit, dass du allein auf dich aufpassen kannst. Das kannst du vielleicht in deinen Kreisen, doch dein Vater hat sich ganz andere Türen zu Personen geöffnet, denen es scheiß egal ist, ob sie dich lebend oder tot zu ihm bringen.«

»Und wenn ich bleibe?«

»Dann wird niemand auch nur in deine Nähe kommen, so lange ich wes verhindern kann.« All die Anspannung fällt auf einmal von ihr ab und sie taumelt in meine Arme. Würde ich sie nicht halte, wäre sie zu Boden gegangen. Das Adrenalin hat sie gepusht, und jetzt kommt der Absturz.

»Bring mich ins Bett.«

»Nichts lieber als das, Prinzessin.«

Eva ist keine Sekunde, nachdem wir im Bett lagen, eingeschlafen. Nur ich bin wach und schaffe es nicht, meine Gedanken zum Verstummen zu bringen. Ihr Po, der sich die ganze Zeit an meinem Schwanz reibt, macht es auch nicht besser. Leise drehe ich mich um und schnappe mir mein Handy vom Boden. Die neue Nachricht habe ich bisher noch gar nicht bemerkt und ich stutze, als ich sie öffne.

Devon: Sie ist noch immer der Feind. Egal wie oft du sie rettest oder fickst. Es wird nie eine Welt geben, in der ihr euer Märchen leben könnt. Niemals!

Ohne ihm zu antworten, schließe ich die App und lege das Handy weg. Warum zu Hölle droht er mir und lässt es nicht einfach gut sein? Ich verstehe ihn einfach nicht mehr. Nichts von dem, was er tut oder sagt, hat noch mit dem ursprünglichen Plan zu tun. Warum versteift er sich auf Eva? Was hat sie ihm getan, das ich übersehe?

Evangelina

Kapitel 53

Das Bett, in dem ich liege, ist nicht mein eigenes. Es riecht nach einem Mann, der in kurzer Zeit mein Herz erobert, es fallen gelassen und wieder aufgehoben hat. Dieser Mann liegt hinter mir wie ein Fels. Schmiegt sich an mich und das, obwohl er meine Familie verachtet. Ich kann es ihm nicht übelnehmen, verstehe jede seiner Handlungen und frage mich, wie ich in dieses ganze Spiel passe.

Täuscht er mich noch immer, um seinen Plan weiter zu verfolgen? Ist er derjenige, von dem ich mich eigentlich fernhalten sollte? Oder kann er mich wirklich beschützen? Muss ich das überhaupt? Wenn das alles doch nur eine Lüge war, warum hat er mir dann das mit seiner Schwester erzählt? Wollte er mich ködern oder zur Abwechslung doch einfach ehrlich sein? *Fuck!* Meine Gedanken drehen sich im Kreis, machen einen Salto nach dem anderen und bringen mich zum Verzweifeln.

»Deine Gedanken sind so laut, davon bekommt man ja Kopfschmerzen.« Gabes Stimme ist noch rau vom Schlaf und er zieht mich näher an sich. *Du vertraust ihm eh schon. Warum zweifelst du jetzt?*

»Eva.«

»Ja?«

»Was ist los?«

»Kannst du mir noch ein bisschen mehr über Lilly erzählen?« Kurz spüre ich, wie er sich versteift und dann auf Abstand geht. Seine fehlende Nähe lässt nichts als Kälte zurück und ich drehe mich um, als ich höre, dass er aus dem Bett steigt.

»Was willst du wissen?«, fragt er und geht zu dem kleinen Regal, in dem das Märchenbuch liegt, welches ihr gehört hat. Er nimmt es in die Hand und es wirkt beinahe falsch. Der Kontrast zwischen dem hellblauen Umschlag und seinen tätowierten Händen ist faszinierend und zieht mich wie von selbst du ihm.

»Alles, was du mir gibst.« Vorsichtig lege ich meine Hand auf seine Schulter. Er trägt nur Shorts und ich bin praktisch gesehen vollkommen nackt.

»Sie war perfekt. Jung, aufgeschlossen und frech.« Der Stolz in seiner Stimme vermischt sich mit dem Schmerz, der tief aus ihm spricht. »Schmetterlinge waren ihre Lieblingstiere, auch wenn ich hundertmal versucht habe, es ihr auszureden. Nicht mal, als ich gesagt habe, dass sie nie einen als Haustier haben könnte, war es ihr egal. Frag nicht, wie oft ich versucht habe, einen einzufangen, doch Lilly hat ihn immer wieder frei gelassen. Sie war so schlau. Wollte ihnen das kurze Leben nicht kaputt machen.« Ein Lächeln schleicht sich auf meine Lippen und ich vergesse all die Zweifel, die ich eben hatte. Das hier vor mir ist kein schlechter Mensch. Gabe hat all das aus Liebe getan. Nicht, dass dieser Grund alles rechtfertigt, nein. Aber er will Gerechtigkeit. Ich weiß, dass ich jetzt sagen sollte, dass das Gericht dafür da ist. Dass man sich auf die Justiz verlassen sollte, doch bei Leuten wie meinen Eltern, scheint dieses System wohl nicht zu funktionieren.

»Es tut mir leid«, hauche ich, ehe ich mich von hinten an ihn drücke. »das ich an dir gezweifelt habe.« Ich lasse die Hände nach vorn auf seine Brust wandern und versteife mich, als Gabe sie löst. Statt zu gehen, dreht er sich zu mir um, hebt mein Kinn an und sein Blick bohrt sich tief in meine Seele.

»Ich stelle gerade deine ganze Welt auf den Kopf, Prinzessin. Wie naiv wärst du, nicht dran zu zweifeln?« Ich komme nicht dazu, zu antworten, denn plötzlich wird die Tür aufgestoßen und kracht gegen die Wand. Gabe schiebt mich sofort hinter sich und ein lautes Klatschen erklingt.

»Wie schön. Da sind sie ja. Beide vereint.«

»Was willst du hier?«, presst Gabe hervor und mir wird bei seinem Ton eiskalt.

»Schön, dass du direkt zum Punkt kommst.« Devon kommt ins Zimmer und mustert mich. Obwohl ich hinter Gabe beinahe komplett verdeckt bin, habe ich das Bedürfnis, mich zu verhüllen. »Ich glaube, ich sollte ein bisschen Licht ins Dunkle bringen, oder?«

»Von was sprichst du?«

»Ach, sag bloß, ihr habt es noch gar nicht mitbekommen? Wart ihr zu sehr damit beschäftig, euch die Seele aus dem Leib zu vögeln?« Er greift in seine Hosentasche und ich spanne mich an, doch es ist nur sein Telefon, das er hervorzieht. »Ich zeige euch, was ich meine.« Er tippt mit einem kranken Grinsen auf den Lippen ein paarmal auf das Display, ehe er es zu uns dreht. »Oh, ich habe den Ton vergessen.« Der wäre nicht nötig gewesen, denn das, was wir sehen, ist eindeutig. Es sind wir, beim Sex. Hier in diesem Zimmer.

»Willst du sterben?« Gabe macht einen Schritt auf Devon zu und presst ihn mit aller Kraft an die Wand. Doch dieser lacht nur und schüttelt den Kopf. Schnell nehme ich mir die Decke vom Bett und wickle sie um mich. Doch es ist egal, ich fühle mich nackt. Dieses Video zeigt uns in einem solch intimen Moment, das mir schlecht wird. Doch ich reiße mich zusammen und trete zu den beiden.

»Wie viel hast du dafür bekommen?«, frage ich Devon direkt und sein kalter Blick schießt zu mir.

»Nicht nur schön, sondern auch schlau, die kleine Prinzessin.«

»Wie viel?«, wiederhole ich und trete neben Gabe. Er hält Devon noch immer fest und ich verschränke die Arme vor der Brust.

»Genug, um den Verlust wiedergutzumachen, den ich bei meinem ersten Geschäft gemacht habe.«

»Du hast mit John einen Deal ausgehandelt.«

»So schlau, Kleines. Und ja, ich hätte dich nur einmal ficken sollen, John wollte dich retten, wie der große Held und ihr wärt wie ein Traumpaar in den Sonnenuntergang geritten. Aber natürlich musstest du dich ja auf den Schwanz von meinem Kumpel hier setzen und ihm dann auch noch dein verficktes Herz schenken. Weißt du, dass John Freunde hat, die keinen Spaß verstehen?« Die Ereignisse prasseln auf mich ein und mir wird schwindelig. Es ergibt alles absolut keinen Sinn und doch klingt es logisch.

»Deshalb also dein Vorschlag. Du wusstest, dass ich Eva nicht für meinen Plan ausnutzen würde.«

»Ach, Gabe, es ist noch immer so einfach, dich zu täuschen. Ich musste nur einmal in deine Augen schauen, um zu erkennen, dass du sie längst in dein Herz gelassen hast. Ich kann es dir nicht mal verübeln und doch hätte ich es nicht erwartet. Lilly deshalb aber zu verraten, ist widerlich.«

»Nimm ihren Namen nicht in den Mund!«

»Sie war für mich genauso eine Schwester wie für dich, warum glaubst du, habe ich dich bei all deinen Racheplänen unterstützt?«

»Sag du es mir?« Gabes Stimme klingt gefährlich ruhig. Alles steht und fällt mit Devons Antwort. Man kann sie Spannung im Raum beinahe fühlen und dann macht er einen Fehler.

»Weil sie meine Schwester war und nicht deine.«

Gabriel

Kapitel 54

Das Klingeln in meine Ohren hört einfach nicht auf und ich spüre, wie mein Herzschlag ganz ruhig wird.

Sie war meine Schwester und nicht deine.

Boom.

Ich wusste, wie ich dich manipulieren kann.

Boom.

John hat mich dafür bezahlt, sie zu ficken.

Boom.

»Gabe.« Evas Stimme ist neben meinem Atem das Einzige, was ich höre. »Lass dich nicht provozieren.« Ich weiß, dass jedes von Devons Worten darauf abzielt, mich zum Ausrasten zu bringen und ich bin so verfickt kurz davor. Ihre Hand legt sich auf meinen Arm und ich atme tief ein und aus.

»Hör lieber auf deine Prinzessin, nicht, dass sie sich einen anderen Schwanz sucht, auf dem sie reiten kann.« Bevor ich reagieren kann, verpasst Eva ihm eine schallende Ohrfeige.

»Sei still!« Schneidend geht ihre Stimme durch den Raum und ich sehe sie an. Wie eine Kriegerin steht sie neben mir. Kurz davor zusammenzubrechen und trotzdem mit geradem Rücken.

»Die eine lasse ich dir durchgehen, aber nur weil ich weiß, dass es gleich weniger schön wird.« Es dauert zu lange, bis ich begreife, was er damit meint.

»Evangelina!« Die Stimme ihres Vaters schallt durch die Wohnung. Es ist die Letzte, die ich hier hören möchte und doch ist er hier. Genau hier. »Du hast eine Minute Zeit mitzukommen, du weißt, was sonst passiert.« Er spricht keine direkte Drohung aus und fickt so ihren Kopf. Nur widerwillig lasse ich von Devon ab und wende mich ihr zu. Der Schock steht ihr ins Gesicht geschrieben und ich lege meine Hände an ihre Wange.

»Geh, Prinzessin. Es ist besser für dich.«

»Lügner.«

»Mir wird nichts passieren«, flüstere ich ihr zu, auch wenn ich weiß, dass das eine verdammte Lüge ist.

»Lügner.«

»Bitte, Eva.« Ich flehe sie an. Bete, dass sie den Ernst der Lage versteht.

»Ich kann nicht, Gabe.« Sie ist am Ende, weiß, dass sie gehen muss, und weigert sich. Will kämpfen, obwohl wir bereits verloren haben.

»Du musst!« *Lass mich wenigstens dich beschützen, Prinzessin.*

»EVANGELINA!« Die Stimme ihres Vaters grollt durch die Wohnung.

»Geh! Bitte.« Mit Tränen in den Augen wendet sie sich ab, nickt und geht. Ich bete, dass sie nicht zurückblickt, denn dann würde ich sie an mich ziehen und nicht gehen lassen. Aber sie muss, denn das ist nicht ihr Kampf, es ist meiner. Mit allem, was ich habe, werde ich kämpfen, so, wie ich es immer tue.

»Gabriel, ich kann nicht sagen, dass es schön ist, dich zu sehen.« Evas Vater kommt durch die Tür, durch die sie eben gegangen, ist und verschränkt selbstgefällig die Arme vor der Brust. Natürlich trägt er einen Anzug, der ihm auf den Leib geschneidert ist, und strahlt eine Arroganz aus, die ich ihm am liebsten aus dem Gesicht reißen würde.

»James, die fehlende Freude ist ganz meinerseits.« Meine Stimme klingt ebenso respektlos wie seine und ich werde einen Scheiß tun, um vor ihm zu kriechen.

»Ich muss schon sagen, deine kleinen Aktionen gegen mich und meine Familie, waren sehr kreativ. Dass du sogar meine eigene Tochter dazu bringst, sich gegen mich zu stellen, hat mich dann aber doch überrascht.« Ein Schnauben entkommt meinem Mund, doch mehr sage ich nicht. Kennt er Eva eigentlich auch nur ein winziges bisschen? »Das auf der Gala hätte ich dir noch durchgehen lassen, aber das bei der Eröffnung, hat zu viele Leute wütend gemacht. Das verstehst du doch, oder?« Noch immer antworte ich ihm nicht. Betrachte ihn nur abfällig, wie er mit dieser Überheblichkeit in meine Wohnung spazieren kann. Er greift nach dem Märchenbuch, das ich auf das Regal gelegt hatte, und beginnt, darin zu blättern. Eine Ader an meiner Stirn pocht und ich balle die Hände zu Fäusten. »Ich erinnere mich an diese Geschichte. Endet sie nicht tragisch?«

»Tun das nicht alle guten Geschichten?«

»Da muss ich dir recht geben. Allerdings gibt es Ausnahmen, die ich dir gern erzählen möchte. Devon, lass uns allein.« Verwirrt blickt er zwischen uns hin und her, ehe er beleidigt mein

Zimmer verlässt. »Weißt du, deine Mutter war eine beeindruckend schöne, junge Frau. Sie hat in einem der Häuser gelebt, die ich gekauft hatte, um sie abreißen zu lassen. Ich kann es dir sogar noch zeigen, wenn du möchtest. Allerdings hatte sie ein großes Problem. Schon damals war sie süchtig. Nach Drogen, Alkohol und Geld.

Dass diese drei Dinge keine gute Verbindung darstellen, ist uns beiden sicher klar. An einem Wochenende wollte ich mit ein paar Firmen, die Baupläne besprechen und habe vor dem Haus auf sie gewartet. Ich war jung, unerfahren und wollte bei den ganz Großen mitspielen. Ich stand also da, habe auf meinen Termin gewartet und dann kam deine Mutter um die Ecke. Noch heute sehe ich sie vor mir. Diese schimmernde, leicht gebräunte Haut, die langen schwarzen Haare und diese Augen. Es sind dieselben wie deine.

Sie kam direkt auf mich zu, verschlang mich mit ihren Blicken und ich wusste, sie würde ein Problem werden. Und siehe da, achtundzwanzig Jahre später stehst du vor mir.« Ein lautes Lachen dringt aus seiner Kehle und ich kämpfe gegen den Drang an, ihm eine zu verpassen. Weiß, dass er nur darauf wartet.

»Sie wusste, dass, egal, was sie tut, ich nicht von meinem Plan abweichen würde, und trotzdem hat sich mir eines Tages erzählen wollen, dass sie schwanger sei. Kannst du dir vorstellen, was das für ein Schlag war?« Ja, denn genau so fühle ich mich gerade. »Sie hat ernsthaft von mir erwartet, dass ich ihr glaube und sie aus dem Viertel hole.« Er kommt näher und meine Hand zuckt.

»Weißt du, Emely und ich waren frisch zusammen und wir wollten Kinder, ja, das wollten wir wirklich, aber egal, was wir versucht haben, es sollte nicht klappen. Schau in den Spiegel, Gabriel.« Er deutet auf den kleinen Spiegel, der in dem Regal liegt, doch ich bewege mich keinen Zentimeter. »Schau in den Spiegel, habe ich gesagt!« Er nimmt ihn und hält ihn mir vors Gesicht.

»Siehst du das?!« Ich schüttle den Kopf. »Sieh hin!« James presst mir das Ding beinahe ins Gesicht und ich zwinge mich, ruhig weiter zu atmen. »Du weißt, was das heißt, oder?«

»Das ändert gar nichts. Es macht die Sache für dich nur noch schlimmer.« Meine ersten Worte an ihn scheinen ihn tatsächlich zu überraschen, denn James nimmt das kühle Glas endlich von meinem Gesicht und tritt einen Schritt zurück.

»Mein Sohn.« Unglauben schlägt über mir zusammen und ich spüre, wie der bittere Geschmack von Galle sich in meinem Mund ausbreitet. *Das kann nicht sein! Darf nicht die Wahrheit sein!*

»Nenn mich nicht so!« Meine Stimme ist nichts mehr als ein Knurren und er weicht tatsächlich kurz vor mir zurück. »Was ist mit Eva?«

»Ich will ehrlich zu dir sein. Kurz dachte ich daran dich in dem Glauben zu lassen, dass sie wirklich deine Schwester ist, aber es bräuchte nicht viel und du würdest herausfinden, dass das nicht stimmt.« Mir fällt eine Last von den Schultern, die ich nicht tragen wollte. »Emely und ich haben Eva adoptiert, als sie noch ein Baby war. Sie war so klein und süß. Niemals hätten wir damit gerechnet, dass sie uns jemals solche Probleme bereiten könnte.«

»Du weißt, dass sie selbst etwas gegen dich in der Hand hatte, noch lange bevor ich auf der Bildfläche erschienen bin.« Sein wissendes Lächeln ist alles, was ich als Antwort bekomme.

»Was ist mit Lilly?« Ihren Namen in seiner Gegenwart auszusprechen fühlt sich an, als würde ich sie verraten und doch muss ich es hören.

»Ach, die kleine Lilly. Deine Mutter hat sie aufgenommen. Devons Mutter konnte sich ja nicht mal um ihn kümmern. Sie ist als deine Schwester aufgewachsen. Devon hat sie nie als die kennengelernt, die sie war. Er dachte immer, sie sei nur ein Nachbarskind, das er einfach gernhat. Witzig, wie die Psyche eines Kindes funktioniert, oder?« Er findet es wirklich witzig, wie leicht man Kinder manipulieren kann. Für mich ist es einfach nur krank!

»Und was jetzt?«, frage ich, da es nicht mehr geben kann, was er mir an Wahrheit noch an den Kopf knallen kann.

»Jetzt wirst du mir zuhören.« Er streckt die Schultern durch und macht einen Schritt auf mich zu. »Du wirst Eva nie mehr wieder sehen. Sie nicht kontaktieren, sie nicht beobachten. Du wirst ihrer Zukunft nicht im Weg stehen und sie vergessen.«

»Und warum sollte ich das tun?« Automatisch bewege ich mich auf ihn zu und er weicht zurück. *Feigling.*

»Sie bedeutet dir etwas, oder? Wenn du also nicht willst, dass sie John Thomson in den nächsten Stunden heiraten wird, tust du, was ich verlange.«

»Du willst diese Hochzeit unbedingt. Warum sollte ich dann auf deine Drohungen eingehen, James?« Sein selbstgefälliges Grinsen gefällt mir nicht. Es bedeutet nur, dass er noch etwas in der Hand hat.

»Weil du tatsächlich eine Schwester hast und wenn du willst, dass es ihr gut geht, hältst du dich von Eva fern.«

»Du bluffst.« So muss es sein!

»Willst du es herausfinden?« Zur Untermalung seiner Worte treten zwei Männer hinter ihm in den Raum, die nichts Gutes bedeuten. Sie flankieren ihn und kommen auf mich zu. Mein Blick fliegt blind vor Wut von einem zum anderen und alles, was sie tun, ist dreckig zu grinsen. »Also Gabriel, wir machen das so.« James´ Worte klingen einstudiert und viel zu glücklich. »Trick und Track hier, werden dir die Bedingungen gern noch einmal erläutern und sie dir unvergesslich machen. Solltest du gegen unseren Deal verstoßen, habe ich kein Problem damit, sie erneut zu dir zu schicken. Hast du mich verstanden, mein Sohn?«

»Fick dich, du widerlicher Bastard!« Sobald das

letzte Wort meinen Mund verlassen hat, bereite ich mich auf den Schmerz vor, der gleich folgen wird. Trick und Track, wie der Wichser die beiden genannt hat, kesseln mich ein, doch ich gebe nicht einfach so auf.

Ehe sie den ersten Schlag gegen mich ausführen, habe ich dem einen in den Magen getreten und dem anderen eine Kopfnuss verpasst. Egal, wie das hier ausgeht, kampflos gebe ich nicht auf. Kurz taumeln die beiden tatsächlich zurück, setzen aber zum Gegenangriff an.

Mit einem kaltblütigen Lächeln machen sie einen Schritt auf mich zu. Ich bin gut trainiert, doch das wird nicht gut ausgehen. Hätte ich Eva doch nur ein einziges Mal gesagt, wie viel sie in meinem Kopf verändert hat. *Ich werde sie nicht aufgeben! Niemals!*

Erneut gehe ich in auf Angriff, stürze mich auf einen der beiden Kerle und durch das Überraschungsmoment schwankt er kurz, ehe er zu Boden geht und mich mit sich zieht.

»Du kleiner Wichser!«, brüllt er mir entgegen, doch ich balle die Hand zur Faust und nehme seine Nase ins Visier. Noch bevor ich auch nur daran denken kann, den Schlag auszuführen, wird mir etwas auf den Kopf geschmissen.

Durch die Schmerzen und den Schwindel kippe ich zur Seite und bin kurz vorm Kotzen. Doch auch das bleibt mir verwehrt, denn Trick und Track sind schneller bei mir, als das ich mich aufrichten kann. Sie treten mir in den Bauch. Fast spüre ich, wie meine Rippen unter ihren Schuhen nachgeben. Wie mein Körper versucht, sich zu schützen, doch er kann nicht.

Ein letztes Mal versuche ich, den Tritten und Schlägen auszuweichen, bevor mich einer von beiden an der Schläfe trifft und die Dunkelheit mich mit sich reißt.

Gabriel

Kapitel 55

Irgendwann bin ich zu mir gekommen. Musste mich vor Schmerzen übergeben und erneut ohnmächtig geworden. Mein Körper hat sich angefühlt, als wäre er in seine Einzelteile zerlegt und falsch zusammengesetzt worden. Nachdem ich es irgendwie geschafft habe, mich aufzurichten und meine Wunden zu versorgen, nehme ich mein Handy und rufe die einzige Person an, der ich in New York noch vertraue.

Die Gedanken an Eva und das, was mit ihr ist, musste ich ganz nach hinten in meinen Kopf verdrängen, um einfach nur funktionieren zu können. Wäre das nicht passiert und wenn ich nur von Anfang an bei meinem Plan geblieben wäre, hätte mich James Foring jetzt nicht in der Hand. Fuck!

Das alles hätte so niemals passieren sollen und doch hat er es geschafft, mich an diesen Punkt zu bringen. An einen, an dem ich mich entscheiden muss. Das, was seine Worte bewirkt haben, hat viel mehr Macht als all die Schläge, die ich eingesteckt habe.

Er weiß es.

Genießt es und feiert seinen Sieg.

Dass ich nicht hierbleiben kann, ist klar. Ich muss weg aus dem East Village, herausfinden, ob er mit seinen Andeutungen recht hat und wenn, dann muss ich sie finden. Meine angebliche existierende Schwester.

Egal wie!

Schnell nehme ich mein Handy und wähle die einzige Nummer, die ich noch habe. Den letzten Ausweg. Der eine Mensch, der mir helfen kann. Es tutet. Einmal, zweimal, dreimal, bis er abnimmt.

»Ja?« Seine Stimme klingt unverändert.

»Ty, ich brauch deine Hilfe.«

»Und du bist dir sicher, dass er nicht nur blufft?« Es hat keine zwei Stunden gedauert, ehe ich mich mit Ty getroffen habe. Gemeinsam sitzen wir in seiner Wohnung und sind alles durchgegangen. Mehrfach.

Nur, um am Ende auf ein und dasselbe Ergebnis zu kommen.

»Selbst wenn. Das Risiko, es herauszufinden, ist zu hoch. Er hat Eva und sollte es wirklich eine Schwester geben, von der ich nichts weiß und er schon, kann ich nicht einfach kopflos handeln.«

Er nickt und lehnt sich auf der Couch zurück, überlegt und nimmt sein Telefon zur Hand. Er tippt auf den Tasten herum wie ein Verrückter und sieht dann zu mir.

»Ich kann ein paar Leute anrufen, Gabe, du weißt aber, dass es nicht umsonst ist. In dieser Stadt hat alles und jeder seinen Preis.« Genau das habe ich erwartet. Ich hebe meinen Blick, sehe ihn an und nicke.

»Der Preis ist egal.«

»Du wirst Dinge tun müssen, die du verabscheust. Wir wissen beide, dass du es damals nur für die Kosten der Behandlung durchgehalten hast. Jetzt ...«

»Halte ich es ebenso durch!«

»Gut. Dann lass mich ein paar Dinge klären. Du kannst hierbleiben, die Wohnung wird eh nicht gebraucht.«

Es ist, als wäre ich wieder der Junge von früher. Der, um an Geld zu kommen, alles getan hat, was man ihm vor die Füße geworfen hat.

Nur dass ich es diesmal nicht ausschließlich dafür tue, sondern um an Informationen heranzukommen. Ich war vielleicht in den vergangenen Monaten ein Bastard, aber ich habe nur mit dem gearbeitet, was ich gefunden habe. Jetzt grabe ich danach wie ein Süchtiger. Suche überall in der verfickten Stadt nach Menschen, die etwas wissen könnten. Lasse mich auf Jobs ein, die ich verachte und komme an den Punkt, an dem ich beinahe scheitere.

Ty hat es geschafft, mich auf eine Veranstaltung zu bringen, zu der niemand Geringeres als James Foring eingeladen hat. Es kostet mich all meine Beherrschung, nicht auf ihn – *meinem Vater* – loszugehen und ihm dieses überhebliche Grinsen aus dem Gesicht zu wischen.

Doch sobald ich meine Wut auf ihn und den Hass ausblende, sehe ich sie. Nur sie. Eva läuft ein paar Schritte hinter ihren Eltern her. Wie ein Schatten. Die dunklen Ringe unter ihren Augen verraten mir alles, was ich wissen muss, und lassen mich meine Hand zur Faust ballen. Es geht ihr schlecht. So verflucht schlecht. Und das nur, weil ich sie in all das reingezogen habe. Trotz allem sieht sie wunderschön aus, wie die Prinzessin, die sie immer sein sollte.

Ihre typische Maske aus Gleichgültigkeit und einem Lächeln sitzt nicht perfekt und doch gut genug, um allen glauben zu lassen, dass sie glücklich ist, hier zu sein. An der Seite ihrer Eltern, die gar nicht ihre Eltern sind. John kann ich zum Glück nicht sehen. Zu seinem Glück. Sollte er es auch nur noch einmal wagen, Eva anzufassen, dann ...

Ihr Blick trifft auf meinen. Sie kann mich unmöglich in dem Schatten erkennen, in dem ich stehe, und doch erscheint eine kleine Falte auf ihrer Stirn. *Spürst du, dass ich auf dich aufpasse, Prinzessin? Ich halte mich an meine Versprechen, auch wenn es anders abläuft, als erwartet.* Unser kleiner Moment ist schneller vorbei, als ich will.

Eine ältere Dame kommt auf Eva zu und verwickelt sie in ein Gespräch. Sie legt erneut ihr falsches Lächeln auf die Lippen, ehe sie noch einmal in meine Richtung blickt und dann mit ihr geht. Ich muss mich auf das konzentrieren, was ich vorhabe. Das, was unsere Zukunft beeinflussen wird, auch wenn ich die Gegenwart verfluche.

Nach dem Dinner verlässt James den Saal. Drei Männer folgen ihm, unter denen auch Joseph und sein widerlicher Sohn, John, sind. Ich hänge mich dran, bleibe unsichtbar und halte Abstand. Sie lachen, ziehen die Zigarren aus den Taschen und das dunkle Grollen schallt durch die Halle.

Sie halten vor einem Durchgang, der zu einem kleinen Nebenzimmer führt an und treten nacheinander ein. Ich kenne dieses Zimmer, habe mir vorher einen genauen Überblick darüber verschafft und bleibe neben der Tür stehen. Das Geräusch eines aufklappenden Feuerzeugs erklingt, ehe die Luft von Rauch erfüllt wird.

»Und wie sieht es aus?«, fragt einer der Männer, dessen Stimme zu Joseph Thomson gehört.

»Alles gut. Ich habe den kleinen Bastard im Griff. Er wird nichts unternehmen, dafür hat er zu viel Angst.«

»Angst? Die sollte er auch haben.« Johns Lachen geht in ein Husten über, als er an der Zigarre zieht. *Weichei.* »Wird die Hochzeit wie geplant stattfinden?« *Hochzeit?*

»John, mein Lieber, lass das meine Sorge sein.«

»Aber was, wenn der Bastard herausfindet, dass es gar keine Schwester gibt, mit der wir ihn von

Eva fernhalten, was ...« In meinen Ohren klingelt es und ich kämpfe mit mir. Glück, Hass, Leid, Wut, Trauer. Die verschiedensten Emotionen bahnen sich einen Weg nach oben. Kämpfen darum, rausgelassen zu werden und doch schlucke ich sie runter.

»Wenn du willst, dass Evas Hand dir gehört, solltest du besser auf deine Wortwahl achten.« James´ Stimme ist dunkel geworden, als er John unterbricht und ich wette, der kleine Wichser ist kurz davor zusammenzubrechen. Er dachte, er kann bei den Großen mitspielen, doch hat er nicht bedacht, was das bedeutet.

»Hast du mich verstanden, John?«

»Ja, aber ich hasse es, warten zu müssen. Ich bin auch nur ein Mann.« Beinahe jammernd presst er den letzten Teil des Satzes hervor und ich schlucke ein leises Knurren herunter.

Fass sie an und du stirbst!

»Eva ziert sich nur ein wenig. Zeig ihr einfach, was sie wirklich will.«

Ich sehe rot. Habe genug gehört und stürme davon.

Lügen, es waren alles Lügen und jetzt habe ich die Gewissheit. Sie wollen, dass man ihnen zeigt, was man wirklich will? Das können sie haben, allerdings wird ihnen das, was ich will, nicht gefallen.

Doch es ist mir egal.

Evangelina

Kapitel 56

Der Ausdruck >ein Schatten seiner selbst< bekommt durch mich einen neuen Maßstab. Seit Wochen versuche ich weiterzumachen.

Einfach zu überleben und doch schleiche ich durch unser Haus. Rede mit niemandem, beachte keinen und tue so, als wäre ich allein. Dass ich das auch bin, wird mir jede Nacht, in der ich an Gabe denke, mehr und mehr bewusst. Er hat mich weggeschickt, mit einem Ausdruck in den Augen, der mich beinahe in die Knie gezwungen hat und mir deutlich gemacht hat, dass ich ihn nie wiedersehen werde.

Mein Vater hat versucht, mich zum Reden zu bringen, mehrfach, doch ich gehe auf keinen Versuch ein. Für mich existieren weder er noch meine Mutter. Sie reden mit mir, schreien mich an, schütteln mich und ich gehe einfach weg. Drehe ihnen den Rücken zu und tue so, als wären sie nicht hier.

Nicht einmal Megan hatte eine Chance, zu mir durchzudringen und das, obwohl sie die einzige Person ist, der ich noch irgendwie vertrauen kann. Die Uni und meine Kurse sind das Einzige, was ich außerhalb dieses Hauses unternehmen kann. Nicht nur einmal habe ich versucht, mich nachts nach draußen zu schleichen, doch ich wurde immer erwischt. Seit Neuestem stehen Sicherheitsleute vor unserem Haus.

Ob es wegen mir oder wegen der Leute ist, mit denen mein Vater zusammenarbeitet, weiß ich nicht, aber es fuckt mich ab. Was mich noch mehr abfuckt, ist meine Gleichgültigkeit, die ich entwickelt habe. Mein Feuer, meine Leidenschaft und mein Zorn sind einfach verpufft. Als wären sie nie in mir gewesen, spüre ich nichts mehr davon. Es scheint, als hätte Gabe die Eva, die ich gewesen war, mitgenommen und eine Version von mir zurückgelassen, die ich nicht kenne.

Es sind jetzt vier Monate vergangen, seit das Video von ihm und mir online ging. Durch die schlechte Qualität von Devons Kamera hatte man zwar wenig erkannt und der Trubel sich schnell wieder verabschiedet dennoch schmerzt es.

Dieser Moment. Diese Minuten, die wir geteilt hatten, waren wohl die Innigsten und Ehrlichsten, seit wir uns kennengelernt haben, und Devon hat sie zerstört, indem er es mit der Masse geteilt hat. Mehrfach habe ich versucht, Gabe zu erreichen, aber seine Nummer existiert nicht mehr. Sie ist gelöscht, beinahe so, wie sie ihn aus meinem Leben gerissen haben.

Mein Herz ruft nach ihm, selbst nach all den Geheimnissen und Lügen. Nach all dem, für das ich ihn eigentlich hassen sollte. Doch ich habe ihm verziehen. In dem Moment, in dem er mir alles über sich offenbart hatte, wusste ich, dass dieser Mann alles getan hat, um irgendwie zu überleben.

Den Skandal, den das Video und die Aktion auf der Eröffnung losgetreten haben, sind beinahe schon wieder vergessen. Natürlich gibt es schon wieder einen neuen Skandal, etwa anderes, worüber die Leute lästern, immerhin sind wir auf der verfluchten Upper East Side. Riechen sie etwas, das andere in den Dreck zieht, stürzen sie sich darauf wie die Wölfe. Juckt es niemanden mehr, ziehen sie weiter und hinterlassen den Müll, um den sich dann jemand anderes kümmern darf.

Es ist immer das gleiche Spiel und es langweilt mich. Vor allem aber macht es mich wütend. Seit Langem habe ich dieses Gefühl nicht mehr gespürt. Es brodelt langsam durch meinen Körper und bahnt sich einen Weg. Zeigt mir, dass ich noch lebe und vielleicht doch noch ein winziger Teil von der alten Eva existiert. Ich stehe von meinem Schreibtisch auf und stürme ins Bad. Spritze mir kaltes Wasser ins Gesicht und betrachte mich im Spiegel. Leere braune Augen mustern mich und ich schüttle den Kopf über mich selbst.

Wann hast du aufgehört zu kämpfen? Als mein Herz mit einem fremden Mann verschwunden ist, der mir mehr bedeutet, als ich mir jemals hätte erträumen können. Das kann nicht unser Ende sein. Niemals. Wo ist das Märchen, wenn man es braucht? Immerhin sollte ich doch die verfickte Prinzessin sein?

Meine Wut bahnt sich einen Weg an die Oberfläche und ich spüre die aufkommenden Tränen. Ich habe kein einziges Mal geweint, seit Gabe mich darum gebeten hat zu gehen. Habe es mir verboten, aber jetzt lasse ich es zu. Lasse zu, dass mich der Schmerz einnimmt und nichts als Wut zurücklässt. Mein Herz ist verschwunden und hat einen leeren Platz zurückgelassen.

Einen, der an nichts mehr glaubt, außer an mich selbst. Wenn ich nicht diejenige bin, die sich aus dieser Situation befreit, wer sonst? Zu lange habe ich mich in meinem Leben darauf verlassen, was andere tun. Habe mich, trotz dass ich es nicht wollte, ihrem Willen gebeugt und wohin hat es mich geführt?

Sie wollten die Prinzessin in mir sehen, aber niemand hat verstanden, dass ich es nicht sein wollte. Ich wollte nie diese Upper-Class-Bitch sein und doch wurde ich mehr zu ihr, als ich sollte. In meinen Augen tobt ein Kampf und ich ertrage es nicht mehr diese, Schwäche zu sehen.

Es ist genug! Es gab immer nur diese eine Sache, für die ich gekämpft habe, und jetzt soll es das gewesen sein? Einfach so?

»Du hast immer Mittel und Wege gefunden, das zu bekommen, was du willst!«, sage ich zu meinem Spiegelbild und streiche mir die losen Strähnen aus dem blassen Gesicht. »Niemand hat das Recht über dein Leben zu entscheiden!« Mit fester Stimme stoße ich mich vom Waschbecken ab und ziehe mich aus, gehe in die Dusche und stelle das Wasser an. Die Kälte raubt mir kurz den Atem, ehe ich mich daran gewöhne.

Gabriel.

Die Erinnerung an ihn zwingen mich nicht in die Knie, das lasse ich nicht zu.

»Und wenn ich bleibe?«

»Dann wird niemand auch nur in deine Nähe kommen, solange ich es verhindern kann.«

Seine Worte durchfluten meine Gedanken und ich lege den Kopf zurück. Lasse das Wasser über mein Gesicht laufen und schließe die Augen. Es war keine Lüge, das weiß ich, er hätte es nie einfach so zugelassen, dass mein Vater sich zwischen uns stellt. Irgendwas muss er gegen ihn in der Hand haben, weshalb Gabe sich nicht bei mir meldet.

»Ich stelle gerade deine ganze Welt auf den Kopf, Prinzessin. Wie naiv wärst du, nicht dran zu zweifeln?«

Meine Hände gleiten mit seiner Stimme in den Ohren über meinen Körper. Spielen mit dem kühlen Metall in meinen Nippeln und wandern meinen Bauch entlang zu meiner pochenden Mitte. Die Sehnsucht nach seinen rauen Händen, seinen Berührungen und seinen Lippen überrollt mich und ich presse meine Finger gegen meine Klit.

»Zeig mir, was du willst, Prinzessin.« In meiner Vorstellung sind es seine Hände und Finger, die mich berühren. Seine, die sich in mich schieben und mich ausfüllen. Alles an mir bebt.

Mein Stöhnen vermischt sich mit dem Rauschen des Wassers und lässt mich schweben. Zum ersten Mal seit Wochen fühle ich wieder etwas.

Etwas, das mich an die Eva erinnert, die ich war. Die ich sein will und die ich tief in mir auch bin.

Scheiß auf die Prinzessin, wenn ich an Gabriels Seite eine verfluchte Königin sein kann!

Gabriel

Kapitel 57

Ein permanentes Klopfen an der Tür holt mich aus meinem leichten Schlaf. Sofort bin ich wach, schwinge mich aus dem Bett und gehe zur Tür.

Klopf.

Klopf.

Klopf.

Wieder und wieder hämmert jemand gegen die Tür und ich öffne sie. Niemand weiß von dieser Wohnung. Niemand außer Tyren. Er war der Einzige, dem ich nach dieser ganzen verfickten Sache noch vertrauen konnte. Der, der mir dabei geholfen hat, unterzutauchen und dennoch in der Stadt zu bleiben. Niemals wäre ich gegangen und hätte Eva hier zurückgelassen. Niemals.

»Guten Morgen, Prinzessin.« Er lehnt am Türrahmen und lächelt mich an. Wie ich es hasse, wenn er mich so nennt. Ohne ihn zu beachten, drehe ich mich um und gehe in die Küche. Ohne Kaffee ertrage ich seine gute Laune nicht. Er folgt mir, schließt die Tür und lässt sich auf die Couch fallen. »Gefällt mir, was du aus meiner Wohnung gemacht hast.« Ironie. Denn all das, was hier ist, gehört ihm.

»Danke«, murmle ich und trinke einen Schluck Kaffee. »Aber um mit mir über Inneneinrichtung zu sprechen, bist du sicher nicht hier.«

»Direkt auf den Punkt, so liebe ich das. Ich habe mir noch ein paar Infos eingeholt. Über Foring, Eva und diese ganze Upper-Class-Elite.« Bei ihrem Namen durchfährt mich ein Schmerz, den ich sofort wieder verdränge. »Dein Vater«

»Nenn ihn nicht so!« Unterbreche ich ihn harsch und balle die freie Hand zur Faust.

»James«, korrigiert er sich mit einem Lächeln auf den Lippen selbst. »Hat es tatsächlich geschafft, sich in den letzten Monaten seinen guten Ruf zurückzuholen. Niemand fragt mehr nach diesem Video oder den anderen Dingen, die ihr aufgedeckt habt.« *Ihr.* »Aber das wusstest du ja schon, habe ich recht?«

»Weiter.«

»Evangelina ist tatsächlich nicht seine Tochter. Sie haben die adoptiert, als sie gerade einmal sechs Wochen alt war. Eltern unbekannt.« Immerhin war das wenigstens die Wahrheit gewesen. »Die Hochzeit von John und Eva soll weiterhin stattfinden, aber das wusstest du ja ebenfalls.« James *fucking* Foring, hat seine Hausaufgaben gemacht, er hat meine einzige Schwäche gegen mich eingesetzt und es fast geschafft. Allerdings hat er nicht damit gerechnet, dass ich zurückkomme und mich nicht einfach kampflos verpisse. Wir haben nachgeforscht und in James' Chatverläufen Nachrichten gefunden, in denen er einer Frau Geld bietet, um sich als meine Schwester auszugeben, sollte es dazu kommen.

Fast schon lächerlich.

»Devon?«, frage ich nach dem kleinen Verräter, dem ich viel zu lange vertraut habe.

»Hat sich nach Deutschland verpisst und lebt dort mit dem Geld, das er von Foring und Thomson bekommen hat. Sie standen schon länger in Kontakt und haben all das vermutlich schon Monate geplant. Du solltest quasi die Drecksarbeit für Devon erledigen, damit er sich ein schönes Leben machen und nicht damit in Verbindung gebracht werden kann.« Es sollte mich vermutlich treffen, doch das tut es nicht. Das Einzige, woran ich denken kann, ist, dass es gut für Devon ist, dass er weg ist. Hätte ich ihn jemals gefunden, hätte er da vermutlich nicht überlebt.

»Danke.«

»Kein Ding, du weißt, ich helfe gern.« Er steht von der Couch auf und geht durch das Wohnzimmer. In der Tür zum Flur bleibt er allerdings noch einmal stehen.

»Ich habe noch etwas für dich.« Er zieht eine kleine Visitenkarte aus seiner Hosentasche und legt sie auf die Kommode. »Das FBI würde sich brennend für Forings Machenschaften interessieren.«

»Was hast du denn mit dem verfickten FBI zu tun?«, frage ich verwirrt und versuche, das Puzzle in meinem Kopf zusammen zu bekommen.

»Du weißt doch, halte deine Freunde nah, aber deine Feinde umso näher. Blah, Blah, Blah. Nicht nur du brauchst einen Notfallplan, Gabe, den haben wir alle nötig. Hol sie dir einfach zurück, Gabriel. Euer Märchen hat noch kein Ende bekommen.« Seine Worte hallen noch lange in mir nach. Sogar als seine Schritte im Flur langsam verklingen und die Tür hinter ihm ins Schloss fällt.

Das werde ich!

Im Schatten der Dunkelheit stehe ich vor dem Stadthaus der Forings. Die Madison Avenue liegt ruhig da und kaum jemand ist noch unterwegs. Die benachbarten Häuser sind dunkel, alle schlafen, was sie auch sollten, und doch brennt hinter einem einzigen Fenster noch Licht. Mit einem Lächeln auf den Lippen nehme ich mein Telefon aus der Jacke und tippe eine Nachricht. Kenne ihre Nummer noch immer auswendig. Wie sollte ich sie auch jemals vergessen?

Ich: Sollten brave Prinzessinnen um diese Zeit nicht schlafen?

Mein Herz beginnt zu rasen, als ich auf Senden drücke, und ich ziehe eine Zigarette aus der Schachtel. Das Feuer leuchtet auf, als ich sie anzünde und der Rauch in der Nacht verschwimmt. Es vergehen ein paar Minuten, bis die Nachricht als gelesen markiert wird.

Evangelina: Wer sagt, dass ich eine brave Prinzessin bin?

Schnaubend atme ich den Rauch der Zigarette ein und tippe eine Antwort.

Ich: Es ist mir egal, ob brav oder nicht, Prinzessin. Aber wenn du nicht sofort deinen Hintern vor die Tür bewegst, wirst du heute gar nicht mehr schlafen.

Die Nachricht wird zugestellt und gelesen und das Licht in ihrem Zimmer geht aus. Die Aufregung, die sich in meinem Körper sammelt, ist unangenehm. Sie pocht und kribbelt in meinen Adern und ich spüre tatsächlich das Gefühl von Angst. *Was, wenn sie nicht kommt? Was, wenn ich zu lange gebraucht habe? Was, wenn...*

Alle Zweifel lösen sich auf, als ich eine kleine Gestalt sehe, die aus der Tür kommt. Die Sicherheitsleute, die dort stehen, wollen sie aufhalten und greifen nach ihr. Sofort verlasse ich meine Schatten und gehe über die Straße, direkt auf sie zu.

»Lasst sie los!«, gebe ich ruhig von mir und verdränge die Gefühle, die aufkommen, als ich Eva zum ersten Mal wieder in die Augen schauen kann.

»Verschwinde«, zischt einer der beiden, während der andere Eva noch immer am Arm festhält. Sie windet sich mit einem Lächeln auf den Lippen aus seiner Umklammerung und greift in die Tasche ihres Pullovers.

»Ihr hattet eure Chance«, sagt sie und holt ein Pfefferspray heraus, das sie direkt benutzt.

»Geh wieder rein, Evangelina!«, sagt der andere Kerl zu ihr, der sich auf mich konzentriert, und sie lacht.

Scheiße, wie habe ich dieses Geräusch vermisst. Er kommt auf mich zu und ich weiß, dass er weder eine Waffe noch sonst etwas hat, das er gegen mich verwenden wird. Noch während er die Treppen nach unten steigt, höre ich seine Stimme.

»Verschwinde oder deine Schwester wird sterben«, knurrt er mir zu und ich schnaube.

»Meine Schwester ist schon tot, also halt deine Fresse!« Meine Faust landet in seinem Gesicht, sobald er vor mir zum Stehen kommt. Er keucht auf, taumelt nach hinten und richtet sich wieder auf. Mit einem schiefen Grinsen auf den Lippen will er sich auf mich stürzen, doch Eva ist schneller und schiebt sich vor mich. Sprüht ihm die halbe Dose Pfefferspray ins Gesicht, was ihn jammern lässt wie ein kleines Kind.

Verteidigst du mich etwa, Prinzessin?

Sie greift nach meiner Hand und ich ziehe sie an mich, streiche ihr über die Wange und nehme jeden Zentimeter ihrer Gesichtszüge in mich auf.

»Hey«, haucht sie mir entgegen und ich kann nichts anders tun, als zu lächeln.

»Na, Prinzessin, hast du mich vermisst?« Ihre Augen leuchten, funkeln mit den Sternen über uns um die Wette. Statt mir zu antworten, beugt sie sich vor, presst ihren Mund auf meinen und bringt mich dadurch fast um. Alle Gefühle explodieren in mir.

Die Welt hört auf zu existieren.

Es ist zu viel.

Zu wenig.

Zu gut.

Mir wird bewusst, wie sehr ich sie die ganze Zeit über vermisst habe. Wie stark ich mich nach ihr gesehnt habe und *fuck*, dass sie alles ist, was ich brauche. Wir blenden alles um uns herum aus, existieren nur noch zusammen und erst als ein Piepsen hinter uns ertönt, lösen wir uns voneinander. Schnell ziehe ich sie mit mir. Weg von der Madison Avenue. Raus aus der Upper East Side. Tiefer in meine Welt. Doch sie steckt schon zu sehr mit drin, um sie fernzuhalten.

Evangelina

Kapitel 58

Wir schaffen es gerade so um die nächste Ecke, ehe ich die Stimme meines Vaters höre. Er ruft nach mir, erwartet wirklich eine Antwort, die ich ihm nur allzu gern ins Gesicht brüllen würde. Doch Gabe hält mich zurück, zieht mich erneut an sich und lässt mich mit einem Blick alles vergessen.

»Später, Prinzessin. Alles zu seiner Zeit.« Seine Lippen liegen schneller wieder auf meinen, als ich ihm widersprechen könnte. Sein Körper drängt sich hart gegen meinen und er presst mich gegen die Mauer hinter mir.

Scheiße, das habe ich vermisst. Seine Hände, überall auf meinem Körper. Seine Lippen an meinen. Seinen Atem, der sich mit dem von mir vermischt.

So verdammt gut! Mein Stöhnen wird von seinem Mund verschluckt und kaum öffne ich meine Lippen, spüre ich seine Zunge. Mit seinem ganzen Körper presst er sich an mich, lässt mich spüren, wie sehr er mich und das hier vermisst hat.

Meine Hände schieben sich unter seinen Pullover, gleiten über seine nackte Haut und ich kralle mich an ihm fest. *Nicht nah genug!*

»*Fuck,* Prinzessin. Wenn du nicht willst, dass ich dich hier und jetzt ficke, solltest du aufhören.« Es war ein kaum merklicher Protest, der in seiner Stimme liegt, und dennoch schaffen wir es, uns zurückzunehmen.

»Bring mich weg von hier«, hauche ich ihm entgegen, ehe ich meine Lippen erneut auf seine presse.

Es ist eine andere Wohnung. Ein anderes Viertel und nichts hiervon spiegelt Gabe wider. Die Möbel sind teurer, passen zusammen und schreien geradezu danach, dass sie nicht ihm gehören. Sein Duft ist das Einzige, das über all dem schwebt und mir zeigt, dass er die letzten Wochen hier ein Zuhause gefunden hatte. Er ist angekommen, genau wie ich. Seine Nähe gibt mir das Gefühl, genau da zu sein, wo ich hingehöre.

An seiner Seite.

»Gefällt dir, was du siehst?«, fragt er mich mit einem neckenden Unterton und beobachtet mich. Er lehnt im Rahmen der Tür, die vom Flur zum Wohnzimmer führt. Wie gebannt starre ich durch das große Fenster, hinter dem eine unglaubliche Dunkelheit auf uns wartet. Nur vereinzelt Tanzen die Lichter der Stadt umher. Sein Spiegelbild im Fenster bewegt sich auf mich zu. Kommt näher und bleibt schließlich stehen.

»Was ist passiert?«, frage ich und drehe mich zu ihm um. Schlinge meine Arme um meinen Körper und beginne zu zittern. Der Adrenalinschub lässt nach, fällt von mir ab und ich bin kurz davor zusammenzubrechen. Meine Muskeln zittern, doch ehe meine Beine unter mir nachgeben, ist er da. Fängt mich auf und hebt mich hoch. Gabriel trägt mich in ein anderes Zimmer. Legt mich vorsichtig ab und ich sinke in weiche Laken.

»Morgen, Prinzessin«, raunt er mir zu und schmiegt sich an mich. »Morgen erkläre ich dir alles. Versprochen.« Seine Lippen auf meiner Schläfe sind das Letzte, was ich mitbekomme, ehe mir die Augen zufallen und ich einschlafe.

Etwas Schweres liegt auf meinem Bauch und lässt nicht zu, das ich mich bewege. Die Panik greift nach mir, mischt sich in meine Sinne. Ich atme tief ein und aus. Versuche, ruhig zu bleiben. Holz, Rauch, Gabriel. Sein Duft ist es, der mich beruhigt und die Erinnerungen an das, was letzte Nacht passiert ist, wieder in meinen Verstand zurückbringt. Ein Lächeln schleicht sich auf meine Lippen, als ich mich in seiner Umarmung umdrehe und er tatsächlich hinter mir liegt.

»Guten Morgen«, raunt er mir zu und ich lege meine Hand an seine Wange.

»Du bist wirklich hier«, flüstere ich und schüttle leicht mit dem Kopf. Nehme jeden seiner Züge in mich auf und fahre mit dem Finger über seine Lippen.

»Hast du je daran gezweifelt, dass ich zurückkomme?« *Ja, denn ich hatte eine verfickte Angst um dich.* Statt es ihm zu sagen, nicke ich und spüre, wie er mich dichter an sich zieht. Meine Augen fallen zu und ich vergrabe mein Gesicht an seinem Hals.

»Eva, schau mich an.« Eva, nicht Prinzessin. Mein Herz setzt aus, trotzdem tue ich das, worum er mich bittet. »Es gibt ein paar Dinge, die ich dir sagen muss.« *Du wirst gehen, oder?*

Mich verlassen. Nein. Nein. Nein. »Ich habe Sachen erfahren, die nicht nur dein Leben verändern, sondern auch meins. Es wird schwer sein, das zu verarbeiten, aber du schaffst das.« Seine Hand fährt sanft an meinem Rücken entlang und ich nicke.

»Sag mir nur eins. Nur eine Sache, Gabe. Wirst du wieder verschwinden?«

»Nein, diesmal wirst du mich nicht mehr los. Außer du willst, dass ich gehe.«

Wir haben es geschafft, uns voneinander zu lösen und aufzustehen. Sitzen nun mit zwei Tassen Kaffee auf der Couch und schweigen. Die Schwere, die in der Luft hängt, droht mich zu ersticken, doch immer, wenn ich auf Gabriels Blick treffe, habe ich das Gefühl, wieder atmen zu können.

»Du bist nicht James′ und Emelys leibliche Tochter.« Er lässt er die Bombe einfach platzen und anstatt traurig zu sein, spüre ich eine Art Erleichterung in mir aufkommen. Nicht die Tochter von solchen Monstern zu sein, erfüllt mich auf seltsame Weise mit Glück. Erklärt, warum ich mich immer gefühlt habe, als würde ich nicht dazu gehören. Als wären in mir zwei

Seiten, die darum kämpfen, wer die Oberhand gewinnt.

»Was noch?« Ich brauche mehr. Jede Wahrheit, die er mir geben kann, und schiebe alles andere nach hinten.

»Lilly war nicht meine Schwester.«

»Weiter.«

»Devon ist nach Deutschland verschwunden.«

»Weiter.«

»James ...« Ich gebe ihm Zeit. Spüre, dass es ihm alles abverlangt. Sehe den inneren Kampf, den er mit sich führt, und rutsche näher an ihn heran. »James Foring ist mein leiblicher Vater. Er hatte eine Affäre mit meiner Mutter, Emely konnte nie Kinder bekommen und ich habe mich so lange nicht bei dir gemeldet, weil er mir von einer anderen, leiblichen Schwester erzählt hat, die es am Ende gar nicht gegeben hat. Er wusste, wenn jemand meinetwegen in Gefahr wäre, würde ich mich von dir fernhalten. Ich habe Zeit gebraucht, musste jedem noch so kleinen Hinweis nachgehen, hatte Hilfe und habe keine Person gefunden, die mit mir verwandt ist. Er hat geblufft. Hat meine Liebe zu dir als einzige Waffe gegen mich eingesetzt.«

»Sag das nochmal«, hauche ich und stelle die Tasse auf den kleinen Tisch vor der Couch ab.

»Er hat geblufft.«

»Nein, das andere.«

»James ist mein Vater.«

»Nein, nicht das.«

»Meine Liebe zu dir.«

»Liebe?«, frage ich ihn und krabble auf seinen Schoß. »Du liebst mich also?«

»Hast du geglaubt, dass es anders wäre, Prinzessin?« So sehr ich diesen Spitznamen auch gehasst habe, aus seinem Mund ist er das Schönste, was ich hören kann. Es gibt mir das Gefühl, unbesiegbar zu sein.

»Ja, kurz dachte ich das, Fremder. Du hast mich ganz schön lange warten lassen.« Ich bewege meine Hüften an seinem Schwanz. Spüre, wie er unter mir hart wird und keuche, als er mich fester auf sich presst. Seine Hand schließt sich um meine Haare, zieht meinen Kopf nach hinten und legt meinen Hals frei. Sanft knabbert er an der empfindlichen Haut.

»Dann muss ich dich wohl vom Gegenteil überzeugen.«

Gabriel

Kapitel 59

Wie sehr ich sie vermisst habe, wird mir erst klar, als ich sie wieder voll und ganz spüre. Ihren Körper, ihr Stöhnen und ihre Lust.

All das gehört mir.

Besonders ihr Herz.

»Hat dir irgendjemand wehgetan, Prinzessin?«, frage ich und küsse mich ihren Hals entlang. Ich muss wissen, was passiert ist, nachdem sie meine Wohnung verlassen hatte.

»Nein. Nicht körperlich.«

»Wer?«

»Es ist egal, Gabe. Ich habe es überlebt.«

»Nichts ist egal. Wenn dir jemand wehtut, dann ich, und auch nur, weil du es willst!«

»Dann tu es. Lass mich fühlen, dass ich dir gehöre.« Ihre Worte lassen etwas in mir frei, das ich so lange verdrängt hatte. Mit ihr auf meinen Hüften drehe ich uns um, begrabe ihren kleinen Körper unter mir und ziehe mit wenigen Handgriffen die Hose von ihren Beinen.

»Du hast keine Ahnung, wie sehr ich dich vermisst habe«, keuche ich und fahre jeden Zentimeter von Evas Körper mit den Augen nach. Es bleibt keine Zeit, um auf eine Antwort zu warten, denn meine Hand verschwindet zwischen ihren Beinen. Sie ist so nass, dass ihr Slip getränkt ist mit ihrer Lust, was mich knurren lässt.

»Scheiße, Prinzessin«, stöhne ich, als meine Finger an ihrer Pussy liegen und ich den Stoff beiseiteschiebe. Ihr entkommt ein Stöhnen, das sich zu einem Keuchen entwickelt, als ich mich zwischen ihren Beinen positioniere und den Slip auseinanderreiße. Mein Mund schließt sich um ihren Kitzler, saugt und knabbert, als würde ich verdursten. Sie endlich wieder zu schmecken und bei mir zu haben, schickt mich in den Himmel. Eva bäumt sich auf, vergräbt ihre Hände in meinen Haaren und zieht daran. Drängt sich härter gegen mein Gesicht und fleht leise nach mehr.

»Du willst mehr?«, frage ich an ihrer Mitte und lächle. Puste über ihre nasse Pussy und sehe zu ihr auf.

»Ja. Ich will alles.« Ich gebe es ihr. Alles, was sie will. Mehr. Schiebe zwei meiner Finger in ihre

Enge und stimuliere ihre Klit weiter mit meiner Zunge.

»Fuck, ja«, schreit sie ihre Lust heraus und bäumt sich erneut auf. Meine Finger gleiten in sie, rein, raus, immer wieder. Bereits jetzt zucken ihre Muskeln. Klammern sich an meine Hand, als würden sie mich ersticken wollen und himmel, ich liebe es. Mit der freien Hand wandere ich unter ihr Shirt. Spüre das kühle Metall an meinen Fingern und kneife hinein. Ein kurzer Schrei, gefolgt von einem Stöhnen, was beides wie Musik in meinen Ohren klingt.

»Willst du kommen, Prinzessin?«

»Unbedingt, ja!«

»Sag mir Eva, wem gehört alles von dir? Dein Herz, deine Lust und dein Körper?«

»Dir! Es gehört alles dir!« Mit einem zufriedenen Lächeln, nehme ich einen dritten Finger dazu, stoße ihn in ihre Pussy und nehme ihre Klit zwischen die Zähne.

»Dann komm für mich, Prinzessin.« Ein letztes Mal drehe ich das Piercing zwischen meinen Fingern und spüre, wie sich ihre Pussy verkrampft. Der Orgasmus fegt über sie hinweg. Lässt sie zittern, schreien und stöhnen. Doch das ist noch lange nicht genug. Sie genießt es, reibt sich weiter an meiner Hand und ich richte mich ein wenig auf. Öffne meine Hose, schiebe sie so weit herunter, damit mein Schwanz befreit ist, und ziehe sie auf mich.

»Sei meine Königin, Eva. Nimm dir alles, was du brauchst.« Sie lächelt mich an und die Welt bleibt stehen, als sie zwischen uns greift und meinen Schwanz an ihrem Eingang positioniert. Langsam lässt sie sich auf mir nieder, stoppt kurz und fährt dann fort. Ich gebe ihr die Zeit, die sie will. Denn sie zelebriert diesen Moment und genießt jede Sekunde. Sie hält meinem Blick stand, lässt ihn nicht los und krallt sich in meinen Schultern fest.

»Scheiße«, stöhnt sie und beugt sich vor. Legt ihre Stirn an meine und lässt sich komplett auf mich sinken. Es ist zu viel. Zu gut und nicht annähernd genug. Kurz verharrt sie, mein Schwanz pocht in ihrer engen und heißen Pussy, ehe sie beginnt sich zu bewegen.

Fast vollständig gleitet mein Schwanz aus ihr heraus. Es kostet mich meine gesamte Beherrschung, ruhig zu bleiben, ehe ich nicht anders kann, als meine Hüfte zu bewegen und ihr entgegenzukommen.

»Mehr«, fleht sie und ich gebe es ihr nur zu gern. Wir finden unseren Rhythmus, als hätte es nie eine Zeit gegeben, in der wir nicht zusammen waren, und bewegen uns einander entgegen. Ich ziehe sie näher an mich, muss sie spüren, sie riechen und küssen. Würde sie am liebsten verschlingen und es wäre dennoch nicht genug.

Unsere Blicke finden sich wie von allein und ich lasse eine Hand zwischen uns gleiten. Streiche über ihren Kitzler, sanft, und doch ist es zu viel für sie. Keuchend legt sie den Kopf in den Nacken, als sich ihre Muskeln so abrupt anspannen, dass ich die Kontrolle verliere. Meine Eier kribbeln, mein Schwanz pocht und ich komme, während ihre Pussy sich um mich zusammenzieht.

An diesem Morgen reden wir nicht viel, genießen viel mehr unsere Zeit nach der langen Trennung und vergraben uns in der Lust, der Sehnsucht und weiteren Orgasmen. Es gibt einen Punkt, an dem man sich fragt, ob man glücklicher nicht sein könnte. Doch meistens, wenn eben genau der kommt, passiert etwas, das alles ändert. In unserem Fall ist das aber bereits passiert. Wir reden nicht darüber, was passiert ist. Nicht über das, was ich ihr erzählt habe. Und egal wie sehr ich es genieße, sie in meinen Armen zu halten, wissen wir beide, dass es kein Drum-herum geben wird. Es muss geklärt werden. Alles. Wir wollten Rache. Ich an ihrer Familie. Sie an ihrem Vater. Bekommen haben wir sie bisher aber noch nicht.

»Worüber denkst du nach?«, fragt sie und legt ihr Kinn auf meine nackte Brust. Ich suche Evas Blick und streiche ihr die wilden Strähnen aus dem Gesicht. Die sanfte Röte auf ihren Wangen unterstreicht das tiefe Braun ihrer Augen perfekt. Der Schwung ihrer Lippen, die winzigen Sommersprossen, all das ist einzigartig und gehört mir.

»Du weißt, wir müssen irgendwann darüber reden«, sage ich und sehe, wie ihr Lächeln verschwindet. Sie will sich mir entziehen, doch ich lasse sie nicht gehen. »Eva, so gern ich mich auf ewig mit dir hier verstecken möchte. So geht es nicht weiter.«

»Ich weiß, aber was haben wir für einen Plan?«

»Einen Deal.«

»Mit wem? James?«

»Ja.«

»Bringt er dich in Gefahr?«

»Hätte er mich umbringen wollen, hätte er die Chance dazu gehabt, glaub mir.«

»Du bist sein Sohn, das würde er nicht tun, oder?« Zum ersten Mal spricht sie es aus und ich kann ihr keine Antwort geben. Würde er? Keine Ahnung. Wenn ich gefährlich für ihn werden würde, vielleicht. Doch er hat bisher nichts unternommen, aber darauf lege ich mich nicht fest. »Versprich mich nur eins. Egal, was wir tun werden, dir darf nichts passieren!«

»Ich muss dir widersprechen, Prinzessin. Deine Sicherheit steht an erster Stelle, egal was mit mir sein wird.«

»Entweder wir zusammen oder niemand!«

»Okay, Prinzessin, dann so!«

»Gut, dann weih mich in deinen Plan ein.«

Evangelina

Kapitel 60

Zwei Wochen später sitze ich nervös im *Penrose* und warte darauf, dass er kommt. Ich finde es immer noch verdammt unklug und doch bin ich jetzt hier. Megan steht hinter der Bar, blickt immer wieder zu mir und ich versuche mich an einem Lächeln. Jedes Mal, wenn die Tür geöffnet wird, hebe ich meinen Blick, doch bisher war es immer falscher Alarm.

Bis jetzt.

Diesmal ist es wirklich James, der durch die Tür kommt und auf mich zugeht. Er ist älter geworden in den letzten Monaten. Als hätten ihn all die Ereignisse altern lassen. Mein Blick gleitet über sein Gesicht, die leicht ergrauten Haare, die dunkleren Schatten unter seinen Augen und ich frage mich, wie es mir nicht schon früher auffallen konnte. Dieses strahlende Grün seiner Iriden. Die markanten Gesichtszüge. Wenn man es weiß, ist es nicht von der Hand zu weisen.

»Evangelina«, sagt er, als er an meinem Tisch angekommen ist und darauf wartet, dass ich aufstehe. Stattdessen nicke ich nur zu dem Stuhl mir gegenüber und er setzt sich. Verzieht dabei keine Miene und lässt keine der Emotionen durchblicken, die in ihm stecken.

»James.« Es würde sich falsch anfühlen, ihn Dad zu nennen, das habe ich nie und werde jetzt nicht damit anfangen.

»Warum bin ich hier?«

»Schön, dass du direkt zum Punkt kommst. Wir haben einen Vorschlag für dich.« Passend zu meinen Worten taucht Gabe hinter James auf und nickt mir kurz zu. Verwirrt sieht dieser zwischen Gabriel und mir hin und her und will sich erheben.

»Ich würde mir anhören, was sie zu sagen hat!« Gabe lässt es klingen, als hätte James eine Wahl. Wir wissen alle, dass er die nicht hat. Gezwungenermaßen bleibt er sitzen und betrachtet Gabe mit einem solch abschätzigen Blick, dass mir schlecht wird, während er um den Tisch herum geht und sich neben mich setzt.

»Also, jetzt wo wir vollzählig sind, kommen wir zu den Fakten.« Gabes Hand legt sich auf mein Bein und drückt kurz zu. Ich setze mich aufrechter hin und verschränke die Hände auf der Platte.

»Also, James es ist folgendermaßen: Gabriel und ich haben ein paar spannende Fakten herausgefunden, bei denen wir uns sicher sind, dass du nie möchtest, dass sie an die Öffentlichkeit geraten.« Ich schiebe ihm eine Mappe zu, in der genau diese Informationen liegen. Seine Stirn legt sich in Falten, ehe er danach greift und die braune Mappe öffnet. Es dauert nicht lange, als er die Blätter überfliegt und ihm jegliche Farbe aus dem Gesicht weicht. »Gut, nachdem wir also deine Aufmerksamkeit haben, würde ich sagen, ist es an der Zeit dir zu sagen, was wir wollen.«

»Du lässt uns in Ruhe. Eva und mich. Sie wird ihr Studium an der NYU beendet, ohne irgendwelche Steine in den Weg gelegt zu bekommen. Ohne Bestechungen, ohne Hintertürchen und diesen ganzen Scheiß, der in deinem Kopf umher geistert.«

»Und warum sollte ich das tun?«, sagt er und lehnt sich in seinem Stuhl zurück. Tut so, als wäre das, was eben passiert ist nicht relevant genug.

»Weil das Leben, wie du es kennst, nicht mehr existieren wird. Es gibt keine Schwester, mit der du Gabe von mir fernhalten kannst. Ich bin nicht deine Tochter und Gabriels Mutter ist gestorben, weil du ihr nicht helfen wolltest. Sieh dir die Briefe an, James. Immer wieder fällt dein Name. Ihre dauerhafte Bitte, dass du sie rettest. Und was hast du getan? Nichts. Absolut nichts. Es gibt Menschen in dieser Stadt, die mehr Einfluss haben als du. Menschen, die uns helfen würden, dich zu zerstören, und zweifle nicht daran, dass wir das nutzen würden.«

»Kommt ihr mir jetzt mit den dreckigen Kanalratten, ja? Bitte, glaubt ihr nicht, dass ich die ebenso in der Hand hätte?«

»Nein. Im Gegensatz zu dir bleiben wir auf der richtigen Seite des Gesetzes. Aber glaub mir, wenn ich dir sage, dass das FBI sich sehr für deine dreckigen kleinen Geschäfte interessiert.« Für einen kurzen Moment frieren seine Züge ein, fast könnte man denken, er hätte Angst. Doch leider fängt er sich schnell wieder.

»Das wagst du nicht, Evangelina. Dein Name wäre ebenso im Dreck wie der unsere.«

»Willst du es herausfinden?« Wir liefern uns ein Blickduell, bei dem keiner es auch nur wagt zu blinzeln. Gabriels Hand schließt sich fester um meinen Schenkel und ich genieße dieses Gefühl viel zu sehr.

»Du kannst es dir gern noch länger überlegen«, durchbricht Gabe die Stille und James Blick fliegt zu ihm. »Aber glaub mir, unsere Bedingungen werden sich nicht ändern. Es könnten nur noch weitere Punkte hinzukommen, die dir mehr schaden als uns.«

James Blick fliegt von Gabe zu mir und wieder zurück. Er sucht nach Schwächen, die er erneut gegen uns verwenden kann. Doch diesmal wird er nichts finden.

»Ich hätte nie gedacht, dass du so undankbar sein wirst, Evangelina.« Er spuckt mir die Worte nahezu entgegen und ich kann nur schnaubend den Kopf schütteln.

»Undankbar nennst du das, ja?«

»Du hättest alles haben können. Alles. Eine Familie, einen Mann, Geld. All das wäre so einfach gewesen, aber du musstest dich ja in Dinge einmischen, die dich nichts angehen.«

»So siehst du das? Dinge, die mich nichts angehen? Du hast Spenden veruntreut, doch nicht genug. Du hast mit diesem Geld Projekte finanziert, die du so nie durchbekommen hättest. Und zu allem Überfluss wolltest du mich zu einem Gegenstand in einem verfickten Vertrag machen!«, zische ich und bin kurz davor, über den Tisch zu springen und mich auf ihn zu stürzen. Das Einzige, das mich davon abhält, ist Gabriels Hand, die sich fester um mein Bein schließt.

»Ich glaube, es ist an der Zeit zu gehen.« Er greift nach meiner Hand und zieht mich vom Stuhl hoch. Mein Puls rast und ich fasse es nicht, wie ein Mensch so machtbesessen sein kann.

»James, du hast bis heute Abend Zeit. Nimm das Angebot an oder such dir schon mal ein hübsches Versteck aus, aus dem wir dich ziehen werden.«

Gabriel

Kapitel 61

Eva kocht noch immer, als wir das *Penrose* schon lange hinter uns gelassen haben. Sie sieht mich nicht an. Läuft stoisch neben mir her und gräbt ihre Nägel in die Haut. Ich weiß, dass sie sich etwas anderes von diesem Treffen erhofft hat, aber es war von Beginn an klar, das James nicht sofort einknicken wird.

»Prinzessin, schau mich an«, sage ich und schiebe mich vor sie.

»Nicht jetzt.«

»Doch, genau jetzt.« Sie will um mich herum gehen, doch ich halte sie fest. Ziehe sie an mich und hebe ihr Kinn. »Vergiss ihn. Wir haben es versucht.«

»Aber es hat nicht gereicht«, flüstert sie und schüttelt meine Hand ab.

»Doch, das hat es. Wenn er sich nicht meldet, unterschätzt er uns und das wird sein Ende sein.«

»Und was, wenn er sich auch daraus winden kann?«

»Das schafft er nicht, Prinzessin. Es ist nicht umsonst das verfickte FBI hinter ihm her.«

»Aber ...«

»Nichts aber, du bist diejenige von uns, die Jura studiert, du glaubst an eine Gerechtigkeit, von der ich nie viel gehalten habe, und jetzt müssen wir genau auf diese vertrauen.« Etwas blitzt in ihren Augen auf und ich versuche mich an einem Lächeln. »Komm, ich will dir etwas zeigen.« Eva bleibt keine Zeit für Protest, denn ich ziehe sie mit mir, ohne stehenzubleiben. Halte das nächste Taxi an, das an uns vorbeifährt, und nenne dem Fahrer die Adresse.

Es ist schon fast dunkel, als wir am Marble Cemetery ankommen. Das Tor ist noch offen und ich ziehe Eva mit mir durch. Die Steine knirschen unter unseren Schritten und mein Herz pocht schneller in meiner Brust. Ich war viel zu lang nicht mehr hier. Genau genommen seit ich erfahren habe, dass Lilly nicht meine Schwester war, doch nicht, dass sich an meinen Gefühlen für sie deshalb etwas geändert hätte, nein. Aber ich musste erst ein paar Dinge klären.

Ich habe eine Wohnung gebraucht, in der mich Foring nicht finden konnte. Einen Job und ein paar Infos. Tyren hat mir bei all dem geholfen und ich bin wahnsinnig froh, dass ich doch noch einen Menschen habe, dem ich blind vertrauen kann.

»Gabe«, haucht Eva in die gespenstische Stille und bleibt stehen. »Wir müssen das nicht tun.«

»Doch, Prinzessin, das müssen wir. Ich will dich ihr vorstellen, denn ihr hättet euch super verstanden. Mir ist egal, ob Lilly dieselben Gene hatte wie ich oder nicht. Wichtig ist nur, dass sie für mich immer meine kleine Schwester war. Und die will ich dir jetzt vorstellen.« Ich strecke meine Hand aus und warte darauf, dass sie sie nimmt. Dass ihre Finger sich mit meinen verschränken und sie mir folgt. Mit einem vorsichtigen Lächeln macht sie einen Schritt auf mich zu, greift nach meiner Hand und verschränkt ihre Finger mit meinen.

»Okay. Ich bin bereit«, sagt sie leise und ich drücke sie kurz an mich, um meine Lippen auf ihre zu legen.

Wir gehen Hand in Hand den kleinen Weg zum Grab entlang und dort angekommen, knie ich mich vor den Stein.

»Hey, Kleines«, flüstere ich und streiche über den Schmetterling auf dem Granitstein. »Ich habe jemanden mitgebracht, den ich dir gern vorstellen würde. Sie hatte als Kind dasselbe Lieblingsmärchen wie du, kannst du dir das vorstellen?« Ich spüre Eva dicht hinter mir und hebe den Kopf. Sie hat Tränen in den Augen und legt ihre Hände auf meine Schultern.

»Hey, Lilly, ich bin Eva.« Keine Ahnung, wie lange wir hier sind. Doch die Zeit rückt in den Hintergrund. Ich erzähle Lilly alles, jedes kleine Detail, was in den letzten Monaten passiert ist, und verspreche ihr, dass ich immer ihr Bruder bleiben werde, egal was passiert. Bevor wir gehen, huscht ein leichter Wind über den Friedhof und etwas schwirrt um unsere Köpfe. Durch die sanft leuchtenden Laternen erkenne ich auch, was es ist, als das Insekt direkt auf dem Stein vor uns landet.

Ein Nachtfalter.

Die Erinnerung an Lillys Worte holt mich ein und ich beginne leise zu lachen.

»Was ist?«, fragt Eva leise und starrt den Falter an.

»Lilly hatte mal so einen in ihrem Zimmer. Ich dachte, er macht ihr Angst, weil er so gruselig aussieht, und dann ist er direkt auf ihren Kopf geflogen und einfach nicht mehr weggegangen. Weißt du, was sie gesagt hat? Sie meinte, dass es der schönste Falter von allen ist. Weil er nicht auf den ersten Blick schön ist, aber auf den zweiten und wenn man sich besonders viel Mühe gibt, hinzusehen.«

Ein sanftes Lachen umspielt Evas Lippen und sie zieht mich hoch.

»Deine Schwester war ein verdammt kluges Mädchen«, haucht sie an meine Lippen, ehe sie mich vorsichtig küsst.

»Ja, das war sie wirklich.«

Zurück in unserer Wohnung warten wir vergeblich auf die Antwort von James. Dass keine mehr kommen wird, hatten wir uns schon gedacht, doch umso mehr freue ich mich, auf das, was folgt. Ich überlasse es Eva, die Nummer vom FBI zu wählen, die wir dank Tyrens Kontakten erhalten haben und sie stellt auf Lautsprecher. Die Stimme am anderen Ende klingt harsch und mechanisch und Eva schluckt.

»Evangelina Foring, ich würde gern Anzeige erstatten.«

»In welchem Belangen rufen Sie an, Miss Foring?«

»Betrug, Veruntreuung und illegales Glücksspiel mit dem Verdacht auf Prostitution.«
Das Gespräch dauert eine halbe Stunde und ich weiche keine Sekunde von ihrer Seite. Halte ihre Hand und ziehe sie an mich, als sie auflegt. Ein erleichtertes Seufzen entkommt ihrem Mund, als sie sich an mich schmiegt und ihre Nase an meiner Brust vergräbt.

Die nächsten Wochen sind purer Stress. Noch in derselben Nacht war das FBI in das Stadthaus der Forings an der Madison Avenue und hatte alles auf den Kopf gestellt. Auch bei uns waren sie vorbeigekommen, hatten Eva befragt und all die Beweise mitgenommen, die wir nach und nach gesammelt hatten.

Nach einem langen Gespräch mit dem leitenden Ermittler, in dem Eva darum gebeten hat, nicht namentlich genannt zu werden, liegen wir erschöpft im Bett und hängen unseren Gedanken nach.

Es ist verrückt, was in den letzten Monaten passiert ist. Wie sich mein Durst nach Rache gewandelt hat und dass wir trotz all dem, was passiert ist, hier liegen.

Zusammen.

»Glaubst du, das war das Ende?«, flüstert sich und ich spüre, wie sich das Bett neben mir bewegt. Um sie anzusehen, drehe ich mein Gesicht und treffe auf ihren Blick. Stolz - gemischt mit einem Hauch Unsicherheit - liegt darin und ich ziehe sie an mich.

»Nein Prinzessin, das hier war erst der Anfang.«

Unser Anfang.

Evangelina

Kapitel 62

Die Bilder von James in Handschellen hatten sich verbreitet wie ein Lauffeuer. Plötzlich sind überall Leute aus ihren Löchern gekrochen und haben behauptet, irgendwelche Beweise gegen ihn zu haben, nur um ihren eigenen Arsch zu retten. Es kann mir egal sein, denn ich bin nicht länger ein Teil dieser Gesellschaft. Die Upper East Side hat mir nur Zerstörung, Unglück und Schmerz gebracht und ich will endlich damit abschließen. Mit allem!

Nur deshalb stehe ich jetzt hier, mit Megan an meiner Seite und starre auf die weiße Haustür.

»Bist du bereit?«, fragt sie mich aufmunternd und drückt meine Hand. Bin ich das? Bin ich bereit, dieses Leben aufzugeben und hinter mir zu lassen? *Ja, verdammt, das bin ich.*

»Bringen wir es hinter uns«, sage ich und gehe die Stufen nach oben. Megan folgt mir. Auch als ich den Code in das Ziffernfeld eingebe und die Tür aufspringt, ist sie immer hinter mir.

»James, Liebling? Bist du das?« Die Stimme meiner Mutter hallt durch den Flur und ich spüre die flimmernde Wut in mir aufwallen. Das Klackern ihrer Absätze hallt auf dem Fußboden wider und sie bleibt erschrocken vor mir stehen. All die Farbe weicht ihr aus dem Gesicht, ehe sie einen weiteren Schritt auf mich zu macht.

»DU? Was glaubst du, was du hier machst?« Dicht vor mir bleibt sie stehen und ich erkenne die Falten auf ihrer Haut. So nah waren wir uns schon lange nicht mehr.

»Hallo, *Mutter*. Oder sollte ich lieber Emely sagen?«

»Verschwinde, oder ich ...«

»Was willst du tun, hm? Die Polizei rufen? Deinen Mann? Ich glaube weder die eine noch die andere Option wird dir etwas bringen.« Sie sagt nichts mehr und Megan räuspert sich hinter mir.

»Ich bin nur hier, um meine Sachen zu holen, danach siehst du mich nie wieder!« Ohne auf eine weitere Antwort zu warten, dränge ich mich an ihr vorbei. Steige die Stufen nach oben und bleibe vor meinem Zimmer stehen. Dreiundzwanzig Jahre lang habe ich das hier mein Zuhause genannt. All die Jahre waren nichts weiter als eine Lüge gewesen. Eine Illusion, die am Ende genau so geplatzt ist wie eine Seifenblase. Megan öffnet die Tür und nickt mir zu. Ich reiße mich aus meiner Starre und folge ihr. Werde von dem vertrauten Geruch meiner Sachen umgeben und lasse den Blick schweifen.

So lange habe ich diesen Traum gelebt, nur um immer wieder festzustellen, da es alles ist, nur kein Traum. Jedes Märchen beinhaltet mehr Wahrheit als mein gesamtes Leben und ich bin überrascht, wie sehr es dennoch an mir nagt. Es ist nicht nur der Verrat, sondern besonders die Gewissheit nicht zu wissen, wo ich herkomme.

Diese Lücke lässt sich nie mehr füllen, da diese Adoption damals nicht rechtens abgelaufen war und keine Papiere etwas davon dokumentiert hatten.

Das FBI hat mir versichert, alles Mögliche zu tun, um ein wenig Licht ins Dunkle zu bringen, doch ich habe wenig Hoffnung. Das einzig Positive daran ist, dass sich jetzt dieses zwiegespaltene Gefühl erklären lässt, das ich mein ganzes Leben in mir getragen habe. Ich wusste, dass ich nicht hier her gehöre, habe aber immer wieder versucht, mich anzupassen. Mich unauffällig zu verhalten, und das zu tun, was von mir verlangt wurde. Zumindest so lange, bis ich es nicht mehr verbergen konnte. Mit jedem Jahr, das ich älter wurde, kam auch der Drang in mir auf, auszubrechen. Mich allem entgegenzusetzen und etwas zu tun, das sich richtig anfühlt. Darum das Studium an der NYU. Deshalb habe ich all die Beweise gegen James gesammelt und am Ende gewonnen.

»Wo fangen wir an?«, reißt mich Megans Stimme aus meiner Gedankenblase und ich schließe die Tür hinter mir.

»Hier.« Ich hole zwei große Koffer aus meinem Kleiderschrank und beginne damit, den Inhalt darin zu verstauen. Danach sind die Kommode, mein Schreibtisch, mein Laptop und das Badezimmer dran. Es ist schockierend, aber alles, was ich habe, passt in diese zwei Koffer und eine kleine Tasche. Gut, ich lasse ein paar der Kleider, die ich definitiv nie mehr brauchen werde, zurück, aber sie bedeuten mir nichts. Es wird keine Veranstaltung mehr geben, auf denen ich sie tragen werde, denn ich bin nicht mehr länger die, die sich auf Galas und Wohltätigkeitsveranstaltungen aufhalten muss. Ich kann tun und lassen, was ich will. Wann ich es will und mit wem ich es will.

Nachdem wir fertig sind, tragen wir die Koffer die Treppe nach unten, als sich John plötzlich in mein Blickfeld schiebt.

»Lina, was glaubst du, wird das hier?«, fragt er mich mit dieser aalglatten Stimme und stellt sich vor mich.

»Geh mir aus dem Weg«, erwidere ich kurz und will mich an ihm vorbei drängen. Er greift nach meinem Arm. Zieht mich an sich und sein Atem trifft auf mein Gesicht.

»Glaubst du, du kannst alles mit Füßen treten? Denkst du, ich lasse dich einfach so gehen? Du gehörst immer noch mir!« Gerade als ich zu einer Antwort ansetzen will, spüre ich ihn. Seine Aura nimmt den gesamten Raum ein und ich beginne zu lächeln.

»Ich an deiner Stelle würde sie jetzt loslassen«, dunkel grollt Gabes Stimme durch die Eingangshalle und beschert mir eine Gänsehaut. Die Unsicherheit, die in Johns Augen aufflackert, ist schon fast lächerlich.

»An deiner Stelle würde ich auf ihn hören«, flüstere ich ihm zu und will meinen Arm aus seinem Griff befreien. Doch er hört nicht. Weder auf Gabe noch auf meinen Rat. Stattdessen packt er mich fester und ich verdrehe die Augen.

»Ich hab dir gesagt, du sollst sie loslassen!« Gabriel kommt näher und steht direkt neben uns. Ich schaue nur ihn an, sehe das wütende Funkeln in seinen Augen. Die angespannten Muskeln und das kurze Zucken in seinem Blick.

»Was sonst, du kleiner Wichser, wirst du mich sonst umbringen?« John lacht auf, nur um im nächsten Moment wie ein kleines Kind zu jammern. Ein Knirschen hallt in meinen Ohren und er geht schneller zu Boden, als er es hätte kommen sehen. Lässt mich zum Glück vorher los und hält sich seine schmerzende Schulter. Mit Tränen in den Augen sieht er zu uns auf.

»Meine Schulter, du hast sie gebrochen, du kranker Freak.«

»Jetzt übertreib nicht gleich, das lässt sich ganz leicht wieder richten, tut auch fast nicht weh.« Kopfschüttelnd reicht Gabe mir seine Hand und ich gehe zu ihm. Er nimmt mir und Megan die Koffer ab und trägt sie nach draußen.

»Geh lieber zum Arzt, sonst wirst du dein Leben lang Schmerzen haben«, rate ich John leise, ehe ich mich abwende. Einen letzten Blick werfe ich auf die Frau, die ich jahrelang meine Mutter genannt habe und dieser genügt, um alles hinter mir zu lassen. Die Verachtung in ihrem

Blick trifft mich nicht mehr. Mittlerweile habe ich mich daran gewöhnt, dass ich nie die Tochter wurde, welche sie sich gewünscht hat.

Zum Glück! Dachte sie, wenn sie John herbittet, dass ihr das irgendwas bringt?

»Eva, warte«, ruft sie und ich halte inne. »Bitte, nimm die Anschuldigungen zurück. Er ist doch dein Vater, hat dich großgezogen und dir alles ermöglicht, was du je wolltest.«

»Ich werde nicht für diesen Mann lügen und mein Vater ist er auch nicht. Er wollte mein Leben formen, wie es ihm in den Kram passt, hat nie darauf geachtet, was ich will. Was mir wichtig ist. Und wenn, war es immer an Bedingungen geknüpft. Wenn es dir ums Geld geht, such dir einen Job und warte, bis ein neues Gerücht an die Ohren der anderen gelangt, dann erholst du dich schon wieder.«

Ich schlage die Tür zu und trete in die Sonne hinaus. Gabe steht am Ende der Treppe, unterhält sich mit Megan und hebt seinen Blick. Das Lächeln, das er mir schenkt, wärmt mich von innen und gibt mir alles, was ich die Jahre über so sehr vermisst habe. Diese beiden Menschen sind alles, was ich noch habe -und ich kann ihnen zu hundert Prozent vertrauen.

Gabriel

Kapitel 63

Die Erleichterung steht Eva ins Gesicht geschrieben. Wir sitzen mit Megan im *Penrose* und trinken ein Bier. Ihre Koffer neben uns, mit allem darin, was zu ihrem Leben gehört.

»Scheiße, ich schwöre euch, ich war kurz davor, diesem John eine reinzuhauen.« Megans Stimme und die Aufregung darin lassen mich schmunzeln. Es wächst sogar zu einem Lächeln, als Eva zu ihr schaut und nickt.

»Was glaubst du, wie gern ich das schon früher getan hätte?«

»War er immer so?«

»Ja, nein. Keine Ahnung. Früher war er eher zurückhaltend. Wollte weder mit den Geschäften seiner Familie etwas zu tun haben noch mit den von James. Aber irgendwie hat er sich verändert, wollte gesehen werden und na ja, ist dafür in Muster gefallen, aus denen er nicht mehr rausgekommen ist.«

»Okay, es hätte mich auch sehr gewundert, wenn du freiwillig mit so einem Arsch zusammen gewesen wärst.« Ein Knurren, das aus meiner Kehle steigt, lässt Megan stoppen und sie sieht entschuldigend zu mir.

»Oh, *fuck*. Sorry, Gabriel, ich wollte nicht ...«

»Schon okay. Themenwechsel, sonst überlege ich es mir anders und gehe nochmal zurück.« Evas Hand legt sich unter dem Tisch auf mein Bein und ich sehe sie an.

»Ich liebe es ja, wenn du diese *Touch-her-and-i-kill-you*-Ausstrahlung annimmst, aber ich brauche dich an meiner Seite, nicht im Knast, okay?« Ihr Mund landet sanft und kurz auf meinem und ich entspanne mich. Zwar nicht ganz, aber genug, um nicht mehr aufspringen, und zurück gehen zu wollen.

»Du liebst es also, ja?« Gabes raue Hände fahren über den Stoff meiner Jeans und hinterlassen ein Prickeln.

Ja, verdammt ich liebe es. Sie. Und alles, für das wir stehen.

Wir haben noch nicht darüber geredet, was wir sind. Haben uns nicht definiert, sondern einfach weitergemacht. Ich schäme mich nicht für das, was ich fühle, weiß, dass es nie eine andere in mein Herz schaffen wird. Eva hat meine beiden Versionen kennengelernt und sich dennoch nicht von mir abgewandt.

»Wie geht es jetzt eigentlich weiter?« Megan räuspert sich und ihre Frage lässt uns zu ihr blicken. Lässt diese Stimmung fallen, und rettet mich aus einer Situation, die ich selbst heraufbeschworen habe.

»Ich werde mein Studium pausieren müssen, bis ich mir einen Job gesucht habe, mit dem ich die Gebühren zahlen kann. Und nein, ich werde das Geld von den Forings nicht anrühren, egal, ob es mir zusteht oder nicht. Ich brauche einen Cut, endgültig.«

Ihr fällt diese Entscheidung alles andere als leicht, denn sie liebt die NYU und das Jurastudium. Aber ich verstehe sie. Megan schweigt und knibbelt an dem Etikett ihrer Flasche herum, ehe sie nickt.

»Wenn du willst, kann ich mich mal umhören. Und wenn du dich wegen eines Stipendiums informieren willst, kannst du mich auch fragen, Eva. Es ist zwar untypisch, mitten im Studium danach zu fragen, aber nur, weil es anders ist, heißt es nicht, dass es unmöglich ist.«

»Danke Meg«, haucht sie und greift über dem kleinen Tisch nach ihrer Hand. Dieses ›Danke‹ geht tiefer, umfasst mehr als das, was sie gerade gesagt hat. Megan war Eva wahrscheinlich die erste wahre Freundin, die sie nicht bei den aufkommenden Anzeichen eines Skandals hat sitzen lassen. Sie vertraut ihr und deshalb tue ich das auch.

»Nicht dafür, Eva. Dafür sind Freunde doch da.«

»Denkst du, wir können jetzt endlich damit abschließen?« Evas Stimme dringt leise an mein Ohr. Nach dem *Penrose* sind wir nach Hause gefahren und liegen einfach zusammen auf der Couch, leere Pizzakartons zu unseren Füßen.

Ihre Worte lassen mich daran denken, dass ich geschworen habe, Rache zu nehmen. Rache für etwas, das nie mit irgendetwas aufgehoben werden kann. Habe ich mich zu sehr in meine Pläne hineingesteigert und dabei vergessen zu leben? Habe ich es verlernt, die kleinen Dinge im Leben wirklich wertzuschätzen, da es für mich seit Jahren nur diesen Durst nach Vergeltung gab?

»Ich glaube, wir müssen unsere Rache loslassen, Prinzessin, und anfangen mit dem zu leben, was uns bleibt.« Die Worte kommen mir einfach so über die Lippen und ich fühle mich dabei nicht schlecht. Auf dieser Reise habe ich Dinge erfahren, die lieber im Verborgenen hätten bleiben sollen. Ich habe nicht nur mein Leben, sondern besonders das von Eva vollkommen auf den Kopf gestellt und das nur für eine Illusion von Rache. Lilly würde mich dafür tadeln, ja, das würde sie definitiv. Denn ich hatte den Blick für das Gute verloren.

»Kannst du das? Einfach so loslassen?«, haucht sie und ich streiche über ihren Kopf.

»Ich glaube, einfach ist in unserer Geschichte nichts, Prinzessin. Aber mir wird in jeder Minute, in der ich sehe, dass du glücklich bist bewusst, dass es auch andere Wege gibt, das zu erreichen, was man will. Die Gerechtigkeit für Lilly habe ich bekommen. Ich habe dich an meiner Seite und weiß, dass ich Menschen vertraut habe, die nichts für mich getan haben.«

»Wir haben viel alten Müll aufgewirbelt oder?« Eva dreht sich auf meinem Schoß und sieht mir in die Augen.

»Ja, das haben wir.«

»Wie geht es dir mit dem Wissen, dass James dein Vater ist?« Wir haben bisher nicht darüber geredet. Haben es einfach verdrängt und versucht zu vergessen. Doch jetzt, wo es langsam ruhiger wird, kommen wir nicht mehr drum herum. Ich denke über ihre Frage nach, denn wirklich Gedanken dazu habe ich mir bisher noch nicht gemacht.

»Es ist mir egal. Ich hatte nie die Sehnsucht nach einem Vater. Meine Mutter war kein Elternteil, den man sich gewünscht hat. Ihre Privilegien waren alles, was ihr etwas bedeutet hat. Ich dachte immer, Eltern sind einfach so. Eigennützig und auf ihren Vorteil bedacht. Es war okay, denn so habe ich gelernt, auf mich selbst aufzupassen. Lilly war alles, was ich gebraucht habe, auch wenn ich den Grund, warum sie bei uns war, nicht verstehe. Aber vielleicht war sie genau der Mensch, den ich nötig hatte, um zu diesem Mann zu werden, der ich bin. In meiner Vorstellung hatte ich nie einen Vater, und daran hat auch James nichts geändert.«

Evangelina

Kapitel 64

Niemals hätte ich gedacht, dass es so lange dauern würde, um mich selbst in einem normalen Leben zurechtzufinden, doch Gabe hilft mir jeden Tag dabei. Er unterstützt mich. Macht sich ab und an über mich lustig und motiviert mich, wenn ich drohe in ein Loch zu fallen. Dass ich nicht weiß, wo ich her komme und zu wem ich gehöre, macht mir an manchen Tagen doch noch Probleme.

Ich dachte, dass ich es handhaben könnte wie Gabriel. Dass ich einfach vergessen würde, was ich weiß und erfahren habe, aber nein. So leicht macht es mir das Leben dann doch nicht. Mir immer wieder zu sagen, dass mich meine Herkunft nicht definiert, hilft - und trotzdem würde ich gern wissen, wer meine Eltern sind. Wer die Menschen sind, die mich als Baby einfach abgegeben und verkauft haben.

Dass sie mich nicht verdient haben, da ich ihnen nichts bedeutet habe, macht es ab und zu leichter und doch wache ich manchmal nachts aus einem Alptraum auf. Einem, in dem mich gesichtslose Menschen an James und Emely übergeben. Jedes Mal, wenn das passiert, ist Gabriel da. Nimmt mich in den Arm und flüstert mir beruhigende Dinge zu.

Ich habe gelernt, es zu akzeptieren, weiß, dass ich diesen Mann an meiner Seite habe, der für mich durch die Hölle gehen würde. Der sich selbst für mich aufgeben würde und ich würde, ohne zu zögern, dasselbe tun. Und genau das ist genug.

»Woran denkst du, Prinzessin?« Seine Arme legen sich von hinten um mich und ich lächle, als seine Lippen sich einen Weg an meinem Hals entlang bahnen.

»Weißt du, was ich dir unfassbar gern zeigen würde?«, frage ich und drehe mich in seinen Armen um. Ein lüsterner Blick erscheint auf seinem Gesicht und lässt seine Augen funkeln.

»Verrat es mir.«

»Es gibt einen Ort, etwas, das ich durch Zufall gefunden habe und ich glaube, es hätte ihr gefallen.« Lilly, es hätte Lilly gefallen.

»Vertraust du mir?« Seine Hände drücken mich näher an sich und der leise Atem kitzelt auf meiner Haut.

»Immer.«

Keine Stunde später sind wir angekommen.

»Ein Zoo?« Hand in Hand stehen wir vor dem Eingang und ich drehe mich zu Gabe um.

»Warte einfach ab, okay?«

Ich ziehe ihn hinter mit her, bezahle den Eintritt und lotse uns zielsicher über die Wege. Seine mürrische Art ist nur Fassade. Er hasst Überraschungen und doch lässt er sie immer und immer wieder zu. Insgeheim genießt er es, einfach mal nicht nachdenken zu müssen.

Aufzustehen und nicht zu wissen, was in den nächsten Stunden passieren wird.

»Mach die Augen zu«, bitte ich ihn und bleibe kurz stehen.

»Prinzessin, ist das dein Ernst?« Er macht einen Schritt auf mich zu und seine Hände gleiten an meinen Armen entlang. Augenblicklich spüre ich die Gänsehaut, sie sich unter meinem Pullover ausbreitet und erschaudere.

»Bitte. Du wirst es nicht bereuen.« Er schließt sie tatsächlich, vertraut mir blind und lässt sich von mir führen. Es sind nur wenige Schritte, bis wir unser Ziel erreichen und ich die Türen öffne. Ein Vorhang trennt uns und ich schiebe ihn beiseite. Helfe Gabe, damit er nicht stolpert und werde von einer Kulisse empfangen, die mich um Atem ringen lässt. Die Luft ist stickig, warm und feucht. Überall erstrecken sich Pflanzen in den verschiedensten Größen und Farben. Es ist wunderschön.

»Wenn du willst, dass ich mich ausziehe, hättest du mich nur fragen müssen. Eva.«

»Spinner«, sage ich und kneife ihm in den Arm.

»Aber du kannst die Augen jetzt aufmachen.« Wie ein kleines Kind warte ich auf seine Reaktion, als sich seine Lider öffnen. Er lässt den Blick schweifen, bleibt an jeder Pflanze hängen, lässt keinen Zentimeter aus und landet am Ende wieder bei meinen Augen. Kopfschüttelnd und mit einem feuchten Glanz in seinem Blick kommt er auf mich zu und nimmt mich in den Arm. Hält mich einfach fest und ich höre sein Herz in der Brust schlagen.

»Sie hätte es geliebt«, flüstert er mir zu und ich lächle. Tausende Schmetterlinge fliegen um uns herum. Leuchten in allen Farben, Formen und Arten und ich bin mir sicher, einer davon ist Lilly.

Gabriel

Kapitel 65

»Bist du jetzt glücklich, Eva?«, stelle ich ihr meine Frage und streiche mit dem Daumen über ihre Lippe. Sie zieht ihn kurz in den Mund, was meinen Schwanz zucken lässt, ehe sie antwortet.

»Bist du denn glücklich?«, gibt sie die Frage an mich zurück und ich lächle.

»Keine Gegenfrage, beantwortet einfach das, was ich wissen will. Bist du glücklich?« In ihrem Kopf beginnt es zu rattern. Beinahe kann ich ihre Gedanken hören, so laut sind sie. Es vergehen Sekunden, Minuten, bis sie antwortet und sich enger an mich schmiegt.

»Jetzt gerade? Ja. Wenn ich weiter, an das denke, was ist, und das, was noch immer irgendwo auf uns warten könnte, habe ich Angst, dass ich mich zu sehr auf dieses Gefühl freuen könnte.«

»Warum?«, hake ich nach und liebe es, wie sie die Augen verdreht.

»Verdammt, Gabe. Was stellst du denn heute für fragen?« Sie dreht sich auf den Rücken und legt ihren Arm über die Augen. Weicht mir aus, aber ich lasse es nicht zu.

»Okay, Prinzessin, ich formuliere die Frage anders. Hat dein Gefühl von Glück etwas mit mir zu tun?« Meine Hand gleitet an ihrem Arm entlang, über ihre Brust und bleibt schließlich auf ihrem Bauch liegen. Ich spüre wie sich ihre Atmung beschleunigt.

Doch bevor sie mir nicht geantwortet hat, werde ich sie nicht an der Stelle berühren, an der sie mich so sehr herbeisehnt.

»Ja«, entkommt es ihr fast flüsternd. »Weil ich mit dir sein kann, wer ich bin, und nicht vorgeben muss, jemand anderes zu sein.«

»Dann lass uns alles dafür tun, dass du nie wieder von mir wegmusst. Lass uns alles niederbrennen, das uns im Weg steht, Eva, und lass es uns gemeinsam tun.« Ich gleite weiter nach unten, bahne mir einen Weg zu ihrer Mitte und genieße das Keuchen, welches ihr über die Lippen rollt.

Mit ihr bin ich komplett.

Vollständig. Zum ersten Mal seit Lillys Tod fühle ich mich nicht leer. Mein Tattoo erinnert mich jeden Tag an meine kleine Schwester. Es ist egal, was Devon gesagt hat, egal, ob es wahr ist oder nicht. Alles, was zählt, ist das, was ich fühle.

Lilly war meine Schwester und wird es immer sein. Ebenso wie Eva meine erste und einzige Liebe ist und es für immer sein wird.

»Ist das jetzt also unser Happy End?«, haucht sie und lässt den Kopf nach hinten fallen.

»Ja, Prinzessin, das ist unser eigenes Happy End und ich kann mir kein besseres vorstellen.« Mit einem Mal versenke ich mich in ihr, genieße ihr Stöhnen und treibe sie dichter an den Abgrund.

Doch ich werde dort auf sie warten und nie zulassen, dass sie jemals wieder fällt - außer durch mich.

Evangelina

Epilog

Na? Hat dir unser kleines Märchen von der Prinzessin und dem Fremden gefallen? Habe ich dir zu viel versprochen, als ich am Anfang sagte, ich lege meine Hand nicht dafür ins Feuer, dass du dich nicht verbrennst?

Und siehe da, ich hatte recht. Mein Leben als Prinzessin der Upper East Side ist Geschichte und ich könnte glücklicher nicht sein. Auch ohne meine Familie habe ich es geschafft, mir mein Studium zu finanzieren, mir ein Leben mit dem Mann, den ich liebe, aufzubauen. Wir sind so verflucht glücklich, dass ich manchmal Angst habe, dass alles nur ein Traum ist, aus dem ich irgendwann aufwachen könnte. Doch es ist die Realität. Nachdem ich mein Studium wieder aufgenommen habe, hat Megan mir geholfen, ein Praktikum in einer der renommiertesten Kanzleien in New York zu sichern. Sie hat eine Affäre mit einem der Kerle, die etwas zu sagen haben und na ja, was soll ich sagen, solange sie glücklich ist, bin ich es auch.

Und Gabe? Er hat einen Job in einer Einrichtung für Kinder bekommen. Er kümmert sich um sie. Lernt mit ihnen, erklärt ihnen, dass der richtige Weg nicht immer der ist, den man sich wünscht, und verarbeitet so das, was passiert ist. Wir wohnen noch immer in der Wohnung, die sein Kumpel ihm überlassen hat und ja that´s it.

Gabriel Samuel Pierce ist mein wahrgewordener Traum. Also ja, ich finde, unserer Geschichte hat das perfekte Ende bekommen. Ob es eins ist, das einem Märchen gleicht, glaube ich nicht, aber immerhin ist es echt!

ENDE!

Danksagung

Jedes Mal fallen mir diese Zeilen am schwersten. Es gibt immer wieder so viele Menschen, an die ich denken will, und dann vergesse ich doch jemanden.

Deshalb mache ich es diesmal anders. Denn ich danke ALLEN!! Die bei diesem Buch ihre Finger im Spiel hatten. Allen, die ein offenes Ohr hatten, die mich motiviert haben und sich jedes Mal aufs Neue mein Gejammere anhören mussten.

Meinen Testleserinnen, die sich die Rohversion von dem, was ihr gelesen habt, antun mussten. Es tut mir noch immer ein bisschen leid, aber ihr habt einen grandiosen Job gemacht!

Mary, die Gabe von Beginn an verfallen ist.

Jessy, die mir bei dem Titel und den Gefühlen geholfen hat und immer ein offenes Ohr und einen Rat hatte.

Meinen Bloggerinnen, die sich so für dieses Buch engagiert haben.

Sabine für diesen Traum eines Covers. Den wundervollen Buchschnitt und der tollen Zusammenarbeit.

Buchmädchen, die es mir ermöglicht haben, einen Farbschnitt zu bekommen.

Meinem Mann, der es immer wieder erträgt, wenn ich ein bisschen Laptopzeit brauche.

Sara und Lisa, die immer eine ehrliche Meinung für mich habe, egal was mir mal wieder einfällt.

Dem Vajona Verlag für die Korrektur.

Und Booksfactory für den unfassbar netten Kontakt.

Und zum Schluss danke ich DIR! Dir ganz allein. Für deine Zeit, Evas und Gabes Geschichte zu lesen. Ich würde mich über eine Rezension wahnsinnig freuen.

xoxo Sazou G.

Kennst du schon?

Wie laut kann ein Herz nach einem anderen schreien, bis es aufhört zu schlagen?

Lanea

Ich wusste immer genau, was ich will.
Wusste, wie mein Leben verlaufen sollte und was ich dafür tun müsste. Doch niemals habe ich damit gerechnet, dass du meine Welt dermaßen auf den Kopf stellen würdest. Alles, was ich mir je gewünscht habe, wurde plötzlich nebensächlich - deinetwegen - weil du meine Gedanken beherrschst, seit ich dich zum ersten Mal gesehen habe.
Ich dachte immer, ich weiß, was ich will, bis du in mein Leben getreten bist.

Nate

Ich bin kein guter Mensch.

Es wurde mir von klein auf beigebracht, was es heißt, ein Manning zu sein, die Familiengeschäfte zu führen und zu töten, wenn es nötig war. Doch dann habe ich dich getroffen, Prinzessin. Und es scheint zu stimmen, dass eine einzige Person ausreicht, um dein Leben zu verändern. Plötzlich gerät meine Welt ins Wanken, und ich stelle alles in Frage – ganz besonders, wer ich eigentlich bin. Ich war noch nie ein guter Mensch, aber du bringst mich dazu, besser sein zu wollen.

Kennst du schon?

Killian Bancroft

Bist du deines Lebens müde, Vanity?

Du hättest niemals in meine Nähe zurückkehren dürfen, Schwanenprinzessin. Seit Kindertagen bist du mein schlimmster und schönster Albtraum. Du bist mein Gegner. Mein Feind. Du bist alles, was ich verachte. Und gleichzeitig bist du auch diejenige, die ich vergöttere, Fragile. Meine Besessenheit von dir ist wie Gift in meinen Adern. Es killt mich unaufhaltsam und qualvoll. Mein Verlangen nach dir ist der Treibstoff für meinen Hass. Es macht mich krank, weil ich keine Kontrolle darüber habe. Du bist mein verdammter Triggerpunkt, Black Swan. Und jetzt wirst du endlich büßen.

Für alles, was du getan hast. Alles, wofür du verantwortlich bist. Ich werde mir alles nehmen, was du besitzt. Werde dir alles rauben, woran du hängst und glaubst. Bis dir am Ende nur noch dieser eine letzte Atemzug bleibt und aus dem wunderschönen Schwan ein sterbender wird.

Vanity Swan

Willst du meinen Tod, Killian?
Seit ich in diesem Elite-Internat angekommen bin, richtest du deine Waffe gegen mich – geladen mit unendlich viel Hass und Verachtung. Du bist der viel zu wunderschöne Bösewicht aus meinem Schwanensee-Märchen. Erbarmungslos, kalt und berechnend. Du kennst mich in- und auswendig und nutzt es gnadenlos aus. Weil du mich leiden und scheitern sehen willst. Du willst mir wehtun und mich in die Knie zwingen, bis ich um mein Leben winsle. Willst mir meine Kraft und den letzten Atemzug rauben. Doch ich habe Neuigkeiten für dich, geliebter Feind: Schwäne sind zähe und bissige Biester. Sie wehren sich, wenn sie sich bedroht fühlen. Ich bin dieser schwarze Schwan, Killian. Ich bin niemand, der aufgibt. Niemals. Und wenn es sein muss, kämpfe ich bis zum Tod. Du willst mich untergehen und ertrinken sehen? Nur zu, Killer. Doch ich verspreche dir: Sobald ich sinke, reiße ich dich mit in die Tiefe. Ich werde mich solange an dich klammern, mich an dir festhalten, bis auch deine Lunge voll Wasser ist und du gemeinsam mit mir deinen letzten Atemzug nimmst.

https://amzn.eu/d/2Xy1eco

FSC
www.fsc.org
MIX
Papier | Fördert
gute Waldnutzung
FSC® C083411

Druck:
CPI Druckdienstleistungen GmbH
im Auftrag der
Zeitfracht GmbH
Ein Unternehmen der Zeitfracht - Gruppe
Ferdinand-Jühlke-Str. 7
99095 Erfurt